로크미디어가
유혹하는
재미있는 세상

달빛
조각사

# 달빛 조각사 8

2007년 10월 8일 초판 1쇄 인쇄
2007년 10월 9일 초판 1쇄 발행

**지은이** 남희성
**발행인** 이종주

**편집장** 김진웅
**기획 팀장** 김명국
**책임 편집** 이세종

**발행처** (주)로크미디어
**출판등록** 2003년 3월 24일
**주소** 서울시 용산구 청파동3가 119-2 진여원BD 5층
**Tel** (02)3273-5135  **Fax** (02)3273-5134
**홈페이지** rokmedia.com · **E-mail** rokmedia@empal.com

ⓒ 남희성, 2007

값 8,000원

ISBN 978-89-257-0225-4 (8권)
ISBN 978-89-5857-902-1 04810 (세트)

이 책은 (주)로크미디어가 저작권자와의 계약에 따라
발행한 것이므로 본서의 내용을 무단 복제하는 것은
저작권법에 의해 금지되어 있습니다.

작가와의 협의에 의해 인지는 생략합니다.
잘못된 책은 바꾸어 드립니다.

남희성 게임 판타지 소설

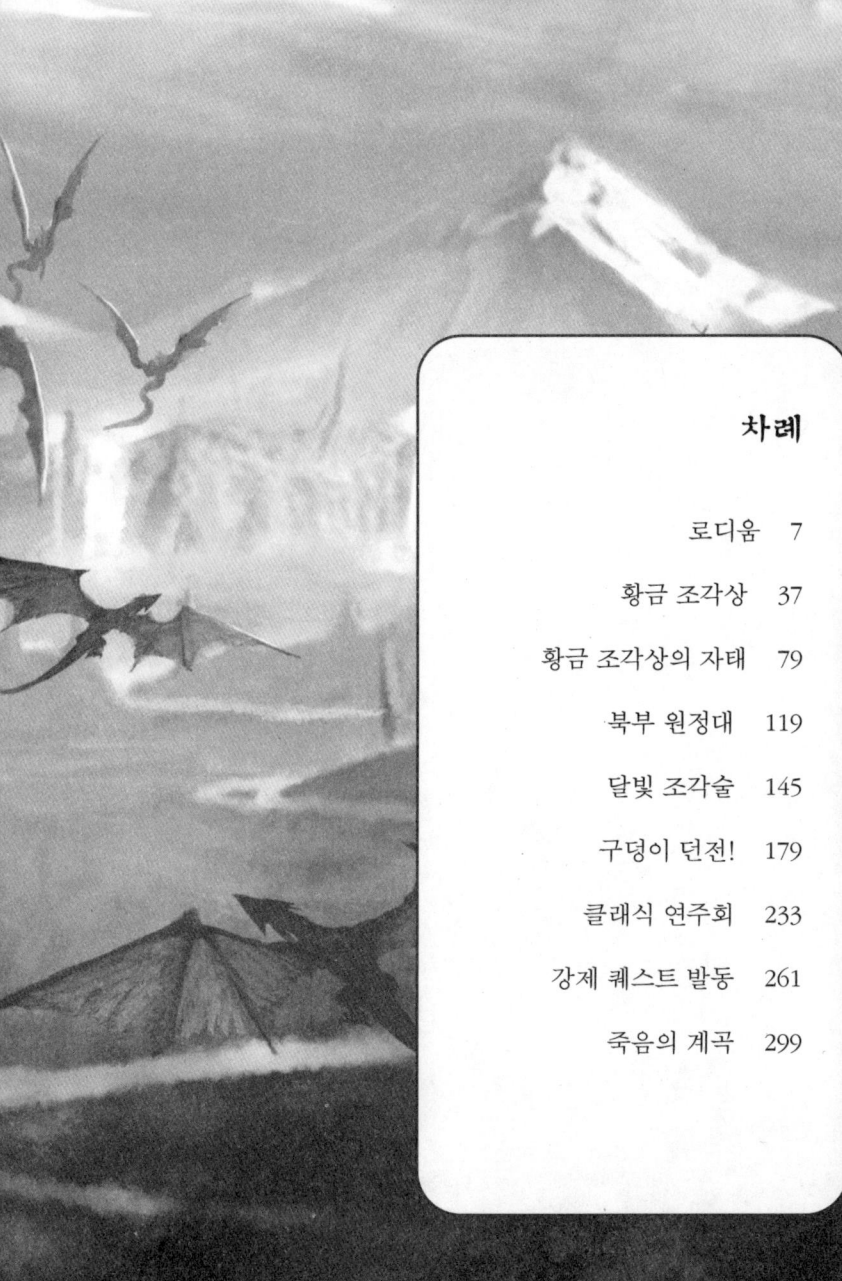

# 차례

로디움　7

황금 조각상　37

황금 조각상의 자태　79

북부 원정대　119

달빛 조각술　145

구덩이 던전!　179

클래식 연주회　233

강제 퀘스트 발동　261

죽음의 계곡　299

# 로디움

*The Legendary Moonlight Sculptor*

 예술가들의 도시 로디움은 구걸을 하는 이들로 가득했다. 광장에서부터 각 성문에 이르기까지 한 푼만 달라는 사람들이 널려 있는 것이다.
 "한 푼만 줍쇼! 참, 자네 이번에 물감 색은 어떻게 정했나?"
 "글쎄. 나만의 색깔을 새로 만들어서 쓰려고 했는데, 자네도 알다시피 물감 값이 만만치 않잖아."
 "그렇지. 자네 정도라면 웬만한 물감은 쓰기 어렵지."
 "어쩔 수 없이 다시 기초적인 원색 계열로 해야 될 것 같아."
 예술을 논하는 거지들!
 도시 로디움의 어디서나 볼 수 있는 익숙한 풍경이었다.
 그 거지들이 지금은 심각한 부러움을 느끼고 있었다. 텔레포트 게이트를 타고 나타난 위드라는 거지 때문이다.
 처음에는 다들 구걸을 하기 위해 그에게 달려들었다. 그런데 역으로 그의 구걸 실력을 보며 감탄을 금치 못했다.
 "허어."
 위드는 망연자실하게 앉아서 하늘을 올려다보고 있었다. 따갑게 내리쬐는 태양을 바라볼 뿐, 아무것도 하지 않았다.
 예티의 흰 털옷을 입고 이 더운 날씨에 그대로!
 그가 있는 광장 한복판은 유독 사람이 몰리는 곳이었다.
 "……."
 위드는 하늘을 보며 우울한 표정을 지을 뿐이었다.
 절망과 탄식, 아픔, 좌절, 회한!
 이런 감정들을 보여 주면서 그저 앉아 있었다.
 쨍그랑!
 "힘내세요."
 "조금만 더 지나면 좋은 날도 있겠지요."
 "무슨 일이 있었는지 모르지만… 삶이 그렇게 척박한 것만은 아닙니다."
 "이 돈으로 옷이라도 좀… 그 털옷은 너무 더워 보이네요."
 위드는 한마디 말도 없었다.
 지나가던 여행객들은 그저 스스로 상상을 할 뿐이었다.
 '굉장히 불행한 일을 겪은 사람인가 봐.'
 '어쩌면 저렇게 애절한 눈으로 하늘을 올려다볼 수 있

을까.'
 '마음이 다 아프네.'
 그리고 알아서 돈을 던져 주고 지나갔다.
 마음으로 돈을 끌어들이는 경지!
 하지만 이 순간에 위드가 무슨 생각을 하고 있었는지를 안다면 모두들 좌절하고 말 것이다.
 '대학교에 합격하고 말다니… 앞으로 비싼 등록금을 내고 다녀야 한다는 거잖아! 책값은 또 얼마나 비싼데. 있을 수 없는 일이야. 정말 있어서는 안 될 일이 벌어지고 말았어.'
 남들은 다들 원하는 대학교 합격. 그것을 떠올리면서 슬퍼하고 있었던 것이다.
 그 얼굴이 어찌나 가련하고 청승맞아 보이던지, 위드는 다른 예술가들로부터도 질시를 받지 않았다.
 가스톤과 파보는 화가와 건축가라는 직업을 가지고 있었다. 그들이 위드를 딱하게 보고는 다가왔다.
 "자네, 아직 젊은 사람이 그렇게 낙담하지 말게."
 위드는 오로지 한숨만 쉬고 있을 뿐이었다.
 파보가 혀를 끌끌 차며 물어 온다.
 "힘을 내게. 세상은 넓어. 여자에게 차였는가?"
 도리도리.
 위드는 고개를 저었다.
 차마 대학교에 합격했다는 말을 할 수가 없었다. 너무나도 슬픈 일. 입 밖으로 내뱉는 순간에 눈물이 쏟아질 것만 같았다.

가스톤과 파보는 더 큰일이 있다고 생각할 수밖에 없었다.

"아무리 그렇다고 해도 이렇게 좌절해서는 안 되지."

그러면서 파보가 한 걸음 더 다가왔다. 이제 손만 뻗으면 위드의 앞에 수북하게 쌓여 있는 동전들을 주울 수 있는 거리였다.

샤샤샥!

괴로운 표정을 짓고 있던 위드는 눈 깜짝할 사이에 앞에 있던 동전들을 품 안에 넣었다. 누가 미리부터 보고 있었다고 해도 잘 알아채지 못할 정도의 움직임.

아무리 슬프더라도 돈에 대한 애착으로부터는 벗어날 수 없었다.

'가뜩이나 돈이 없는데, 이런 푼돈이라도 챙겨야지.'

금화 1개와 은화 여러 개. 나머지는 모두 동전인 쿠퍼들이었다.

그런데 그 금액이 무려 1골드 40실버나 된다.

이쯤 되면 동전이라고 해도 무시 못 할 액수.

현재의 위드에게 있어 그리 큰돈은 아니지만, 로디움의 가난한 예술가들에게는 적은 돈이 아니었다.

파보는 더욱 다가와서 위드의 어깨를 두들겼다.

"허어, 정말 궁했나 보군. 그런데 밥도 안 먹고 계속 이렇

게 앉아만 있을 건가?"

위드도 그러고 싶은 마음은 추호도 없었다. 다만 주변을 둘러싸고 있는 거지 떼들 때문에 고립되어 있을 뿐이다.

말을 듣고 보니 상당히 배가 고파 왔다.

"내가 맛있는 식당을 알고 있는데, 같이 갈 텐가?"

"음식 값이 얼마입니까?"

위드는 날카롭게 질문을 했다.

"대충 20쿠퍼면 먹을 만할 걸세."

20쿠퍼면 보리빵 7개 정도의 금액이다. 하지만 제대로 된 식사를 먹는다면 포만감을 더욱 채울 수 있다.

'이쯤이면 충분하겠지.'

위드는 목적을 달성했다는 듯이 자리에서 일어났다.

"식당으로 가죠."

처음 텔레포트 게이트를 타고 도시에 온 그에게, 많은 거지 떼들이 달라붙었다. 하지만 무사히 모두를 물리쳐 낸 것이다.

광장의 거지들은 위드가 떠나는데도 아무런 반응을 보이지 않았다. 오히려 무척이나 반가워하고 있었다.

'거지들에게도 내 돈을 빼앗기지 않았어. 오히려 1골드도 넘게 벌었다.'

애초에 몇 푼 던져 주었으면 되었을 것을, 돈을 지켜 내고야 만 것이다.

이 뿌듯함, 자부심!

이제 위드에게 구걸을 하려는 예술가는 아무도 없을 것이다.

"이쪽으로 오게. 여기 싸고 맛있는 식당이 있어. 나만 따라오면 맛있는 것을 먹여 주지."

가스톤과 파보는 위드를 복잡한 골목길에 있는 식당으로 이끌었다.

광장에서는 한참을 걸어야 하는 거리였다.

'제법 맛있을지도 모르겠군.'

보통 대로변에 있는 식당보다는, 골목 안쪽의 작은 식당들이 가격도 훨씬 싸고 맛있다. 아는 사람만 아는 그런 식당들이 마치 보물처럼 숨어 있는 것이다.

도시의 토박이들만 알 수 있는 식당!

위드는 작은 식당에 앉아 가스톤과 파보와 함께 음식을 들었다.

가격이 싼 만큼 메뉴는 간단한 수프에 샐러드, 빵 정도였다. 그러나 좋은 품질의 곡물로 만든 빵은 말랑말랑하고 감칠맛이 있었다.

"맛있군요."

위드는 음식을 먹으며 만족했다.

직접 빵을 만들 수도 있지만, 그만큼 재료와 시간을 들여야 한다. 이 정도 정성이 들어간 빵이라면 돈이 아깝지 않았다.

파보도 싱긋 웃었다.
"맛있지. 게다가 이런 싼값에 파는 식당도 많진 않으니까."
그 점에서만큼은 위드도 동감이었다.
그 때문에서인지 골목 안쪽에 위치했음에도 불구하고 식당 내부에는 손님이 꽤나 많았다.
위드는 그릇을 깨끗하게 비웠다.
"덕분에 싸게 잘 먹었습니다."
"이제 뭘 하려고 하는가?"
파보가 관심을 가지고 있다는 듯이 물어보았다.
"도시를 둘러봐야지요."
"관광객처럼 보이지는 않는데."
로디움에 오는 관광객들은 굉장히 많았다. 일부러 대륙을 돌아다니면서 성과 도시들을 구경하는 것이 유행처럼 번지고 있기도 했다.
하지만 관광객이라면 다짜고짜 구걸부터 하지는 않을 터였다.
"직업과 관련된 스킬을 알아보기 위해서 왔습니다."
"그러면 자네의 직업이……."
"조각사입니다."
"어려운 직업을 택했군."
가스톤과 파보는 딱하다는 듯이 위드를 보았다. 동시에 구걸을 한 것도 이해할 수 있었다. 여행가로서 도시에 온 게 아니라 조각사였다면, 어디서 시작했든지 힘들었을 것이라는 생각에서였다.

가스톤이 말했다.

"예술 계통에서는 조각사처럼 기초적인 직업일수록 더욱 어려운 법이지. 기술적인 손놀림도 필요하고, 마음먹은 대로 작품을 만들지도 못하니까. 이곳 로디움이라고 해도 예술 계열의 직업을 택한 이들은 그리 많지 않아. 대체로 생산 계열의 직업들을 가지고 있지. 세상에는 어떤 위대한 조각사도 있는 모양이지만 말이야."

"위대한 조각사요?"

"남들이 다 외면한 조각사를 택해서 열정과 노력으로 극복한 사람이라더군."

"그런 사람이 있다니 대단하군요. 이곳 로디움에 있다면, 만나 볼 수 있을까요?"

"그는 로자임 왕국에 있다는데, 무려 피라미드와 스핑크스를 만들었다지 않는가. 웬만한 조각사라면 상상도 못 할 물건이야. 그 외에도 대륙 곳곳에 그가 만든 조각품들이 숨겨져 있다고 하지. 천공의 도시 라비아스에서도 아마 그의 작품인 것으로 추측되는 조각품들이 발견되었어. 그의 조각술 스킬은 최소한 중급 7레벨 이상. 그의 조각품을 보면 굉장한 능력이 부여되는 모양이야."

"……."

위드는 자신의 이야기가 이토록 많이 퍼져 있다는 데 대해서 약간은 놀랐다. 모험가 위드로는 상당히 알려져 있지만, 조각사로서는 그다지 알려져 있지 않은 탓이었다.

'하기야 예술가들 사이에서는 이쪽이 더 유명할 수도 있겠지.'

위드는 자리에서 일어섰다.

"이제 가려는가?"

"예."

"그럼, 다음에 기회가 있으면 또 보도록 하세. 혹시라도 나중에 많이 성장한 후에, 좋은 그림을 사거나 집을 짓고 싶다면 우리에게 연락하도록 하게나."

가스톤과 파보가 손을 흔들어 주었다.

예술가들의 도시 로디움.

가난한 이들이 들끓고 있는 곳이었지만, 도시에는 아름다움과 낭만이 존재했다.

주변의 경관과 완벽하게 어울리는 훌륭한 양식의 건축물들. 길거리 여기저기에도 섬세한 기교로 만들어진 예술품들부터 조악한 것들까지 다양하게 장식되어 있었다.

도시 전체가 빛과 화려한 색채로 가득했다.

거리에서는 또 젊은 예술가들이 그림을 그리거나 조각품을 만든다. 어떤 이들은 음악을 연주하고, 즉석에서 공연을 하기도 했다.

수많은 여행객들이 방문을 하고, 그보다 더 많은 예술가들이 꿈을 키워 가는 도시인 것이다.

다만 도시에 돈이 없다 보니, 멋지게 지어지긴 했으나 보수가 제대로 이루어지지 않아서 쉽게 낡아 가고 있는 모습이었다.

오죽하면 로디움은 아무도 관심을 가지지 않아 영주조차 없는 도시라고 불리겠는가!

대륙의 각 성과 마을들의 영주 자리가 치열한 쟁탈전을 벌이고 있을 때에도 로디움만큼은 평화롭기 짝이 없었다.

어떤 도시든 필수불가결한 요소가 바로 돈이다. 시민을 늘리고, 농경지를 확대하고 기술력을 키우고, 교역품을 증가시키는 모두가 예산이 필요한 일이다.

그런데 로디움에서는 다른 도시들처럼 무기나 방어구들이 활발히 팔리지 않는다. 근처에 좋은 사냥터가 있어서 사냥을 하러 오는 사람들이 많은 것도 아니었다.

괜히 차지하고 있어 봐야 손해만 볼 자리에 욕심을 낼 사람은 없는 것이다.

"역시 예술은 돈이 되지 않아."

위드의 신념이 더욱 굳어지는 순간이었다.

대장장이나 재봉, 인챈트의 직업을 선택한 이들도 힘들다고 아우성이었지만, 예술 계열에 비하면 백배쯤은 편한 직업이라는 생각이 들 정도였다.

위드는 천천히 로디움을 한 바퀴 돌았다.

오, 당신은 나의 태양. 나의 축복. 나의 연인!
영원히 당신과 함께!

젊은 바드들이 공연장에서 노래를 하고 있었다.

로디움에는 유독 바드들이 많다.

바드는 사냥터에서 부대의 사기를 올리고, 전투력을 향상시킨다. 부수입으로는 이런 식으로 공연을 해서 관중으로부터도 돈을 얻어 낼 수 있었다. 즉 구걸을 하지 않아도 된다는 것만으로도 굉장한 이점이 있는 것이다.

어디에 내던져 놓더라도 먹고는 살 직업!

그런 이유로 인해서 로디움에서 가장 존중받는 직업도 바드였다.

그다음에 존경받는 직업은 세공사다.

세공사들은 각종 귀금속들을 아름답게 세공할 수 있다.

조각사도 경지가 오르면 어느 정도 보석을 세공할 수 있지만, 전문 분야인 세공사들은 차원이 다른 실력을 자랑했다. 금이나 은, 진주, 비취, 에메랄드, 사파이어 같은 귀금속들을 세공해서 가치를 더욱 높이는 것이다.
 세공사라는 직업은 조각사보다 좀 더 전문화되고 특성화되었다고 할 수 있다.
 "확실히 예술가들의 도시답군."
 위드는 로디움을 돌아다니면서 많은 예술 작품들을 감상했다.
 다른 도시에서는 찾아보기도 힘든 예술가들의 길드가 모여 있고, 생산직 계열의 길드들도 존재한다. 많진 않아도 기본적인 전투 계열 길드도 자리는 잡고 있었다.
 이 로디움에 존재하는 길드의 개수만 해도 무려 300여 개!
 예술과 생산, 전투 계열의 길드들이 아우러져 있었기 때문에 가능한 것이었다. 거의 온갖 잡다한 직업들이 다 모여 있다고 해도 과언이 아니었다.
 위드는 길드들이 있는 거리에서 발길을 멈췄다.
 "그럼 어디서부터 정보를 조사해 볼까?"
 달빛 조각술에 대한 힌트는 예술가 길드에서 얻으라고 했다. 로디움의 주민들이나 길드장들과 친해질 필요성이 생긴 것이다.
 상대방의 마음을 빼앗는 아부와 칭찬!
 인생의 동반자처럼 느껴지는 거침없는 비난!
 이러한 화려한 기술을 가진 위드에게는 그리 어려운 일도 아니었다.

"그보다 먼저 해야 할 일이 있었는데… 역시 스킬부터 배우는 편이 좋겠지."

위드는 예술가들의 길드를 돌기 전에 근처에 있는 워리어 길드로 들어갔다.

로디움이라고 해서 일반 전투 계열 유저들이 아예 없는 것은 아니다.

워리어 부라마스는 특이하게도 로디움에서 시작한 유저였다. 여행을 좋아하는 그에게는 역사와 문화가 상존하는 로디움이 무척 매력적으로 느껴졌던 것이다.

초반에 그 선택은 매우 효과를 발휘했다.

풍부한 사냥감!

예술가들이 바쁘게 스킬을 향상시키고 있을 때에, 부라마스는 도시 성벽 너머에서 쉽게 사냥감을 찾을 수 있었다.

보통 다른 도시에서 토끼나 여우는 없어서 쟁탈전이 벌어질 정도의 동물들이다. 그러나 로디움에서는 사방에서 노니는 이런 동물들을 잡으면서, 부라마스는 빠르게 성장했다.

몇 명 되지 않는 전투 계열 직업들끼리 똘똘 뭉쳐서 다닌 덕분에 단단한 결속력도 가지고 있었다.

'로디움 출신 중에 나보다 뛰어난 워리어는 없어.'

부라마스에게는 스스로 로디움 최고의 워리어라는 자부심이 생겨났다.

그가 워리어 길드에서 새로 익힌 스킬을 연습하고 있을 때 였다. 길드로 다가오는 사람이 있었다.

"오, 자네는 이 로디움에 방문한 워리어인가?"

워리어들끼리는 직업적으로 친했다. 서로 위험할 때에 상대방을 보호해 주는 역할을 할 수 있는 만큼, 파티에 몇 명이 있더라도 좋은 직업인 것이다.

막 길드에 들어온 위드는 고개를 흔들었다.

"전 워리어가 아닙니다."

"그러면 우리 길드에는 뭐 하러 왔는데?"

"스킬을 익히러 왔습니다. 별다른 용건이 없다면 이만."

위드는 부라마스를 지나쳐서 길드의 수련소로 들어갔다.

'대체 우리 길드에서 뭘 하려는 거지?'

부라마스는 호기심에, 그 뒤를 쫓아갔다.

위드는 수련소의 교관 앞에 서 있었다.

교관이 퉁명스럽게 말했다.

"무슨 용건으로 왔지?"

단순하고 책임감이 강한 워리어들은 예술을 하는 이들을 싫어한다. 교관은 위드에게서 불쾌한 예술가의 기질을 보고 싸늘하게 대하는 것이다.

위드는 아무 말 없이 예티의 가죽 옷을 벗어서 배낭에 넣었다. 대륙은 이미 충분히 더운 만큼, 더 이상 가죽 옷을 입을 필요는 없었다. 그런 후에는 상체를 덮고 있던 갑옷도 벗

었다.

"날 때려 주십시오."

"뭐라고?"

"동료들을 지키기 위해 저의 의지를 시험하고 싶습니다."

부라마스의 눈이 번쩍 뜨였다. 이것은 워리어들이 새로운 스킬을 익힐 때의 약속된 문구가 아닌가!

'틀림없이 워리어의 스킬 습득인데. 이상하네.'

교관은 몽둥이를 들었다.

"감히 나약한 예술가가 그런 오만 방자한 발언을 하다니. 그 말 후회하지 않기를 바란다."

교관은 몽둥이로 위드의 가슴을 힘껏 내리쳤다.

퍼억!

무시무시한 위력으로 휘둘린 몽둥이! 하지만 위드는 꿈쩍도 하지 않았다.

"이 정도로는 안 되는가 보군. 그러면 다시 한 번 때리겠다."

교관이 이번에는 더 강하게 몽둥이를 휘둘렀다.

퍼어어억!

그런데 이번에도 위드의 얼굴에는 조금의 변화도 없었다.

"아무래도 내가 잘못 생각하고 있었던 모양이군."

교관의 태도가 조금 공손해지고, 몽둥이를 들고 있는 팔에 더욱 힘이 들어갔다. 팔뚝에서 힘줄이 솟아났다.

"참기 힘들면 말을 하게. 억지로 버티면 죽을 수도 있으니."

"전 괜찮습니다."

"그러면 계속하겠네."

퍼버버벅!

교관은 갈수록 세게 몽둥이질을 했다. 그런데도 위드는 태연하게 받아들였다.

교관의 숨소리가 점점 거칠어지고, 마침내 몽둥이가 찌지직 소리를 내며 부러졌다.

"헉헉! 굉장하군, 자네."

교관이 숨을 헐떡이며 말했다.

"혹시 맞을 때에 눈을 감은 적이 있는가? 이건 비밀리에 전해져 내려오는 것이지만, 눈을 감으면 아픔이 덜해진다더군. 그게 더 큰 매질에서도 견딜 수 있는 힘이 된다고 해."

띠링!

―스탯 맷집이 생성되었습니다.
잘 맞는 능력.
많이 두들겨 맞은 몸은 내성이 생겨서 훨씬 강한 매질에도 견딜 수 있다. 한 가지 일을 꾸준히 해도 오르는 인내력과는 달리 오로지 맞는 것으로 성장하며, 생명력을 증가시켜 주는 데 기여한다.

스킬 : 눈 질끈 감기를 익히셨습니다.
눈 질끈 감기 1(0%) : 공격을 당하는 순간에 눈을 감음으로써 피해를 최소화시킨다. 스킬의 레벨이 1단계 오를 때마다 3%씩의 피해와 고통을 감소시킨다.
다만 전투 중에 함부로 눈을 감을 경우에는 더 큰 위험에 빠질 수 있으니 주의해야 함.

새로운 스탯과 스킬!

하지만 눈 질끈 감기는 굉장히 위험한 수단이기도 했다.

적의 무기가 날아오는 순간에 눈을 감는다. 초보자들이 자주 하는 실수지만, 정확한 타격 순간에 눈을 감아서 피해를 분산시켜야 한다.

몬스터의 연속된 공격에 취약해질뿐더러 자칫하다가는 반격을 못 하거나 위험한 부위를 노출시킬 수도 있는 노릇이었다.

위드는 다시 갑옷을 입었다.

"잘 배웠습니다. 평소에 워리어라는 직업을 존경하고 있었습니다. 동료들을 지켜 주고, 몬스터와의 전투 시 최전방에서 싸울 수 있으니까요. 든든한 남자가 되어서, 다시 기회가 된다면 돌아오겠습니다."

"나야말로 동료를 지켜 줄 수 있는 훌륭한 남자를 가르칠 수 있어서 영광이었네. 언제든지 찾아오도록 하게."

위드는 교관에게 고개를 숙여 보인 후에 수련소를 나가기 위해 발길을 돌렸다.

그때 부라마스는 입을 떠억 벌리고 있었다.

'말도 안 돼!'

방금 위드가 배운 스킬은 인내력이 무려 400을 넘어야 익힐 수 있는 것이다. 때문에 아직 부라마스도 배우지 못했다.

애초에 인내력 자체가 그렇게 쉽게 오르는 스탯이 아니다.

몬스터에게 심하게 맞아 위험한 지경에 처해야만 찔끔찔끔 오르게 된다. 하지만 몬스터에게 맞는 경우가 어디 그렇게 흔하던가!

'그런 위험한 전투는 잘 하지 않지.'

대부분 워리어는 혼자 다니지 않는다. 파티 사냥을 주로 한다. 그렇기 때문에 여간해서는 그렇게까지 많이 맞을 일이 없다.

워리어가 한 대 맞을 때에, 파티의 전투 인원이 적어도 서너 대를 때린다. 훨씬 덜 맞고 몬스터를 잡는 것이다. 그런 만큼 레벨이 높다고 해도 인내력은 잘 오르지 않는다.

게다가 인내력이 상승할 때는 정말로 한계 상황에 이르렀을 때였다.

몬스터의 공격력이 자신의 방어력을 훨씬 초과해서 많은 데미지를 입었을 때! 인내력은 생명력이 거의 바닥 수준에 이르렀을 때에 잘 상승한다.

맷집은 많이 맞는 만큼 오르지만, 인내력은 말 그대로 참아 내는 힘이라서 올리기가 까다로웠다.

최고의 전투 감각을 가지고 일부러 몬스터에게 맞아 주면서 자신의 생명력을 조절할 수 있어야 된다.

한 대만 더 맞아도 죽을 정도의 상황!

몬스터의 공격력이란 딱히 정해진 게 아니다. 제대로 맞으면 큰 피해를 입기도 하고, 빗나가면 거의 피해가 없기도

하다. 이런 공격들을 맞아 가면서 정확하게 생명력을 최저치까지 유도할 수 있어야 했다.

대체로 정상급 워리어들도 인내력을 250 이상 올리지 못한 것을 감안한다면, 도무지 이해할 수가 없었다.

부라마스는 어처구니가 없어서 물었다.

"대체 당신의 직업이 뭡니까?"

위드는 대답해 주었다.

"조각사요."

"……."

부라마스는 할 말을 잃어버렸다.

차가운 장미 길드에서는 백방으로 손을 써서 사람을 모으고 있었다.

"원정대에 참여할 사람이 필요해!"

"어떤 위험이 도사리고 있을지 모르니, 이대로는 안 된다."

차가운 장미 길드의 유저들, 동맹 길드에서도 원정대에 참여하겠다고 밝혀 왔다.

고레벨 유저들만 400여 명. 원정대가 출발하는 날에는 다크 게이머들도 30명 합류시키기로 했다. 중견 길드치고는 굉장히 무리한 것이다.

중앙 대륙에서 언제까지나 치고받고 싸우는 것은 지겨웠기에, 이번 기회에 북부의 모험을 위하여 많은 투자를 하는 것이다.

그럼에도 차가운 장미 길드의 수장인 오베론은 미진함을 느꼈다.

"북부 탐험은 남들보다 먼저 시작하는 편이 좋아. 하지만 무의미한 희생을 늘릴 필요는 없어."

모험대 차원의 북부 탐험은 이루어지고 있지만, 길드 차원의 대규모 원정대 파견은 처음이었다. 여러모로 길드의 명운이 걸린 모험이라고 할 수 있다.

오베론은 철저한 준비를 하고 싶었다.

"각 분야에서 최고들만 모집하는 거야."

모험가, 어쌔신, 도둑, 지도 제작사, 레인저. 탐험을 하는 데 있어서 최고들을 섭외했다. 그 외에도 필요한 직업들은 많다.

"성직자! 우리들이 저주나 큰 부상을 당했을 때 치료해 줄 사람이 있어야겠지. 음식을 해 줄 요리사도 필요할 테고, 무기를 수리해 줄 대장장이도 최소한 3명은 되어야 한다. 물품을 수송할 상인도 있으면 좋겠지."

길드 차원의 대규모 탐험대였기에 준비할 것이 한둘이 아니었다.

북부의 마을이나 성에 들어갔을 때 어떤 위기와 모험이 기

다리고 있을지 모르기에 최선을 다해야 한다.

아마 다른 길드들도 오베론과 비슷한 생각을 하고 있기에 아직 출발을 하지 못하고 있으리라. 길드 차원에서 북부 탐험에 나서는 것은 그만큼 큰 모험이었다.

원정대가 준비를 마치고 출정을 하기 전까지, 오베론과 차가운 장미 길드에서는 사람을 섭외하느라 여념이 없었다.

그렇게 필요한 인재들을 모으던 중에 길드의 수석 마법사인 드럼이 말했다.

"오베론 대장."

"응. 왜?"

"로디움에서도 사람들을 좀 데려가죠."

"예술의 도시? 그곳에서는 왜?"

오베론은 의아해서 물었다. 로디움에는 뛰어난 전사나 모험가가 없었던 탓이다.

북부 원정대가 결성된다는 소문이 퍼지면서, 안 그래도 여기저기서 원정대에 참여시켜 달라는 요청들이 쇄도하고 있었다. 원정대의 규모가 커지면 좋지만, 아무나 무한정 받아들일 수만도 없다. 명성이 높거나 실력이 검증된 유저들만 선별해서 발탁을 하고 있는 상황이었다.

"로디움에는 예술가들, 그리고 생산직 계열들이 있지 않습니까."

"그야 그렇지."

"그들의 전공을 살리는 겁니다. 모험을 하는 중에 폭풍이라도 만난다면 원정대의 체력이 급속도로 저하될 겁니다. 그럴 때에 건축가가 있다면, 휴식을 취할 수 있는 집을 지어 줄 수 있지 않겠습니까?"

드럼의 말에는 상당히 일리가 있었다.

"그건 괜찮은 계획 같군. 건축가의 합류라. 미처 생각을 못 해 봤었어."

오베론도 찬성의 뜻을 표시하자, 드럼은 더욱 신이 났다.

"바드들은 사실 그렇게까지 쓸모는 없지만, 악기를 연주하면서 긴 여행의 피로를 씻어 주는 역할을 합니다. 댄서들도 비슷한 역할을 해 줄 수 있죠. 그리고 어느 정도 인원이 모인다면, 이들의 춤과 노래는 전체적으로 봤을 때 큰 효과를 발휘할 것입니다."

바드로 인한 능력치 상승효과가 10%만 된다고 해도, 수백 명이 모인 상태에서는 큰 위력을 발휘한다. 거기에 댄서나 다른 직종들까지 합류한다면 상당한 전력이 상승되는 셈이었다.

기존의 공성전에서는 바드나 댄서들이 크게 인정을 받지 못했다. 암살자들의 대단한 활약 덕분에 생명력이 약한 그들은 초반에 다 죽어 버린 것이다.

바드나 댄서의 결정적인 단점!

노래를 하거나 춤을 추던 당사자가 사망하면, 그것으로

인해 올랐던 능력치들이 더욱 크게 하락한다는 점에 있었다. 그래서 공성전에서는 인정을 받지 못했으나, 대규모 탐험이라면 이야기가 달라질 것 같았다.

오베론은 턱을 매만지며 중얼거렸다.

"확실히 구미가 당기는 제안이로군."

"그렇습니다, 대장. 거기에 다른 예술가들도 있다면 상당히 괜찮을 겁니다. 그들의 효과가 당장 크게 부각되는 것은 아니더라도, 사람들이 많다 보면 어떤 식으로든 긍정적일 테니까요. 모험에 도움이 되는 사람들이 있다면 최대한 받아들여야 됩니다."

"좋아. 어차피 로디움이라면 북부로 떠나면서 거쳐야 할 장소이니, 그때 같이 데리고 가도록 하자."

위드는 워리어 길드에서 스킬을 배우고 나서 생산직과 예술가 길드가 모여 있는 곳으로 향했다.

"우선 관련이 있는 곳부터 뒤져 봐야겠지."

일단 부딪쳐 보기로 했다.

달빛 조각술에 대한 힌트가 이곳 어딘가에 있을 것이다.

위드가 먼저 찾은 곳은 조각사 길드였다. 많은 사람들이 분주하게 길드로 들어가고 나오고 있었다.

'저곳부터 찾아보면 되겠군.'

그러나 조각사 길드로 들어가려고 하자, 경비병들이 창을 교차해서 앞을 막았다.

"로디움의 예술가가 아니라면 우리 길드에는 들어갈 수 없소. 들어가고 싶다면 도시의 예술가로 등록을 하고 오시오."

"예술가로 등록을 하려면 어떻게 해야 합니까?"

"예술가 조합에 가야지. 조합은 왼쪽 길 끝에 있소."

위드는 어쩔 수 없이 예술가 조합부터 먼저 찾아야 했다. 예술가 조합은 으리으리하게 지어진 3층 건물이었다.

'돈도 없으면서 건물만 화려하군.'

위드는 문을 열고 안으로 들어갔다. 중년인 5명이 간단한 일을 보고 있었다.

"오랜만의 손님이로군. 그래, 무엇을 도와 드리면 되겠소이까?"

"예술가로 등록을 하고 싶습니다."

위드의 말에 중년인은 너털웃음을 지었다.

"우리 로디움 출신들은 따로 등록을 안 해도 되는데, 어디 다른 나라에서 오신 분인 것 같군. 그래, 어디서 오셨소?"

"로자임 왕국에서 왔습니다."

"흠, 꽤 먼 곳이지. 그렇게 먼 곳까지 예술이 퍼져 있다니 놀랍지 그지없군. 우리 로디움에 대해서 설명을 해 주겠소. 예술과 문화의 도시 로디움! 모름지기 사람이라면 예술과 더

불어서 살아야 인생이 깊어지는 것이지. 척박하고 메마른 정서가 삶을 피폐하게 만드는 것이야. 우리 로디움에는 많은 예술품들이 있고, 하나같이 아름답고 고풍스러운 멋을 간직하고 있다오."

위드는 고개를 끄덕여 주었다. 직접 눈으로 본 사실이다. 로디움의 거리나 집에 장식된 예술품들은 모두 어지간한 정성으로 만들어진 것들이 아니다.

일반 도로에 그런 수준의 예술품들이 있을 정도이니, 이곳에 있는 저택이나 예술품들을 따로 모아 놓은 예술관 등의 수준은 매우 높을 것이다.

로자임 왕국에서 왕성까지 들어가 본 위드였지만, 일단 이곳만큼 많은 숫자의 예술품들을 본 적은 없었다.

많은 예술품들을 볼 수 있으니 예술가들에게는 천국이라고 할 만한 도시였다.

게다가 이곳 로디움에는 의뢰가 많이 들어온다. 어느 정도 명성만 된다면, 미술품이나 조각품을 만들어 달라는 의뢰를 쉽게 받을 수 있다.

중년인의 로디움 자랑은 끝이 없었다.

"석양이 저무는 시간의 로디움을 보았소? 정말 아름답기 그지없는 장면이지. 많은 관광객들이 이것을 보기 위하여 로디움에 찾아온다오. 마음을 풍요롭게 만들 수 있는 예술! 예술의 도시 로디움에 온 것을 다시 한 번 환영하오."

하지만 위드에게는 그다지 감흥이 없었다.

예술품보다 조금 더 많은 거지들! 아마 그 거지들만 안 보았더라도 중년인의 설명이 그럴듯하게 먹혀들었겠지만, 이미 확실하게 겪어 본 것이다.

돈이 없는 도시!

그로 인해서 주인도 없는 도시 로디움.

위드에게는 철저히 관심 밖이었다.

다만 이 로디움에도 장점은 있다. 미술품이나 조각품 거래가 매우 활발하게 이루어진다. 그러므로 평소에 만든 조각품들을 이곳 로디움에서는 약간 더 비싼 값에 팔 수 있었다.

예술가들에 대한 각종 퀘스트도 활발하다. 상업의 발전도는 낮아도 문화의 번영도가 대단히 높기 때문에, 예술에 대한 의뢰들이 많았다. 예술가들이 이곳을 떠나지 못하는 데에는 이유가 있는 것이다.

"이 훌륭한 도시 로디움에서 예술가로 등록하는 법을 알고 싶습니다."

"음, 그것을 알려 줘야지. 다른 왕국 사람이 예술가로 등록을 하려면, 특정한 자격 요건을 갖추면 되오."

"무엇을 해야 합니까?"

"예술품을 만드는 거지. 로디움의 거리나 성벽, 어느 장소든 좋소. 이곳에서 예술품을 하나만 만들면 되오. 우리 로디움에 대한 애정을 담은 예술품을 완성시켜 준다면 우리들

은 진심으로 환영할 것이오. 그대는 조각사인 것 같은데, 그러면 조각품을 만들어 주면 될 것이오."

띠링!

> **로디움의 예술가**
> 조각사들은 자신이 만든 조각품으로 노력과 열정을 증명한다. 예술의 도시 로디움에서 활동할 자격을 얻고 싶다면 자신의 조각품을 만들어라.
> **난이도** : 정해지지 않음.
> **퀘스트 제한** : 자신의 수준에 맞는 조각품을 만들어야 함. 그러지 않을 경우에는 명성이 대폭 하락하거나, 로디움에서의 활동이 제한됨.

로디움에 예술가로 등록을 하기 위해서는 도시에 조각품을 만들어야 한다는 것이다. 그것도 조각가의 수준에 맞는 작품을!

도처에 조각품이 널린 이유를 그제야 알 수 있었다.

위드에게 웬만한 조각품을 만드는 것쯤은 이제 쉬운 일이었다. 하지만 수준에 맞는 조각품이라면 최소한 명작이나 대작 정도는 만들어야 했다.

"조각품을 만들겠습니다."

-퀘스트를 수락하셨습니다.

# 황금 조각상

처음 유로키나 산맥에 왔을 때, 마판에게는 마땅히 할 일이 없었다. 상인으로서 전혀 모르는 지역에서 자리를 잡기는 그만큼 힘든 것이었다.

하지만 그는 금방 적응했다.

"세상에 돈을 벌 수 없는 곳이란 없어!"

돈에 대한 감출 수 없는 탐욕!

위드를 따라다니며 뿌리내린 놀라운 적응력이 활동을 개시한 것이다.

"교역을 하자. 여러 마을들을 오가면서 물품을 사서 판매하는 거야."

유로키나 산맥에는 마을이 상당히 많다.

오크나 다크 엘프들의 마을.

평원으로 간다면 유배자의 마을들도 있다.

마판은 이들 마을을 오가면서 마차에 짐을 가득 싣고 교역을 개시했다.

"자, 물건을 삽니다. 각종 동물의 가죽에서부터, 사냥을 통해 얻은 잡템들 모두 삽니다!"

일단 유배자의 마을에서는 닥치는 대로 잡템들을 구입했다.

유배자들은 사냥을 통해서 삶을 영위한다. 가죽이나 잡템, 덫이나 밧줄 같은 야영 도구는 수량도 많고 값도 저렴한 편이었다.

유배자의 마을들을 돌며 마차 5대에 실을 정도로 물품을 구매한 다음, 마판은 다크 엘프의 마을로 이동했다.

다크 엘프들은 상당히 뛰어난 손재주를 자랑한다. 드워프만큼은 아니더라도, 이들이 만든 각종 장비와 도구들은 내구력이 높고 쓸 만한 것들이 많았다.

마판은 이곳에서도 최대한 물품을 구매했다. 유배자의 마을에서 산 가죽을 팔고, 가지고 있는 재산까지 몽땅 다 털어서 물건들을 샀다.

그런 후에는 오크 마을로 갔다.

오크 로드 불취가 있는 마을!

오크 종족 퀘스트가 해결되면서, 유로키나 산맥에서 새로 시작한 사람들이 생겨났다.

"난 오크다. 취췻!"

"모름지기 오크라면 콧소리를 낼 수 있어야지. 취이익! 모두 따라 해 봐."

"오빠, 정말 위엄이 넘쳐요. 취취췻!"

"에르취야, 침 튄다. 취췻."

막 기본적인 장비들만 착용한 오크들이 엄청나게 많았다.

명예의 전당에 올라온 오크 카리취의 퀘스트를 본 이들은 오크라는 종족에 대단한 매력을 느꼈다.

무조건 숫자!

닥치고 물량!

무식할 정도의 번식력으로 험한 유로키나 산맥의 주인이 된 오크들!

강하고 매력적이고 흉포한 오크들과의 모험을 꿈꾸는 이들이 대거 오크를 자신의 종족으로 선택했다.

조악한 마을의 동쪽 입구 근처에도 1,000마리가 넘는 오크들이 모여 있었다. 아직 베르사 대륙의 시간으로 4주가 지나지 않아서 마을을 벗어나지 못한 이들까지 합친다면, 아마 오크 유저는 어마어마할 것이다.

"사냥하자, 취!"

"여긴 몬스터 천국. 취취췻."

"크취취, 잡을 놈들이 많다."

이들은 파티를 이루고 삼삼오오 떼를 지어서 마을 근처에 있는 늑대들을 때려잡았다. 무식한 몽둥이를 깎아 들고, 심지어 부러진 나뭇가지를 무기로 쓰기도 했다.

나뭇가지는 내구력이나 공격력이 형편없어서, 중앙 대륙의 왕국들이 아니라 로자임 왕국의 유저들도 보통 공격용 무기로 사용하지 않는 것이었다.

뻐걱!

에르취라는 암컷 오크를 택한 유저의 나뭇가지가 늑대의 머리통을 강타했다. 그런데 그 소리가 예사롭게 들리지 않았다.

"잘했다, 에르취. 취익."

"힘이 넘쳐흘러요, 오빠. 취취췻."

인간들은 처음에 토끼나 여우를 사냥할 때도 상당히 고전을 면치 못하는데, 이들은 늑대를 그리 어렵지 않게 때려잡고 있었다.

오크들은 인간처럼 섬세하게 싸울 필요가 없다. 웬만한 공격은 생명력으로 참아 낸다. 방어구가 없는 상태에서도, 피부가 두꺼워서 나오는 기본 방어력 자체가 만만치 않았다.

덤으로 강력한 힘까지!

인간들이 잘 다루지 못하는 대형 무기들까지 자유롭게 다루는 오크들의 싸움은 간단했다.

한 대 맞고, 한 대 팬다.

그런데 그 한 대가 엄청나게 강력했던 것이다.

"나는 유로키나 산맥의, 크취취취취! 1마리 오크닷!"

"오크, 오크, 오크!"

"푸취익! 푸취췻! 다 죽이자!"

오크들은 크고 육중한 몸으로 쿵쾅거리며 뛰어다녔다. 그러면서 눈에 띄는 족족 몽둥이를 들어 늑대를 사냥했다.

초반의 성장은 압도적으로 빠를 수밖에 없는 오크의 위용이었다.

마판은 그 오크 마을에서 장사를 개시했다.

"자, 여행 도구 팝니다! 상처를 보호하고 감싸는 데 반드시 써야 하는 붕대, 짐을 넣는 데 필요한 배낭 팝니다. 간단한 무기도 있습니다. 엘프들이 만든 최고의 무기입니다. 지겨운 오크들의 요리! 소금도 없이 힘드셨죠? 여기 엘프들이 쓰는 각종 조미료들이 있습니다."

"취취췻!"

"가진 돈 다 드립니다. 취췻! 무기 하나만 팔아 주세요."

오크들은 물건 하나를 구매하기 위해 줄을 서야 했다.

오크 마을은 다 좋지만, 상점만큼은 최악이라고 해도 좋을 정도였다. 녹슨 글레이브 하나까지도 십만 골드가 넘는 마당에, 그들이 사서 쓸 수 있는 무기는 없었던 것이다.

그런데 신이 내린 것처럼 마판이 물품을 마차 가득 싣고 나타났다. 꼭 필요한 물건들만, 그것도 독점 판매였다.

"자, 줄을 서세요! 물건은 많이 있습니다."

마판은 구매해 온 물건들을 신 나게 팔아 치웠다.
 구매했던 가격의 2배, 3배는 기본이었고, 무기류는 10배까지도 붙여서 팔았다.
 남들은 폭리를 취한다고 비난할지 모른다. 하지만 마판은 위드에게서 다음과 같이 배운 적이 있었다.

 ─ 고객이 만족한다면 그것은 바가지가 아니다.

 초보자용 물건들이니 이윤이 좀 적다지만, 이 정도로 잘 팔린다면 얘기는 달라진다.
 약간 아쉽지만 마판의 주머니를 두둑하게 만들어 줄 정도는 되었다. 무엇보다 오래 기다리지 않아도 되는 빠른 판매가 장점이었다.
 오크들이 환호하면서 사 가는 모습에, 상인으로서 뿌듯한 마음도 들었다.
 "취췩!"
 그러나 오크들이 머리를 불쑥불쑥 들이밀 때마다, 심약한 마판의 가슴은 철렁철렁 내려앉곤 했다.
 '크헉!'
 못생긴 오크 카리취!
 그 잔재가 또렷하게 남아 있었다.
 오크 카리취의 퀘스트를 보고 매료되어 오크를 선택한 유

저들은 캐릭터를 생성할 당시에 용모를 조금씩 바꾸었는데, 문제는 전부 나쁜 쪽으로만 변형시켰다는 것이었다.
"얼굴에 칼자국을 만들어 주세요."
"애꾸눈도 괜찮습니다."
"이마는 좀 튀어나오고 입술은 터진 게 좋겠죠."
"이빨을 최대한 키웠으면 해요. 가능한 입 밖으로 많이 튀어나오도록."
"말할 때 침이 많이 튈 수 있는 구강 구조로……."
"코가 얼굴의 절반을 덮게 해 주세요!"
안 그래도 도저히 평범하다고는 볼 수 없는 오크들의 외모!
얼굴에 안대나 칼자국은 기본적으로 달고 살았다. 거기에다가 개인적인 취향까지 듬뿍 들어간 오크들의 모습은, 가히 꿈에 볼까 두려운 것이었다.
어쨌든 마판은 오크 마을에서 물건을 잔뜩 판매해서, 이제 명성도 제법 오르고 있었다.
오크 상인 마판!
적어도 오크들 가운데에는 마판을 모르는 유저가 없게 되었다.
'오크들은 매우 빨리 성장해. 그게 초반이 지나고 중후반이 되면 달라지지만.'
오크들은 마법이나 손재주가 취약하다. 함정을 해제할 줄도 모르고, 신성력도 가지고 있지 않았다. 오크 샤먼이나 오크 주술사는 있지만, 상처 치유보다는 전투력을 이끌어 내는 쪽에 치우쳤다.

'지능이나 지혜가 낮아도 육체적인 능력은 발달한 오크들. 이들이 성장하면 나의 이윤도 더욱 커질 것이다. 다른 경쟁자들이 없는 곳에서의 독점! 이거야말로 상인의 꿈과 같은 것이지.'

마판은 부푼 희망을 갖고 거래를 하고 있었다.

마을에서 물품을 다 판 후에는 오크 유저들에게 잡템을 구입했다.

"자! 삽니다, 사요! 모든 잡템들을 삽니다."

"여기요! 취칫."

"취익! 제 걸 사 주세요."

마판은 잡템도 한꺼번에 사들였다.

오크들 수천에게서 사들이는 잡템!

독점 거래로 가격을 후려쳐서 깎고, 즉각적으로 판매하며 수익을 거두는 것이다.

거상이 되려는 마판의 꿈이 조금씩 이루어지고 있었다.

유로키나 산맥을 활기차게 뛰어다니는 오크들의 활약에 따라서 마판이 챙기는 수입은 더욱 많아질 것이다. 지금도 오크들을 택하는 사람들이 꾸준히 늘어나고 있으니 상인으로서 장밋빛 인생이 활짝 열렸다.

이때 웬만한 상인이라면 나태해질 수도 있다.

'이만큼 돈을 벌어 놨으니 조금 쉬어도 괜찮겠어.'

그런데 여기서도 마판은 위드의 영향을 제대로 받았다.

'돈은 벌 수 있을 때 벌어야 돼. 바짝 허리띠를 졸라매서 더 가격을 후려치고, 더 열심히 사들이자.'

오크 마을과 유배자들의 마을을 오가는 마차에서도 마판은 쉬지 않았다.

마부석에 앉아서 부지런히 손을 놀렸다. 손재주 연마를 위해서 조각칼을 든 것이다.

"역시 상인은 배우고 익혀야 돼. 부자가 되기 위해서는 뭐라도 해야 된다."

마판은 열심히 조각품을 깎았다. 기초적인 조각술은 로자임 왕국에서 배워 두었다. 일차적인 목표는 재봉과 보석 세공이었다.

손재주가 일정 수준 이상이 되면 그때부턴 다른 생산 스킬도 익힐 수 있다.

상인인 마판이 가죽을 사서 재봉을 해서 되팔고, 보석 등을 세공할 수만 있다면 이윤은 2배, 3배로 늘 것이다.

조각사의 직업을 택한 것처럼 스킬의 숙련도가 오르지는 않았고, 손재주도 느리게 늘었다. 그래도 마판은 더욱 열심히 조각칼을 놀렸다.

세에취는 일단은 여자였다. 하지만 그녀의 종족은 오크다.

"취이익!"

암컷 오크!

기본적으로 오크들은 인간의 기준에 따르면 현저히 못생겼다. 그렇기에 여자들은 오크를 선택하는 것 자체를 매우 기피했다.

전체 오크들 중에서 암컷이 차지하는 비중이 10%도 안 되는 것이 그 사실을 증명했다.

하지만 세에취는 달랐다.

"여, 역시. 오크가 최고야. 취취!"

세에취는 자신의 변한 모습을 보며 매우 만족했다.

늘씬한 허벅지 대신에 오동통하고 굵은 다리. 사슴처럼 가늘고 긴 목은 두꺼운 통나무처럼 변했다. 어디 그뿐이던가. 군살 한 점 찾아보기 힘들던 복부에는 볼록하게 튀어나온 배가 출렁거리고 있었다.

캐릭터를 생성할 당시, 외모는 어느 정도 선까지 변경할 수 있다. 하지만 오크를 택하면서는 종족적인 특성까지도 추가하는 것이 가능했다.

허리에 굴곡 따위는 없는 절구통 몸매, 펑퍼짐한 엉덩이, 뒤룩뒤룩 겹쳐진 뱃살.

그리하여 세에취는 당당한 암컷 오크로 거듭난 것이다.
"너무 편해. 외모에 대해 신경 쓸 것도 없고 말이지. 취췻!"
세에취는 자신의 모습에 완전히 만족했다.

날씬한 몸매를 유지하기 위하여 먹고 싶은 것을 참고, 꾸준히 운동을 해야 했다. 그 고통과 정신적인 압박이 완전히 사라지는 기분이었다.

"그나저나 서윤이는, 취. 어디에 있는 거지? 취취췻!"

세에취의 정체는 바로 새마을 갱생병원의 차은희 정신과 박사였다.

얼음 여왕이라고 불리던 그녀가 오크로 다시 시작한 것에는 까닭이 있었다.

서윤의 캡슐에 저장된 동영상을 매일 보고 있던 차에, 그녀가 우는 걸 보았다.

'감정을 표출시킬 수 있다니 다행이야. 상처가 조금이나마 아물었겠구나.'

세에취는 서윤을 어서 만나고 싶었다.

지금까지는 서윤이 혼자 돌아다니도록 놔두었다. 아직은 억지로 누군가와 함께 다닐 때가 아니라는 판단에서다.

하지만 오크 카리취와 같이 다닐 정도라면 이제는 별 무리가 없으리라.

눈물을 흘리고, 웃으면서 이야기하는 과거의 서윤으로 한시바삐 되돌리고 싶었다.

"서윤아, 어디로 간 거니. 취익!"

세에취는 발을 동동 구르기만 했다.

4주간 마을 밖으로 나갈 수 없는 제한이 이제는 풀렸다.

서윤이 있는 곳은 어떤 계곡과 숲이었다. 캡슐에 저장된 동영상을 볼 수는 있어도, 그 장소를 정확하게 찾아서 가긴 힘들었다.

오크로 다시 태어났다고 해도 어딘가에 있을 서윤을 만나기까지는 쉽지가 않다.

'서윤이를 빨리 찾아야 되는데. 어디로 가야 하는지 알 수가 있어야지.'

그때 뒤에서 누군가 말을 걸어왔다.

"취췩. 저기요!"

돌아보니 웬 뚱뚱한 수컷 오크가 서 있었다. 녹이 슬어, 버려도 될 것 같은 글레이브를 들고 당당하게 서 있는 수컷 오크.

그 옆에는 다른 오크들도 서넛이 더 있었다.

"취취췻!"

"푸취췩!"

"취잇. 우린 넷인데 함께할래요?"

오크들이 돼지처럼 두툼한 볼을 푸들거리며 반가움의 인사를 했다.

파티에 동참하라는 제안!

오크들은 인간과는 다르게 파티를 구성하는 데에 훨씬 자유롭다. 통솔력이 높지 않아도 얼마든지 대규모 파티를 만들 수 있다. 10마리, 20마리가 하나의 파티를 꾸려도 경험치의 페널티가 부여되지 않는다.

무조건 집단행동인 것이다.

그런 이유로 오크들은 다들 파티로 활동을 했다. 혼자 다니는 경우는 극히 드물었다.

세에취는 몽둥이를 세워 들었다.

모락모락 피어오르는 살기!

"같이해요. 취취칫!"

"잘됐네요. 취취!"

세에취는 그 오크들과 함께 사냥을 하기로 했다.

'어차피 서윤이를 당장 볼 수 있는 건 아니니까. 험한 산맥을 뛰어다니려면 체력이라도 좀 키워 놓는 편이 나을 거야.'

오크들과 세에취는 마을 근처에 있는 늑대들을 향해 다가갔다.

컹컹컹!

늑대들이 미친 듯 짖으며 덤벼들었다. 오크들 못지않게 늑대들도 집단행동을 하는 몬스터들이다. 공격은 약하지만 단체로 움직이기에, 사냥하는 와중에 죽는 오크들도 많았다.

"위험하다. 취칫!"

"그쪽, 어서 피해요. 취이익!"

오크들이 막 전투에 돌입하려고 할 때, 1마리 늑대가 세에취를 향해 뛰어올랐다. 세에취는 그림과도 같은 동작으로 옆으로 비켜섰다. 각종 호신술로 단련된 몸이 저절로 반응한 것이다.

이미 로열 로드를 해 봤기에, 아주 고레벨 유저까지는 아니더라도 상당히 많은 전투 경험을 가지고 있다는 것 또한 도움이 되었다.

까다롭지 않은 일직선의 공격을 일삼는 늑대에게 곤란할 수준은 아니다. 세에취는 옆으로 비켜서면서 동시에 몽둥이를 하늘을 향해 추켜올렸다. 그러고는 내려찍었다.

"이야합!"

몽둥이가 떨어진 곳은 정확하게 늑대의 정수리.

빠직!

몽둥이에 금이 갈 정도의 강력한 일격이었다.

늑대는 땅바닥을 한 바퀴 구른 후에 일어났지만, 감히 세에취에게 다시 덤벼들지 못했다.

이번에는 세에취가 늑대를 향해 달려갔다.

육중한 몸 때문에 땅이 쿵쿵 울린다.

'역시 스트레스 해소에는 몽둥이가 최고야!'

세에취의 손에서 몽둥이가 춤을 추었다.

그녀는 오크라는 종족이 갈수록 마음에 들었다. 단순하고 과격하고, 복잡하게 계산하지 않는 것만큼 편한 게 없다.

"다, 다 덤벼. 취취취취췻!"

세에취는 뚱뚱한 몸을 이끌고 늑대들 사이를 신들린 듯 헤집고 다녔다.

카라카의 숲.

페일과 제피, 수르카는 바짝 긴장했다.

"허허허허."

"요놈들 참 귀엽구나."

"제법 까부는데요, 스승님."

"이거야 손맛이 상당한걸."

검둘치, 검삼치, 검사치, 검오치의 전투를 처음으로 제대로 본 것이다.

놀라운 몸놀림과 임기응변.

검치 들이 휘두르는 검은 믿기 어려울 만큼 정확했다. 몬스터의 허점들만을 날카롭게 공략했다.

-치명적인 일격을 가하셨습니다.

-급소를 파괴하셨습니다.

-몬스터의 눈을 공격하셨습니다. 적 몬스터의 시야가 줄어듭니다.

―적 몬스터의 다리 힘줄을 끊었습니다. 몬스터의 이동력이 둔화됩니다.

 검둘치가 휘두르는 검은 몬스터들을 능숙하게 요리하고 있었다.
 상대방의 방어력이 단단한 부위는 절대로 치지 않았다. 방어력이 높은 곳은 쳐 봐야 큰 피해를 입히기 힘들다. 약한 관절 부위나, 목이나 눈처럼 공격하기는 힘들어도 성공했을 경우에는 큰 피해를 줄 수 있는 곳만 노렸다.
 초반의 싸움에는 결정타를 날리지 않으며, 야금야금 몬스터들을 제압해 나간다.
 어떤 면에서는 잔인하다고 해도 좋을 정도였다.
 카라카의 숲은 타락한 홉 고블린의 성채와 딱정벌레 동굴, 드레드 울프 서식 지역 등으로 나뉘어 있다.
 그중 홉 고블린들을 상대로 믿을 수 없는 무력을 보여 주고 있는 것이다.
 "어떻게 저럴 수가 있죠?"
 수르카의 말에 페일도 제피도 확실한 대답을 하지 못했다. 직접 전투를 약간은 할 줄 아는 화령도 할 말이 없는 건 마찬가지였다.
 수르카는 크게 한숨을 쉬었다.
 "몬스터의 움직임을 아예 읽고 있는 것 같아요."
 모든 전투 계열 직업들의 꿈!

그것은 치명적인 일격에 있었다.

몬스터들의 약점들을 공격하고, 절대라고 할 수밖에 없는 빈틈을 공격한다. 정상적인 공격의 2배, 3배나 되는 타격을 입히는 재미가 있었다.

같이 파티를 이루어서 사냥을 할 때에도 치명적인 공격을 성공시키면 다 같이 축하를 해 줄 정도로, 그리 쉬운 일이 아니다. 그런데 그러한 공격들을 검둘치나 검삼치, 검사치, 검오치 들은 매번 익숙하게 펼치고 있는 것이다.

또한 어떤 상황에서도 미꾸라지처럼 이리저리 빠져나오면서, 절대로 적들에게 둘러싸이지 않았다.

제피가 물끄러미 자신의 낚싯대를 보았다.

"정말 싸울 맛이 안 나는군요."

페일이 어깨를 으쓱했다.

"그건 저도 마찬가지입니다."

스스로에 대해 자신감을 가지고 있던 페일이나 제피로서는 더욱 한숨밖에 나오지 않는 일이었다.

페일과 제피, 수르카의 공격력이 약한 건 아니다. 스킬의 숙련도를 충분히 올려서, 비슷한 수준의 유저들 가운데에서는 꽤 강한 편이다.

그런데도 치명적인 일격들을 연방 터트리는 것을 보면서 스스로의 전투 능력에 대해 실망감이 들었다.

호롬 산을 오르면서 이미 함께 예티와 싸워 봤지만, 당시에는 몬스터들이 그렇게 많지 않았다. 때문에 사각지대에서 치명적인 공격을 가하는 게 훨씬 쉬웠다.

 예티의 생명력이 워낙 많고 두꺼운 가죽 덕분에 방어력이 좋은 편이라서, 치명적인 일격을 가해도 크게 티가 나지 않았던 것이다.

 그런데 레벨이 비슷하고 생명력이 적은 홉 고블린들을 상대로 전투를 벌이니, 검치 들의 위력이 적나라하게 드러났다. 레벨이 훨씬 높은 페일의 공격력과 맞먹을 정도였다.

 마나를 써야 하는 스킬을 사용할 때에는 페일이나 제피의 공격력이 훨씬 강하지만, 일반적인 근접전으로는 가히 비교할 수가 없었다.

 다만 검치 들은 몸에 걸친 방어구들이 없는 탓에 방어력은 거의 전무하다. 인내력이나 맷집, 흔한 방어 스킬도 없었다.

 애초에 안 맞으면 된다면서 배우지를 않은 것이다. 그래서 몬스터에게 제대로 서너 대만 맞아도 빈사지경에 빠질 정도였지만, 사전에 공격을 피해서 거의 맞지를 않았다.

 공격을 당하더라도 대부분의 힘은 흘린 채, 피해를 최소화했다.

 비범한 전투 능력!

 전투를 읽을 줄 아는 눈과, 육체를 제어할 수 있는 힘이 있는 쪽이 그런 외적인 조건보다는 더 강하다. 검치 들은 전투에 대해서는 모두 달인의 경지에 올랐던 것이다.

그러나 정작 검치 들의 상황이 보기만큼 썩 좋은 것만은 아니었다.

'으, 살 떨려. 이놈들한테 딱 다섯 대만 제대로 맞으면 영락없이 죽겠구나.'

'아이들 앞에서 창피하게 죽을 수는 없다.'

'체면이 있지! 이런 홉 고블린들 따위에게 죽는다면 무슨 수치냐.'

검치 들은 방어 스킬을 하나도 올려놓지 않은 것을 뼈저리게 후회하고 있었다.

귀찮다고 방어구도 착용하지 않고, 레벨 업을 하며 얻은 스탯은 힘을 위주로 올렸다. 스킬도 당연히 공격력과 관련된 것만 향상시켰다.

그 덕분에 사냥 속도는 굉장히 빠른 편이었다. 비정상적으로 공격력이 발달한 것이다. 그러나 정작 싸우는 순간마다 삶과 죽음의 갈림길을 오가고 있었다.

몬스터의 일반 공격, 체술이나 무기류의 공격은 먼저 보고 회피할 수 있다. 거의 달인에 달한 움직임이었다. 하지만 여러 마리의 몬스터에 포위되어 피할 공간이 없을 때에는 꼼짝없이 죽는다.

포위망을 벗어나기도 전에 잠깐 동안 난타를 당하고 처참하게 죽을 수밖에 없는 운명!

검치와 검둘치, 검삼치, 검사치, 검오치는 미리 눈을 마주쳤다.

'포위당하지 않도록 조심해라.'

'내 뒤로 오는 몬스터가 있으면 맡아 줘야 해.'

'몬스터를 조금씩 유인하고, 분산시켜서 싸워야 된다.'

'여러 마리 몬스터가 몰려들면 죽기 살기로 도망쳐.'

철저하게 동료들의 눈치를 보면서 몬스터의 움직임에 주의를 기울였다.

하지만 일반 공격은 움직여서 피하더라도, 주술이나 마법들까지 완전하게 피할 수 있는 건 아니다. 그 탓에 검치 들은 사력을 다해서 싸우고 있었다. 미리 방어력에 투자해 놓지 않은 사실을 매번 후회하면서!

"이쯤이야 아주 가뿐하군."

검치의 말에 검둘치가 씩 웃었다.

"그럼요. 이런 정도야 식후 해장거리도 안 되죠."

검삼치도 한마디 거들었다.

"이런 놈들이라면 한 10마리쯤 더 와도 되겠는데요."

검사치는 말도 못 할 지경이었다.

아주 잠깐 사이에 몬스터들에게 둘러싸여서 처참하게 밟혔다. 그 결과 목숨이 위태로울 뻔했다. 그래도 이빨을 드러내며 웃었다.

이 정도야 가뿐하다는 웃음.

이리엔이 검치 들의 남은 생명력을 확인하고는 활짝 웃

었다.

"와, 대단하세요! 위드 님보다 훨씬 뛰어나요! 정말 아슬아슬하게 안 죽을 정도로 싸우셨네요. 인내력을 올리기 위해서 이렇게 싸우시는 거죠?"

검오치가 씩씩하게 고개를 끄덕였다.

"물론이죠. 원래 다 그런 겁니다."

"역시!"

순진한 이리엔은 전투의 달인들을 보며 어쩔 줄 몰라 했다.

위드가 매번 위험한 순간까지 맞았던 것은 든든한 방어력이 있기 때문이었다. 그와는 완전히 무관한 검치 들은 사내의 체면 때문에 내색을 하지 못할 뿐, 실제로는 매 전투마다 고비를 간신히 넘겼다.

'죽어서는 안 된다.'

'잠깐도 한눈팔 수 없지.'

그렇게 검치 들은 체면을 지키기 위해서 온 힘을 다해서 싸웠다.

장거리 공격 스킬에 의존해서 마나를 소모하는 전투는 어린아이들이라도 할 수 있다. 그러나 근접전을 하면서 틈틈이 스킬을 사용한다면, 전투의 난이도는 훨씬 오르지만 그만큼 오랜 시간을 쉬지 않아도 된다.

레벨이 훨씬 더 낮고 장비가 열악하다고 해도, 검치 들은 공격력만으로 홉 고블린들과 막상막하로 연속해서 싸웠다.

매번 목숨이 위태로웠지만, 주변에서 보기에는 그저 환하게 웃으며 전투를 즐기고 있을 뿐이었다.

레벨 270대의 홉 고블린들을 각개전투로 싸우다가, 때때로는 교차하며 협공을 펼친다.

검둘치와 검삼치의 순간적인 연합!

페일과 수르카는 눈을 부릅떴다.

짧은 순간이었지만, 홉 고블린들의 움직임이 서로에게 장애가 되었다. 그 틈을 이용해서 검둘치와 검삼치는 일방적인 공격을 가했다.

키에엑!

비명을 흘리며 쓰러지는 홉 고블린들!

검둘치와 검삼치는 자신들의 위치와 홉 고블린들의 진형을 교묘하게 이용하면서 전투를 펼친 것이다.

"에잇!"

수르카가 주먹을 불끈 쥐고 전투에 뛰어들었다. 그녀는 홉 고블린들의 약점을 집요하게 노리기 시작했다.

'조금씩 타격을 주는 걸로는 안 돼.'

위험하지만 적의 급소를 노린다. 몬스터의 약점을 살피고, 보다 확실한 한 방을 찾는다. 수르카도 조금씩 전투에 눈을 뜨게 된 것이다.

제피나 페일도 자신의 역할을 찾았다. 낚싯대를 이용해서 적을 한곳에 몰아넣어 광범위 공격을 펼치고, 화살을 쏘아

적의 움직임을 머뭇거리게 만든다. 그 틈을 타서 수르카나 검치 들에게 기회를 열어 주는 것이다.

혼자만의 공격이 아니라, 동료를 이용할 줄 아는 자세!

일행은 검치 들의 행동을 보며 많은 영감을 받았다.

'몬스터를 저렇게 후려 패야 아픈 거구나.'

'홉 고블린의 약점은 다섯 가지 정도로 알려져 있었는데, 지금 보니 여덟 곳은 되네.'

일행은 검치 들과 더불어 조금씩 전투를 즐기고 있었다.

위드는 예술가들의 조합에서 나왔다.

로디움의 예술가로 등록을 하기 위해서는 조각품을 만들어야 한다. 거리의 예술품을 하나 만들어 주면 되는 것이다.

"하지만 실패해서는 안 돼."

현재 위드의 조각술은 고급의 경지다. 이 정도라면 아무거나 만들 수는 없다.

초대형 사자 상이나, 빙룡 상!

거대 조각품을 만든다면 뛰어난 작품이 나올 확률이 더 높아진다. 그러나 이곳은 로디움이다.

도시 내에서 대형 조각품을 만드는 것은 무리일뿐더러, 그럴 만한 자리도 마땅치 않다. 재료를 가져오는 것도 문제였다.

"적당한 크기의 훌륭한 작품을 만들어야 돼. 일단은 좀 더 알아봐야겠지."

위드는 우선 상점이 밀집한 거리로 향했다.

로디움에는 상업이 그리 발달하지 않아서, 무기점이나 방어구점은 별 볼일이 없다. 액세서리를 전문적으로 파는 가게나 교역소에도 쓸 만한 물건은 없었다. 대장간의 기술력도 뒤처져서, 좋은 물품들이 나오지 않는 것이다.

그럼에도 예술가들의 도시답게 갖출 것은 갖추었다.

조각 재료점!

웬만한 왕국의 수도에도 없는 상점이 로디움에는 자리를 잡고 있었다.

위드는 조각 재료점 안으로 들어갔다.

"룰루루."

예쁜 종업원이 조각 재료들을 진열하고 있었다. 그녀는 나무들과 돌 종류 그리고 특이한 금속류들을 따로 분류했다.

"휴, 이걸 언제 다 팔 수 있다는 거야?"

그녀의 상점에 산더미처럼 쌓여 있는 재료들! 의욕 있게 조각 재료점에 취직을 한 것은 좋았지만, 손님이 영 없었다.

"이러다간 이번 급료도 거의 못 받겠네."

재료점에서 일한 지도 이미 사흘째. 그러나 그동안 찾아

온 손님은 딱 5명이었다.

그들은 상점을 훑어보고 부러운 듯이 말했다.

"나무 하나에 1골드가 넘어."

"언제쯤이면 조각품으로 1골드 이상의 가치를 가진 물품을 만들 수 있을까?"

"아서라. 지금은 3쿠퍼도 못 받는데."

손님들은 낙담하면서 돌아갔다.

좀 무리해서 좋은 재료를 쓰겠다고 마음먹어도, 최소 50쿠퍼는 넘는다. 어쩔 수 없이 길가에 굴러다니는 돌이나 나무를 가지고 조각을 해야 하는 신세였다.

따라서 지난 사흘간 실제로 팔린 물건은 전혀 없었다.

"빵 값도 비싼데, 이 일로 옷이라도 한 벌 사려면 대체 얼마나 일해야 하는 거야."

종업원 샤린은 연방 한숨을 내쉬었다.

돈을 못 벌어도 빵은 매일 먹어 줘야 된다. 물은 분수대에 가서 마신다지만, 음식 값은 들었다. 그런데 조각 재료들이 전혀 팔리지 않는다.

급료는 절대로 그냥 나오는 게 아니었다. 최소한의 기본임금은 지불되지만, 그 이상을 벌기 위해서는 실적을 쌓아야 했다.

파는 만큼 많이 버는 구조!

샤린이 고뇌할 수밖에 없는 상황이었던 것이다.

"에휴, 고민하면 뭐 해. 손님이 없는걸. 먼지나 털어야지."
그녀는 열심히 청소를 했다. 진열된 조각 재료들의 먼지를 닦아 내고, 가게를 깨끗하게 청소했다. 그러던 와중에 상점의 문이 열렸다.
딸랑!
샤린은 활짝 웃으며 인사를 했다.
"어서 오세요, 손님!"

위드가 가게 안으로 들어가자, 청소를 하던 여종업원이 인사를 하더니 빠르게 말을 쏟아냈다.
"여긴 조각 재료점입니다. 무기점이나 방어구점은 오른편에 있으니, 잘못 찾아오신 거라면 위치를 알려 드릴까요?"
위드는 고개를 저었다.
"아니요."
"아, 조각 재료들을 구경하러 오셨군요! 귀중한 조각 재료들도 있으니 구경은 눈으로만 해 주세요."
샤린은 지금까지 왔던 몇 안 되는 손님을 대하던 그대로 했다. 워낙에 조각 재료를 구입하는 사람이 없었기에 당연한 태도였다.
실상 현재 위드의 옷차림은 가난을 연상시키기에 딱 좋았다.
예티의 털가죽을 벗고 나서 입은 것은 색이 바랜 오래된

여행복! 막 로열 로드를 시작했을 때에 주어진 초심자용 복장을 그대로 입고 있었던 것이다.

초심자용 복장은 방어력이 거의 없다. 하지만 어차피 상점에 팔아 봐야 돈도 안 나오고 무게도 상당히 가벼워서 가지고 있었던 건데, 요긴하게 잘 입고 있었다.

위드는 여종업원이 유저임을 어렵지 않게 짐작할 수 있었다. 그렇지 않다면 높은 명성 때문에 어떤 식으로든 반응을 했을 것이다.

위드는 천천히 조각 재료들을 구경했다.

매우 비싼 광석이나 무늬를 가진 돌들이 있었다. 금이나 은으로 된 재료들, 대륙의 갖가지 진귀한 나무들도 보였다.

조각에 필요한 웬만한 재료들은 거의 갖춰져 있었다. 예술가의 도시 로디움이 아니고서야 불가능한 일이리라.

'이런 재료들을 기초로 조각품을 만든다면 성공 확률이나 가치가 훨씬 높아지겠군.'

확실히 로디움은 그 자체로만 놓고 보자면, 예술가들에게 필요한 기반이 굉장히 잘 닦여 있는 도시였다.

위드가 한참 재료들을 살피고 있자, 샤린이 다가왔다.

"손님."

"예?"

"청소도 다 했고, 할 일도 없어서 그런데 재료들을 설명해 드릴까요?"

샤린은 무척이나 심심했다. 어차피 찾아오는 사람들도 드물어서 시간도 남는다. 위드를 상대로 해서 며칠이지만 조각 재료점에서 익힌 지식을 이야기해 볼 셈이었다.

위드는 고개를 끄덕였다.

"말씀해 보세요."

샤린은 진열대에서 껍질이 연하고 두꺼운 나무토막을 들었다.

"이건 나베목이라고 하는 건데요, 강도가 아주 뛰어나고 한 번 가공하고 나면 여간해서는 망가지지 않아요. 초보 조각사들이 다루기에 좋은 나무죠. 그런데 비싸서 쓰시긴 힘들 거예요. 그리고 이쪽은 보라목. 특유의 향이 있어서 찾는 사람이 많아요. 이걸로 조각품을 만들면 향수가 따로 필요 없다고 해요. 다만 크기가 그만큼 작아야겠지만요."

일반적으로 많이 쓰이는 조각 재료들 중 나무는 저마다의 특성을 가지고 있다. 참나무 하면 단단함을 떠올리듯이, 특수한 옵션이 달린 조각 재료들도 많이 있었다.

샤린은 가게의 구석에 세워진 금괴 쪽으로 위드를 인도했다. 높이가 3미터는 되고, 너비도 만만치 않은 금괴 더미가 쌓여 있었다.

"이건 우리 가게의 자랑이에요. 참 대단하죠? 조각 재료용 금으로, 화사하고 단단한 편이에요. 이걸로 조각품을 만들었을 때 옵션이 어떤 게 붙는지는, 저도 잘 모르겠네요.

가격은 다 해서 7,000골드. 정말 엄청난 금액이죠."

위드는 금괴들을 살펴보았다. 금 특유의 화사하고 고귀한 광채가 흐른다.

'이걸로 조각한다면 괜찮은 물건이 나오겠군.'

위드는 내심 어떤 걸 사야 할지 점찍었다.

"음, 그리고 이쪽의 것은 터키석으로……."

샤린은 상당히 많은 조각 재료들에 대한 지식을 가지고 있었다. 처음에는 의욕적으로 배웠고, 나중에는 시간이 없어서 호기심에 알아본 것들이었다.

위드는 그녀의 설명을 다 들은 후에 말했다.

"조각 재료를 구입하도록 하겠습니다."

"네? 정말요? 고맙습니다."

샤린은 허리까지 숙여서 인사를 했다. 위드가 정말로 재료를 산다면, 그녀가 일을 하면서 최초로 판매에 성공하는 것이다.

'제일 싼 것 하나 정도 사 주시겠지.'

그런데 위드의 말은 그녀의 예상을 완전히 초월하는 것이었다.

"상점에 있는 나베목 전부, 보라목 전부 그리고 조각용 금괴를 사겠습니다."

"네? 그러면 가격이… 나베목이나 보라목은 그렇다고 치더라도, 금괴는 개당 10골드가 넘는데요."

샤린은 계산조차 되지 않았다. 한동안 재고들을 조사해 보고 나서 황당함에 눈이 동그랗게 변할 정도였다.

"말씀하신 물품들을 모두 사시면 18,000골드나 돼요. 아니, 잠깐만요. 이건 본래의 물품 가격이고, 누구에게 파느냐에 따라서 가격이 조금씩 달라지니까 제대로 계산을 해 봐야겠어요."

샤린은 나베목과 보라목 그리고 금괴를 계산대에 올려놓았다. 그러자 값이 훨씬 줄어들었다. 교역 스킬은 없더라도 명성치가 굉장히 높은 위드였기 때문에, 상점에서 구입을 하는 물품의 가격이 많이 낮아진 것이다.

게다가 이렇게 특정 재료에 대한 가격 할인은 조각술의 경지에 따라서도 차이가 난다. 위드는 명성이 높고 고급 조각술을 터득했기 때문에, 가격이 무려 30%나 하락되었다.

조각 재료를 구입하는 데 있어서는 웬만한 상인보다도 훨씬 저렴할 정도다.

'무슨 할인 폭이 이렇게나 커!'

샤린은 숨이 막힐 지경이었다. 알고 보니 그의 눈앞에 있는 사람은 대단한 명성을 가지고 있었다. 조각술 스킬도 보통은 아닐 것으로 짐작이 됐다.

이제야 비로소 진정한 대박이 찾아왔음을 그녀는 알 수 있었다.

그러나 아무리 실력이 뛰어나고 명성이 높다고 해도, 돈

이 없다면 허탕이다.

　샤린은 침을 삼키고 물었다.

　"18,000골드에서 30%를 빼면 12,600골드예요. 이대로 전부 구입을 하시겠어요?"

　"구입하겠습니다."

　위드는 망설임 없이 답했다.

　부자는 망해도 3년은 간다.

　피라미드 제작으로 큰돈을 벌었고, 불사의 군단 퀘스트 이후에도 호롬 산 등에서 사냥을 하면서 모은 돈이 있었다. 과거와는 비할 바가 아니라고 해도, 아직 12,000골드 정도의 여력은 있었던 것이다.

　"꿀꺽!"

　샤린은 놀라서 침을 삼켰다.

　이렇게 많은 조각 재료를 판다면 그녀에게 떨어지는 마진의 폭도 보통은 아니다.

　'최소한 2,500골드는 남겨 먹을 수 있어. 내게 이런 행운이 생기다니. 아아!'

　샤린은 감격으로 어찌할 줄을 몰랐다. 초보에게 2,500골드란, 그야말로 돈벼락이 아니던가!

　그러나 위드는 생각보다 호락호락한 인물이 아니었다.

　"자, 그러면 이제부터 본격적인 협상을 해 볼까요? 다 알아보고 왔습니다."

"......?"

샤린은 무슨 말인지 잠깐 이해할 수가 없었다.

"뭘 알아보고 왔다는 말씀이세요?"

"얼마까지 깎아 주실 겁니까?"

"네?"

설마하니 눈앞의 거물 조각사가 지금 가격을 놓고 흥정을 하는 걸까? 상상조차 할 수 없는 일이었다.

"그냥 2,500골드 정도 깎아 주시죠."

"......!"

인정사정없는 가격 후려치기!

샤린의 눈매가 변했다. 방금 전까지 최고의 손님이, 이제는 파렴치한 도둑으로 보일 뿐이었다.

"그렇게 팔면 제게 남는 게 하나도 없어요!"

"2,499골드."

"절대 안 돼요!"

"2,490골드. 다 알고 왔다니까요. 이렇게 팔아도 10골드나 남지 않습니까. 할인해 주세요."

그러면서 위드는 돈주머니를 꺼내 놓았다.

미리 알아보고, 현금으로 바로 결제한다. 값을 후려치는 비법이었던 것이다.

"흑흑! 있는 사람이 더한다더니."

샤린은 눈물을 머금고 재료들을 팔아야 했다.

조각 재료점에서 물품들을 싹쓸이한 위드는 배낭의 무게가 무거워졌음을 느꼈다.

어지간한 힘으로는 거의 들 수도 없을 정도였다. 무게를 최대 4배까지 줄여 주는 마법 배낭이었는데도 이만큼이나 무겁다.

위드는 배낭에서 상당히 묵직한 흑색 덩어리를 꺼내어 살폈다.

"감정!"

**흑색으로 뭉쳐진 제련 재료** : 내구력 100/100.
금속들의 결정체.
서로 다른 여러 금속들이 조악한 실력을 가진 대장장이에게 맡겨졌다. 과거의 순수한 상태로 돌아가지 못하고 한꺼번에 뭉쳐져 있다.
이것을 되돌리기 위해서는 매우 뛰어난 대장장이에게 맡겨야 할 것 같다.
미스릴과 흑철, 강철이 뒤섞여 있음.

"여기서 이걸 녹여야겠군."

위드는 이 흑색 덩어리를 이용해서 방어구를 만들 생각이었다.

과거에 가지고 있던 장비들은 레벨이 많이 오른 지금 쓰기에는 너무나도 부족한 아이템들이다.

그동안은 오크 카리취로 대충 입고 살았지만, 이제 인간으로 돌아온 마당에는 너무 커서 입을 수가 없다. 그러니 새로 장만해야 했다.

위드는 묵직한 흑색 덩어리를 눈으로 대충 가늠해 보았다.

'방어구 5개 정도는 만들 수 있겠어.'

미스릴의 무게는 극히 가볍다. 이것으로 부츠와 헬멧을 만든다면 무게가 많이 줄어드는 효과가 있다. 결과적으로 움직임과 민첩성이 크게 늘어 전투를 할 때에 훨씬 편해질 것이다.

오크 카리취 시절처럼 살을 주고 뼈를 깎는 강한 공격보다, 제대로 된 검술을 발휘하기에 좋다.

사실 갑옷이라면, 위드도 이미 가지고 있는 것이 있었다.

프레야의 교단에서 받은 유니크 급 아이템, 탈로크의 믿음 갑옷!

대륙의 명성 높은 드워프 대장장이가 만들었고, 방어력이 무려 85나 된다.

정상적으로는 레벨 350이 되어야 입을 수 있는 갑옷이었다. 하지만 대장장이들은 스킬이 한 단계 오를 때마다 아이템 착용 제한이 2%씩 줄어든다.

현재 중급 2레벨에 달한 대장장이 스킬로 인해서, 위드는 지금도 탈로크의 갑옷을 입는 것이 가능했다.

"흐흐흐."

위드의 입가에 음흉한 미소가 맺혔다.

탈로크의 믿음 갑옷의 아이템 정보를 확인할 때마다 기분이 좋아졌다.

이 비싸고 귀한 갑옷의, 말 그대로 엄청난 값어치!

이것보다 더 좋은 방어구들도 많이 있겠지만, 적어도 지금까지 획득한 물품 중에서는 최상급이라고 할 수 있다. 성자의 지팡이나 네크로맨서의 마법서보다도 훨씬 상품 가치가 높은 것이다.

다만 로디움에서는 이 갑옷을 입을 수가 없다.

번쩍번쩍 빛나는 미스릴 갑옷을 입고 다닌다면, 모든 사람의 주목을 끌게 될 것이다.

특히 거지들!

미스릴을 보고 달려들 거지들을 생각하면 로디움에서는 절대로 입어서는 안 될 일이다.

위드는 근처에서 대장간을 발견하고는 안으로 들어갔다. 드워프들이 활발하게 일을 하고 있었다.

깡깡깡!

드워프들은 풀무질을 하고 달구어진 검신을 망치로 두들기고 있었다. 유저가 아닌 주민들.

중앙 대륙에서도 도시마다 일하는 드워프들을 보는 것이 그리 어렵지 않았다.

접대를 맡은 드워프가 잰걸음으로 다가왔다.

"인간, 무슨 일로 왔는가?"

"이것을 녹여 주십시오."

위드는 품에서 흑색 덩어리를 꺼내 주었다.

"가능하겠습니까?"

"잠깐만 기다려 보게. 오, 이것은……!"

"뭡니까?"

드워프의 반응에, 위드는 혹시라도 그가 확인하지 못한 특별한 무언가가 있을지도 모른다고 기대했다.

감정 실력이 높아지더라도, 대장장이들이 쓰는 재료들처럼 전문적인 지식이 필요한 분야에서는 완전한 정보를 얻어 내지 못하는 경우가 있다. 이번에도 혹시 그런 경우가 아닐지 희망을 가진 것이다.

드워프는 놀란 표정을 숨기지 않고 말했다.

"이건 완전히 엉망이로군. 여러 금속들이 제멋대로 섞여 있어."

"……."

기대를 했더니 역시나 별로 특별한 것은 없는 모양이다. 하지만 드워프는 흑색 덩어리가 마음에 든 눈치였다.

"이걸 우리에게 팔게. 값은 후하게 쳐주지. 아니면 이걸 말끔하게 녹여서 원하는 무기나 방어구로 만들어 주겠네."

"거절하겠습니다. 그냥 녹여만 주세요."

"알겠네. 이런 훌륭한 금속을 사용할 수 없다니, 영 아쉽군."

드워프는 입맛을 다시면서 작업에 착수했다.

만약 드워프에게 제작을 맡긴다면, 조금 더 좋은 방어구가 나올지도 모른다. 위드도 중급 2레벨의 대장장이 스킬을 가지고 있지만, 드워프들의 실력을 무시할 수는 없기 때문이다.

하지만 위드는 스킬의 성장까지 감안을 해야 했다.

'대장장이 스킬을 올릴 수 있는 좋은 기회니까.'

기본적으로 위드는, 장비에는 크게 의존하지 않았다. 아무리 좋은 갑옷을 만들 수 있다고 해도 스탯과 스킬이 더 중요하다고 판단했다.

갑옷은 더 좋은 것이 생기면 바꿀 수도 있지만, 스탯과 스킬은 꾸준히 성장하는 것이기 때문이다.

화르르륵!

드워프는 고열의 화로에 흑색 덩어리를 집어넣고 풀무질을 했다. 시간이 지나면서 조금씩 덩어리가 녹아, 비중이 다른 금속들끼리 차츰 분리되었다.

위드도 흑색 덩어리를 녹일 수는 있지만, 스킬의 수준이 낮아서 비중이 다른 금속들을 원래의 상태로 분리하기는 무리였다.

드워프는 강철을 먼저 꺼내고, 그다음에는 흑철, 마지막에 미스릴을 꺼냈다.

"여기 있네. 수고비는 본래 700골드지만, 자네는 미래가 매우 밝은 모험가로 보이니 50골드 깎아 주지. 그리고 좋은 재료를 가져왔으니 20골드 더 깎아 주겠네."

"고맙습니다."

위드는 한참을 기다려서 분리된 미스릴과 흑철, 단련된 강철을 얻을 수 있었다.

조각술은 조각품만이 아니라, 주변의 환경에도 밀접한 영향을 받는다. 어떤 장소에, 어떤 조각품을 세우느냐에 따라서 그 가치가 하늘과 땅 차이로 달라지는 것이다.

"좋은 장소가 필요한데……."

위드는 명당을 찾기 위해서 로디움을 돌아다녔다. 넓은 거리마다 조각품과 미술품들이 다양하게 전시되어 있었다.

"여기에는 내 조각품을 놔둘 수 없고."

처음에 위드는 중앙 광장 쪽으로 향했다.

거지들이 들끓는 그곳! 하지만 가장 많은 예술품들이 있는 곳이기도 했다. 희귀한 나무와 꽃, 풀들이 자라고 공원처럼 꾸며져서 연인들에게도 인기 만점이다.

아침저녁으로 공연이 벌어지기도 했다.

거의 모든 로디움의 예술가들이 자신의 예술품을 세우기를 바라는 그런 장소인 것이다.

맑은 물이 떨어지는 분수대 근처에는 여행을 온 사람들로 넘쳐 나고 있다.

이런 장소에 조각품을 세운다면 그 가치를 쉽게 인정받을 수 있을 것이다.

하지만 위드는 미련 없이 중앙 광장을 포기했다.

'세상에 믿을 놈 하나 없지!'

금으로 된 조각상을 사람들이 많은 곳에서 만들 수는 없는 것이다.

더군다나 그에게 돈이 있다는 사실이 알려진다면, 얼마나 많은 거지들이 달라붙겠는가.

# 황금 조각상의 자태

위드는 생각을 달리해서 골목길로 들어갔다. 거미줄처럼 복잡하게 얽혀 있는 로디움의 골목길! 각종 상점들이 자리를 잡고 있었다.

그중에서도 아주 깊은 곳, 상가도 별로 없는 주택가에는 오가는 사람들이 거의 없다.

위드는 하루 동안 정찰을 해 본 끝에 전혀 사람이 다니지 않는 길을 발견할 수 있었다.

"좋아. 이곳이라면 적당하군."

로디움에는 개인 주택을 가진 사람이 거의 없다.

주택을 가지고 있으면 아이템을 보관하거나 휴식을 취할 수 있지만, 그에 따른 세금도 내야 한다. 하지만 로디움에는 주택을 가질 정도로 돈을 많이 가진 사람이 없으니 당연한 결과였다.

조각품을 만들 곳을 정한 위드는 소형 화로를 꺼내서 불을 피웠다. 그러고는 금괴를 넣어 녹였다.

"먼저 판형부터 만들어야겠지."

위드는 찰흙으로 세밀하게 형틀을 만들어 갔다. 이번에 만들려는 조각상은 금을 이용하는 것이다. 금을 녹여서 쓰기 위해서는 대장장이 스킬이 있어야 했다.

다양한 조각품을 만들기 위해서도 반드시 필요한 대장장이 스킬!

위드는 중요한 형틀을 흙으로 먼저 완성하고, 그런 다음에 그 안에 금을 녹여 부었다.

맑은 금물이 형틀 안으로 흘러 들어갈 때마다 위드의 가슴은 찢어지도록 아파 왔다.

"이게 대체 다 얼마인데."

조각사란 직업에 대해서 새삼 드는 후회!

초반부터 돈을 벌기는 지지리도 힘든 직업이었다. 그런데 뭔가 좀 본격적으로 만들어 보려고 하니 엄청난 돈이 드는 것이다.

돈을 벌어 주지는 못하고, 오히려 쓰기만 하는 상황이었다.

"이래서 예술은 안 돼! 예술은 정말 밥 먹고 살기 힘들어."

위드는 아픈 가슴을 달래며 형틀 속에서 금이 자리를 잡기

를 기다렸다. 그러면서 잡다한 광석들과 망치, 모루 등을 꺼냈다. 대장일을 동시에 하려는 것이었다.

"우선은 숙련도부터 올리는 것이 좋겠지."

오크 카리취로 사냥을 하면서 모아 온 광석들이 매우 많이 있었다. 유로키나 산맥의 질 좋은 광석들.

오크들은 퀘스트 보상품도 보통 보석이나 광석들로 준다. 그 덕분에 배낭에 상당히 많이 쌓여 있는 광석들을 처분해야 할 상황이었다.

철광석, 동광, 구리 광석, 간혹 아주 조금 금이나 은이 섞여 있는 경우도 많다.

"이걸 모두 만들어서 사람들에게 팔면, 대충 조각상 값은 벌 수 있겠군."

위드는 광석들을 옆에 잔뜩 쌓아 두고 작업을 개시했다.

일단은 광석을 녹여 쇳물로 만들었다. 그리고 쇳물이 일정량 모이면 틀에 부었다.

치이익!

검신의 모양으로 철이 자리를 잡는다.

깡깡깡! 깡깡깡!

위드는 망치로 그 강철을 두들겼다.

경쾌한 소리와 타격. 대장장이들은 조각사만큼 심혈을 기울여서 담금질을 하지 않아도 된다. 하지만 잘 때릴수록 내구력이 좋고, 검의 균형이 잘 잡힌다. 그렇게 완성된 검에는 상당한 웃돈이 얹혀 팔리는 경우도 있었다.

이것도 역시 가상현실을 기반으로 한 로열 로드이기 때문에 가능한 일이다.

무게중심이 엇나간 검을 휘두르는 것은 상당히 힘들기 때문이다.

"그럭저럭 형은 잡힌 것 같군."

위드는 물을 뿌려 붉게 달아오른 검신을 식혔다. 그러는 와중에도 화로에 지속적으로 광석을 넣어 쇳물을 조금씩 뽑아내고 있었다. 대장장이 스킬을 써서, 지금까지 모아 온 광석들로 모조리 장비를 만드는 것이다.

위드는 구조가 복잡한 방어구들보다는 검 위주로 제작을 했다.

방어구들은 구조가 복잡한 대신에 담금질을 크게 신경 쓰지 않아도 되는 장점을 가지고 있다. 그러나 검을 만들 때에는 무게중심을 잘 잡아야 한다.

위드는 어느 정도 완성된 검을 몇 번 휘둘러 보는 것만으로도 무게중심이나 균형을 알 수 있으니, 차라리 이게 훨씬 편했다.

- 대장장이 기술의 숙련도가 0.1% 상승하였습니다.

- 대장장이 기술의 숙련도가 0.3% 상승하였습니다.

-대장장이 기술의 숙련도가 0.4% 상승하였습니다.

-대장장이 기술의 숙련도가 0.1% 상승하였습니다.

 검이 완성될 때마다 숙련도가 조금씩 상승했다.
 '검을 오백 자루쯤 만들어야 대장장이 스킬의 레벨이 한 단계 오르는 것인가?'
 대장장이 스킬은, 초반에 익히는 법은 쉽다. 조각술이 직접 손으로 조각을 해야 한다는 점에 비교한다면 엄청나게 쉽게 배울 수 있다.
 하지만 스킬의 레벨이 오를수록 숙련도의 상승은 만만치가 않다. 중급 대장장이 2레벨밖에 안 되었는데도 이미 상당한 노가다라고 할 수 있었다.
 '그래도 철로 만든 검들이니까.'
 아마 대장장이 스킬의 경우도 좋은 재료를 쓰거나, 걸작이나 명작 같은 것을 만들면 숙련도가 더 많이 상승할 것이다. 대신 그만큼 스킬 레벨의 성장도 만만치는 않을 테지만.
 쨍그랑.
 위드는 완성한 검들을 한쪽에 쌓아 놓았다.
 구태여 일일이 정보를 확인할 필요는 없다. 어차피 공격력 20에서 45 사이의 물품들이 나오게 될 테니까.
 일반적인 재질로 만든 검들은 그것이 한계였다. 물론 드워프들에 의해 알려진 소문에 의하면, 고급 대장장이 스킬을 가지면 공격력 60짜리 철검도 만들 수 있다고 한다.

하지만 중급 대장장이 스킬을 가지고 보통의 재료로 만드는 이상 어쩔 수 없는 일이었다.

'개당 100골드 정도는 무난히 받을 수 있겠지.'

옵션들이 제각각일 테니, 검마다 가격 차이가 심하게 날 것이다. 그래도 평균적으로 100골드 정도는 받을 수 있다. 고급 손재주를 가진 위드가 만든 검들은 유별나게 내구력이 높았던 것이다.

일반 검사들은 내구력이 높은 검을 선호했다. 가죽이 두꺼운 몬스터들과 싸우다 보면, 검의 내구력도 금방 떨어지기 때문이다.

위드는 검을 만드는 한편으로는 다른 일도 했다.

화로에 넣은 광석들이 쇳물로 변하는 사이, 가죽들을 가지고 옷을 만들었다.

철저한 부업 정신!

기다리는 시간을 최대한 없애야 한다.

'내가 잠깐이라도 쉬는 사이에 다른 놈들은 사냥을 해서 강해지고 있겠지!'

위드는, 진정한 노가다는 같은 일을 반복하는 것만으로는 이루어지지 않는다고 생각했다.

노가다란 잠시도 쉬지 않아야 한다.

오늘 하루 죽도록 일했다고 해서, 그다음 날 쉬면 안 된다. 그러면 하루 동안 일한 것이 아무 의미가 없어진다. 이것은 정말 기초적인 것이었다.

 그다음의 경지는, 하나의 일을 꾸준히 하면서 중간에 잠깐이라도 남는 시간에는 다른 일을 하는 것이다.

 사냥을 하면서 생명력과 마나를 채울 때에는 조각을 하고, 좀 더 시간이 남을 때에는 대장일이나 재봉을 한다.

 이것이야말로 위드의 스킬이 빠른 속도로 오른 이유였다.

 위드는 지금까지 챙겨 놓았던 가죽류들을 이용해서 옷을 만들었다. 가죽을 자르고, 바느질을 하는 것은 너무나도 익숙했다. 손이 슥슥 지나가면 바늘이 꿰이고 단추가 달린다. 가히 전광석화를 방불케 하는 속도!

 "소싯적에 단추 십만 개, 인형 눈알 백만 개를 붙인 나다. 이 정도야 쉬운 일이지."

 위드는 검을 만드는 중간에 쉬는 시간을 통해 가죽들을 전부 처리할 수 있었다.

> -재봉 스킬의 레벨이 중급 3으로 상승했습니다. 재봉용 풀들을 이용해서 옷을 염색하실 수 있습니다. 특정한 풀은 단단한 몬스터의 가죽을 부드럽고 연한 재질로 바꾸는 데에 도움을 줍니다.

 재봉이 끝날 즈음에는 검을 만드는 일도 대충 끝나 가고 있었다.

> -대장장이 스킬의 레벨이 중급 3으로 상승했습니다. 만들어진 아이템들의 공격력과 방어력이 일정 수치만큼 증가합니다. 보다 효율적인 공성 무기를 제작하실 수 있습니다.

 작업을 마치자 재봉과 대장장이 스킬이 한 단계씩 올라, 중급 3레벨이 되었다. 그리고 위드의 주변에는 옷가지와 검이 수북하게 쌓여 있었다.
 "이제부터 본격적인 시작이로군."
 위드는 흑철과 미스릴을 꺼냈다. 이것을 이용해서 직접 사용할 방어구를 제작해야 했다.
 "감정!"

> **흑철** : 내구력 30/30.
> 광석을 제련해서 얻은 금속.
> 담금질의 용도로 이용되어 다양한 물품을 제작할 수 있다. 어떤 형태로도 가공할 수 있지만, 잘 깨어지지 않아 주로 방어구를 만드는 데에 사용한다.
> 흑철을 다루기 위해서는 중급 대장장이 스킬이 필요하며, 매우 희귀한 탓에 많은 양을 구하기란 어렵다.
> 다른 물품과 섞어서 사용할 시에는 물체의 색이 검게 변한다.
> 2등급 대장장이 아이템.
> **옵션** : 물리적인 공격에 대한 방어력이 뛰어남.

 흑철은 2등급 대장장이 아이템으로, 쉽게 보기 힘든 물품

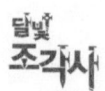

이다. 상점에서는 거의 판매도 하지 않고, 설혹 판다 해도 그 양이 극히 적어서, 구하게 되면 꼭 필요한 데에 섞어 쓰는 정도였다.

이어 위드는 미스릴을 손에 올렸다. 흑철과는 다르게 몇 킬로 되지도 않는 무게였다.

"감정!"

> **미스릴** : 내구력 50/50.
> 극상의 대장장이 아이템.
> 모든 대장장이들이 사용하기를 원한다. 하지만 자연 상태의 미스릴을 얻기란 매우 힘들어서, 극소량만을 구할 수 있다.
> 적은 양이라도 검이나 방어구에 섞으면 성능을 크게 향상시켜 준다.
> 순수한 은이라고 할 정도로 맑은 광채를 띠며, 마법으로부터의 보호 능력을 가지고 있다.
> 미스릴을 다루기 위해서는 최소한 중급 대장장이 스킬을 가지고 있어야 한다. 하지만 제대로 사용하기 위해서는 고급 대장장이 스킬이 필요하다.
> 1등급 대장장이 아이템.
> **옵션** : 물리력과 마법 저항력을 상승시켜 줌.
> 　　　명성을 증가시키고, 기품을 더해 준다.

위드는 형틀에 흑철과 미스릴을 섞어 넣었다. 그런 후에 틀을 잡아 망치로 사정없이 두들겼다.

쾅! 쾅! 쾅!

흑철이나 미스릴 둘 다 지극히 단단한 금속이기에, 여간한 힘을 가해서는 가공할 수 없다. 생산직인 대장장이라고 해도 상당한 힘이 필요한 직업이었던 것이다.
  그러나 위드의 힘은 굳이 오크로 변하지 않더라도 발군이었다. 조각술로 올라간 힘은 거의 없다고 하더라도, 레벨을 올릴 때마다 힘과 민첩에만 투자했던 것이다.
  생명력은 낚시를 배우면서 터득한 생존술로 키우고, 방어력은 몬스터에게 맞아 늘린 인내력으로 충당했다.
  예술 스탯은 여러 생산직들을 전전하면서 키운 것으로 보충했다.
  덕분에 힘과 민첩의 수준이 매우 높았다.
  위드는 이윽고 헬멧을 완성시켰다.

  –대장장이 기술의 숙련도가 7% 상승하였습니다.

"감정!"

**고귀한 기품이 어린 검은 헬멧** : 내구력 150/150. 방어력 32.
상당히 재주가 좋은 대장장이가 만든 작품!
감탄밖에 나오지 않는 손재주로 인해 흠을 잡기 어려울 정도로 꼼꼼하게 만들어졌다. 다만 미스릴을 다루기에는 미숙한 실력으로 인해 완성도가 높진 않은 것이 흠이다.
새카만 광택과 조형미로 인해 상당한 예술성을 가졌다.

그럼에도 뛰어난 방어력은, 어지간한 몬스터라면 때리다가 지칠 정도 이리라.
**제한** : 힘 300. 레벨 300.
**옵션** : 민첩 +30. 매력 +70. 예술 +20.
지혜 +20. 지력 +10.
명성 +200.
통솔력 +30%.
혼란 마법에 대한 면역.
마법 저항 +15%.

꽤 괜찮은 아이템이 나왔다.

미스릴이 섞여 있기에 위드의 대장장이 스킬이 조금만 높았더라면 더 좋은 장비가 되었겠지만, 어쩔 수 없는 일이었다.

위드는 이제 부츠를 만들었다. 소므렌 자유도시에서 사람들의 의뢰를 받을 때에 부츠도 숱하게 만들어 본 적이 있어서 그리 어렵지는 않았다.

부츠의 가치는 무엇보다 민첩성에 크게 좌우된다. 그렇기에 남아 있는 미스릴을 몽땅 사용했다.

-대장장이 기술의 숙련도가 8% 상승하였습니다.

"감정."

> **가볍고 귀한 검은 부츠** : 내구력 130/130. 방어력 14.
> 발을 완전히 보호할 수 있는 부츠.
> 미스릴이 많이 들어가서 가볍다. 아무리 오래 신어도 피곤하지 않을 것 같다.
> 상당히 재능이 있는 대장장이가 만들었을 것으로 짐작이 되지만, 부족한 실력으로 인해 미스릴을 제대로 다루지는 못하였다. 결과적으로 미스릴이 일부 고르게 퍼지지 못하여, 생각만큼 튼튼하지는 않음.
> **제한** : 힘 150. 민첩 300. 레벨 300.
> **옵션** : 이동속도 15% 증가. 단 마나가 소모됨.
> 　　민첩 +70. 예술 +20.
> 　　명성 +100.
> 　　장거리 이동 시에 체력의 저하를 막아 줌.
> 　　험한 지형에서도 쉽게 걸을 수 있음.

 리치 샤이어가 착용하고 있던 쿠르달의 신발에는 비할 바가 아니지만, 제법 괜찮은 부츠가 나왔다.
 "자고로 부츠는 민첩과 이동속도지."
 위드는 크게 만족했다.
 부츠의 경우에는 이동속도를 올려 주는 옵션 하나만 있더라도 가격이 몇 배나 뛴다.
 전투 중에 남들보다 빨리 움직일 수 있다는 것!
 그 장점은 엄청난 것이다. 공격을 피하기도 쉽고, 적에게 다가가기도 훨씬 편해진다. 검사들의 경우에는 원거리 공격을 하는 궁수나 마법사에게 더 빠른 접근이 가능하다.

반대로 도망칠 때에도, 이동속도가 빠르다면 죽을 확률이 훨씬 줄어든다.

그런 이유로 인해서 이동속도 증가 옵션이 붙은 부츠들은 가격도 비싸고 수량도 부족한 편이다.

쿠르달의 신발처럼 이동속도를 무려 30%나 올려 주는 게 아니라도, 상당히 쓸 만한 아이템인 것이다.

북부 원정대!

차가운 장미 길드가 주축이 되어, 드디어 탐험을 위한 만반의 준비를 갖춘 원정대가 결성되었다.

원정대의 규모는 무려 1,300을 헤아렸다.

최초 오베론과 그의 측근들에게, 이렇게 많은 인원을 모을 생각은 없었다.

사람의 숫자가 늘수록 관리는 더욱 어렵게 된다. 필요한 물자도 많아지고, 여러모로 곤란한 상황들이 일어날 가능성도 커진다. 어느 정도 규모를 키울 생각을 하긴 했지만, 이만큼은 아니었다.

보통 원정대라고 하면 50명에서 100명 사이가 많다. 던전 평정이나 점령을 목적으로 한 원정대도 200명을 넘는 경우란 거의 없다.

황금 조각상의 자태 **93**

오히려 아주 위험한 곳으로 떠날 때에는 7명이나 8명, 마음이 맞는 사람들끼리만 어울리기도 했다. 사람이 몇 명 안 되면 위험을 미리 살피고 기민하게 회피할 수 있기 때문이다.
 규모가 커지면 상대적으로 안전하다는 장점이 있긴 하지만, 얻게 되는 단점이 더욱 만만치 않았던 것이다.
 오베론은 측근들과 대화를 나누었다.
 "원정대에 참여하겠다는 사람들이 너무 많아. 좀 줄일 필요가 있을 것 같은데."
 "줄이기가 힘듭니다."
 부길드장 베로스는 난색을 표했다.
 "저마다 인맥을 통해서 요청을 해 오는 터라 거절할 수도 없습니다."
 "그래도 우린 위험한 곳으로 가야 된다. 어중이떠중이들까지 다 끌고 갈 수는 없어."
 "아주 소수의 모험가들, 베르사 대륙 최고 수준에 있는 사람들이 북부의 지형 등을 알아 왔습니다."
 "그러니 더욱 정예들만 추려서 가야지."
 "하지만 북부에서 버티는 것은 그들도 실패했습니다. 그러니 우리들은 아예 생각을 바꾸어서, 최대한 많은 사람들을 데려갈 필요가 있습니다."
 오베론은 베로스의 마음을 알 수 있었다.
 "아예 든든한 부대를 편성해서 가잔 뜻인가?"

"틀린 말도 아니지요. 북부에서는 어떤 일이 벌어질지 모릅니다. 그곳에 이미 진출한 소수의 모험가들도, 자기들이 알아낸 정보 중 중요한 것은 절대로 공유하려 들지 않습니다. 우리들이 알고 있는 것은 아주 대중적이고 별달리 쓸모도 없는 것들이죠."

"그건 그렇지."

오베론은 곧바로 동의했다.

북부를 탐험한 이들은 정말로 쓸모없는 정보들만 공개했다. 마을의 이름이나 도로명, 북부에 있는 매우 위험한 지형에 대한 정보!

직접 가 본다면 얼마든지 알 수 있는 것들이다.

"그런 부족한 정보로는 원정대가 매우 위험합니다. 북부에 있는 몬스터 세력들에 대해서도 전혀 모르지 않습니까?"

"베로스, 그건 이미 끝난 이야기다. 정찰대를 일일이 보내서 확인하고 이동한다면 시간이 너무 오래 걸려."

"제 생각도 그렇습니다. 하지만 정예들만 데려가서는 전멸할 상황도, 사람의 숫자가 많다면 버텨 낼 수 있을 겁니다."

오베론은 회의적이었다.

"과연 저들이 도움이 될까? 어두운 새벽에 습격하는 몬스터 무리도 있을 것이고, 절대적으로 위급한 상황도 있을 거야. 그럴 때에 진정 도망가지 않고 동료들을 지키며 싸우려 들까?"

베르스도 그 점은 그다지 자신할 수 없었다.

"동료로서의 신의를 바라기는 무리입니다. 그래도 자기들 밥값은 하는 친구들이겠지요. 그리고 동맹 길드의 참여나 우리들의 터전 근처에 있는 세력들의 참여는 거절하기 힘든 부분이 있습니다."

이번에 오베론을 비롯한 차가운 장미 길드 주력의 대부분이 북부로 떠나게 되었다. 그 공백기를 이용해 주변의 세력들이 욕심을 낼지도 모른다. 길드가 소유한 성이나 마을들이 높은 성벽과 병사들로 보호를 받는다고 해도, 주력이 빠져나간 틈을 타서 공격을 해 올 수 있는 것이다.

하지만 그들도 눈치만 볼 뿐, 딱히 구체적인 행동으로 옮기기에는 무리가 있었다. 우선은 세력들이 다들 고만고만했다. 차가운 장미 길드보다 한 단계 이상 전력이 부족했기에, 오베론이 돌아올 때를 고려하지 않을 수 없었다.

오베론의 신망이나 신용 때문에 그를 따르는 무리가 한둘이 아니었다.

드워프 워리어 오베론!

그는 각 왕국을 돌아다니는 모험가이며 용병이었다.

몬스터에게 점령당한 마을에서는 약한 유저들을 보호하면서 죽음을 무릅쓰고 끝까지 싸우고, 다른 유저들을 돕고 보살피면서 모험을 즐기기도 했다.

약한 자들을 돕고 어려운 상황에 빠진 이들에게 손을 내

민다!

 따라서 그에게는 친구도 많고, 그중에는 큰 세력을 이끄는 이도, 사냥터에서 혼자 돌아다니는 전사도 있었다.

 드워프 워리어로서 너무나도 유명세를 타고 있었기에, 그를 따라서 오베론이라고 이름을 붙인 자들만 해도 수만 명이 넘는다.

 실제로 차가운 장미 길드는 오베론과 그의 추종자들에 의해서 결성된 것이나 다름이 없었다.

 차가운 장미 길드의 전력은 중상위권에 속하는 정도지만, 베르사 대륙에 오베론을 꺾을 자신을 가진 사람은 100명도 채 되지 않는다.

 그렇기에 눈치 싸움만 치열하게 벌어질 뿐, 먼저 나서서 차가운 장미 길드의 세력권을 넘볼 수 있을 만큼 간 큰 자가 없었다.

 결국 이럴 바에야 다들 차라리 차가운 장미 길드와 함께 북부 탐험을 떠나겠다고 신청을 한 것이다.

 "그들을 받아들여 주지 않는다면 원성을 사게 될 겁니다. 그리고 우리들이 없는 사이에 무슨 꿍꿍이를 부릴지도 모르고요. 별로 가능성은 높지 않다고 해도, 괜히 후방에 위험 요소를 남겨 놓을 필요는 없지 않겠습니까?"

 "결국 받아들여야 하는 거군."

 오베론은 베로스의 말에 일리가 있다고 판단했다.

원정대에 속하려는 이들을 무조건 내치다 보면 원망을 들을 것이다. 주위의 신망을 중요시하는 오베론으로서는 계속 거절할 수만도 없게 되었다.

정예들만 발탁하려는 초기의 계획은 무너지고, 어느 정도 일정한 기준을 따르는 이들은 모두 받아들였다. 특정 길드에서 보낸 전사들이나 모험가들. 이들의 참여로 인해서 대폭 숫자가 늘어난 것이다.

베로스와 드럼은 아예 이번 기회를 널리 활용하기로 했다.

"대장은 너무 순진하게만 생각해."

"모험. 탐험. 개척. 다 좋지. 명예를 얻을 수 있는 기회지만, 실리부터 챙기는 게 좋아."

베로스는 드럼과 의미심장한 눈빛을 교환했다. 서로의 마음이 맞았다.

"역시 이번 기회를 잘 활용해야 해. 우리 차가운 장미 길드의 이름으로, 오베론의 이름으로 각 길드들을 뭉치는 거야. 원정대에 가능한 많은 사람들을 받아들이자."

일은 베로스의 의도대로 이루어졌다.

베로스는 변방 왕국의 길드들도 받아들였다. 그런 덕분에 인원이 이만큼이나 늘어나게 된 것이다.

차가운 장미 길드와 그 동맹 길드들. 그들은 거대한 평원에서 세력을 과시하고 있었다.

무려 1,300명이나 되는 사람들이 줄을 맞춰서 서고, 수만 명의 사람들이 멀리서 구경을 하고 있었다.

출정식은 성대할 수밖에 없었다.

베로스나 드럼이 의도적으로 이것을 유도했다. 세력을 과시하면서 길드의 명성을 널리기 알리기 위함이었다.

며칠 전부터 출정식을 떠들썩하게 광고했고, 자리도 일부러 사람들이 많은 성 근처로 잡았다.

그 덕분에 구경꾼은 이루 말할 수 없이 많았다.

대대적인 출정식이다.

이번에 북부로 떠나는 사람들과 최소한 몇 달은 만나지 못한다. 관중 사이에는 원정대와 친분이 있는 사람들이 유독 많았다. 그들은 이별의 인사를 나누었다.

"무사히 다녀와."

"기념품 꼭 챙겨 오고……."

"걱정하지 말고 기다려."

먼 곳으로 떠나는 사람을 보기 위해서 일부러 배웅을 나온 것이다.

차가운 장미 길드 전원과 동맹 길드들 전원, 기타 소문을 듣고 모여든 관중으로 인해서 평원은 번잡하기 짝이 없었다.

동맹 길드의 수장들은 자신의 차례가 돌아올 때마다 열심히 연설을 했다.

"우리는 안정된 이곳을 떠나서 모험의 대지로 갑니다. 위험은 곧 기회입니다. 우리들이 바라는 것을 쟁취하기 위하여 떠납시다!"

"우와아!"

"우리는 새로운 땅의 흙을 밟으려고 하고 있습니다. 우리의 신발이 새 땅의 흙을 묻히고 돌아올 때, 우리는 달라져 있을 것입니다. 새로운 경험을 하게 될 것이고, 남들에게 이야기할 수 있는 추억이 생겨날 것입니다. 그리고 우리들의 행동은 널리 퍼져 전설이 될 것입니다. 우리가 전설의 주인공이 되는 것입니다."

"와와!"

1명 1명, 발언이 끝날 때마다 원정대원들의 환호로 평원이 떠나갈 듯했다.

입에 발린 소리, 귀에 듣기 좋은 말들뿐이라고 할지도 모르나 실제 탐험은 상당히 위험하고 처절하다. 혹독한 추위에 맞서 북부를 돌아다녀야 하고, 제대로 된 정보도 없어 밤에 쉴 곳도 마땅치 않았다.

그런 탐험에 앞서, 지금의 성대한 출정식은 원정대원의 사기를 높여 주는 효과가 있다. 허례허식처럼 보이지만, 절대로 빠뜨릴 수 없는 행사였다.

동맹 길드의 수장들이 다들 한마디씩을 한 후, 마침내 오베론의 차례가 왔다.

오베론은 널찍한 단상에 올라서 주위를 둘러보았다.

"……."

원정대원과 관중이, 숨을 죽이고 그의 말이 나오기를 기다리고 있었다.

큰 길드를 이끄는 대장이며, 신의를 지키는 워리어!

사람들 사이에 절대적인 유명세를 떨치고 있는 오베론이 무슨 말을 할까 긴장하는 것이다.

오베론의 말은 길지 않았다.

"우리는 더위를 잊어버릴 것이다. 우리는 추운 곳으로 간다. 더위를 없애기 위해서 가자!"

그것으로 끝이었다.

원정대원과 관중은 황당함에 눈을 부릅떴다.

여기 모인 인원만 해도 최소한 수만 명이다. 동영상이 퍼지면 백만 명이 넘는 사람이 이 광경을 보게 된다. 탐험이 성공한다면 천만 명 이상이 이 출정식을 찾게 되리라. 얼굴을 알릴 둘도 없는 좋은 기회였다.

멋진 대사를 10분 넘게 발언할 수도 있는데도, 오베론은 지극히 짤막한 말들로 끝낸 것이다.

하지만 원정대원들의 가슴속에는 그 마음이 더욱 크게 남았다.

'베르사 대륙의 더위를 물리친다.'

'우리가 북부로 떠난다!'

오베른의 발언이 남긴 깊은 여운이 원정대원 전원의 가슴을 가득 채웠다.

　오베론의 말을 끝으로 출정식의 모든 행사는 종료되었다. 푸짐한 음식을 먹었고, 친분이 있는 이들과의 작별 인사도 마무리가 되었다.

　히히힝!

　원정대는 각자 말에 올라탔다.

　상인들은 물자를 가득 실은 마차를 이동시키고, 다크 게이머들이 그 마차의 지붕에 올라갔다.

　"휴, 덥군."

　볼크가 손으로 자신의 얼굴을 부채질하며 말했다. 출정식이 성대한 만큼 다크 게이머들에게는 상당히 지루했던 것이다. 그나마 오베론의 말이 짧았기에 다행이었다.

　"역시 의뢰를 받아서 하는 일은 성가신 행사가 많다니까."

　볼크의 말에 다크 게이머들 30여 명은 다들 고개를 끄덕였다. 의뢰에 참여할 때마다 매번 비슷비슷한 행사들을 겪어 보았으니 다들 동감하는 것이다.

　그렇지만 다크 게이머들도 조금씩은 흥분하고 있었다.

　이렇게 대규모 탐험 행렬에 끼는 것은 그들도 처음이다.

　과거 동부에 있는 브렌트 왕국이나 로자임 왕국을 개척할 때를 제외하고는, 이러한 규모의 원정대가 결성된 전례도 별로 없었던 것이다.

　역사의 한 주인공이 될 수 있다는 사실에 다크 게이머들도

다들 고무된 상태였다.

"출발한다."

"가자!"

이윽고 원정대원들은 모든 준비를 완료하고, 북쪽을 향해 말을 달리기 시작했다.

성문 근처의 평원에서 출정식이 이루어지고 있었기에, 아직 먼 곳을 갈 수 없는 초보들은 부러운 눈으로 이들을 지켜보았다.

"우리는 언제쯤에나 저런 곳에 낄 수 있을까?"

"휴, 멀었지. 저런 원정대에 속하려면 고수가 아니고서는 불가능하니까."

"그래도 지금 우리들도 나쁘진 않잖아. 가진 것도 없고 능력도 약하지만 힘을 모아서 싸우고 있고, 성에서 퀘스트를 하거나 주민들과 친해지는 것도 재미있으니까."

"그야 그렇지. 어서 사냥하고 엘린이 만들어 주는 수프를 먹고 싶다."

"귀족들의 파티는 참 재밌어. 모험가로 그곳에 끼면, 맛있는 음식도 먹고 예쁜 여자들도 많이 만나 볼 수 있지. 참, 보라둔! 너는 명성이 100이 못 넘어서 파티에 못 낀다고 했었지?"

"이번에 여우 꼬리를 모아 오는 퀘스트만 하면 나도 100

을 넘을 수 있어."

"명성이 중요하니까 열심히 퀘스트를 해."

"알아. 나도 노력하고 있어."

"그럼 어서 하고, 식사나 얻어먹으러 가자."

초보들은 부러워하면서도 자신들이 할 일을 했다.

위드는 남아 있는 흑철들을 녹이고 제련을 하는 동안, 잠깐씩 생기는 기다리는 시간에 조각술을 펼쳤다. 지금까지 만들어 놓은 검과 방어구들에 특유의 조각을 하나씩 새긴 것이다.

꼬리가 9개 달린 구미호!

띠링!

-아이템의 속성이 변경되었습니다.

-조각술 스킬의 숙련도가 향상되었습니다.

-손재주 스킬의 숙련도가 향상되었습니다.

고급 조각술은 완성된 아이템에 세 가지씩의 스탯을 더해 주었다. 과거에는 1이나 2 정도밖에 되지 않았지만, 이제는 힘을 10 올려 준다거나 민첩을 10씩 올려 주었다.

"완성된 아이템의 수준에 따라서 차이가 조금 있는 모양이군."

아무리 조각술이라고 해도 볼품없는 철검에는 효과가 적었다. 진짜 뛰어난 능력은, 좋은 물건에 조각을 할수록 더 잘 부여되었다.

"잘하면 이런 식으로 숙련도를 올릴 수도 있겠어."

고레벨 유저들일수록 자신의 아이템에 갖는 애착이 남다른 편이다.

처음에는 누구나 아이템에 대해서는 단순하게 생각하여, 그저 좋은 수치와 옵션을 달고 있는 무기를 찾게 된다.

하지만 위험한 던전에서 막다른 길에 몰렸을 때, 동료들이 하나 둘 죽어 나가면서 혼자 싸울 수밖에 없는 경우에 처하는 경우가 있다. 그럴 때에 믿을 것은 무기와 방어구뿐이다. 마지막에 목숨을 잃을 때까지, 가지고 있는 검과 방어구들에 의존해서 싸워야 하는 것이다.

한 번쯤 그런 경험을 하고 난 다음부터는, 자신의 무기를 수족처럼 아끼게 된다. 무기에 거금을 투자하고, 보다 좋은 방어구를 구하는 데에 시간을 아끼지 않는다.

무기의 색깔이나 방어구의 디자인에 대해서 관심을 쏟는 무리도 상당히 많다.

이런 생명 줄과도 같은 아이템들을 업그레이드해 줄 수 있다면 상당한 돈을 벌 수 있을 것이다.

'조각술로 부업을 하나 더 개시할 수 있겠군.'

뭘 해도 돈과 관련되는 부업부터 개발하는 위드!

다만 아이템에 새기는 정도로는 조각술의 숙련도가 그다지 오르지 않았다. 고급 조각술에 오른 이후로는, 그야말로 아무리 장비를 조각하더라도 티도 안 날 정도였다.

장비에 예술성을 조금 더하더라도, 기본적인 형상이나 쓰임새를 완전히 뒤바꾸는 것은 아니기 때문이다.

—방어력과 내구력이 저하되었습니다.

게다가 과도하게 조각술을 펼치다 보면 능력이 하락하는 경우도 상당히 있었다. 검에다 했다면 아마 공격력이 하락했으리라.

"어디까지나 무리하지 않는 선에서만 해야겠군."

경험이 쌓이게 되자 위드는 적당한 수준으로 조각술들을 펼쳤다. 가지고 있는 검과 방어구, 재봉으로 만든 옷들을 전부 조각했다.

그 결과 검이나 옷, 흑철로 만든 방어구들에서는 그렇게까지 큰 옵션들이 나오진 않았다.

다소 쓸모가 없는 매력이나, 여우와의 친화력을 올려 주는 경우도 있었다. 하지만 미스릴이 섞인 부츠와 헬멧은 상당히 많은 스탯이 올랐다.

힘 30에 민첩 20, 명성 120까지!

좋은 장비일수록 상승의 폭이 높다는 것이 증명된 셈이었다.

대장일과 재봉 일을 마무리 짓고, 이제 위드에게는 하나의 일만이 남았다. 조각품을 만드는 것.

금으로 된 조각품을 완성할 시간이었다.

"잘 나왔어야 할 텐데."

위드는 흙으로 만든 형틀을 떼어 냈다. 그러자 찬란한 빛무리가 어린 금 조각상이 나왔다. 막 완성되어서 더욱 화려한 자태를 간직하고 있는 금 조각상.

"이게 재료값으로 7,000골드나 들어간 조각상!"

위드는 가슴이 아파서 눈물이 흐를 것만 같았다.

금으로 만든 조각상. 금괴가 부족해서 크기는 조금 작았다. 그래도 도금이 아니라 순수한 금을 녹여서 만든, 그야말로 돈을 발라서 만든 조각상이었다.

하지만 아직은 완성된 것이 아니다.

"마지막 작업을 해야지."

위드는 얼굴이나 귀, 손가락 등을 세심하게 작업했다. 형틀로는 기본적인 부분만 만든 것이다. 옷이나 손가락 마디처럼 세밀한 표현이 필요한 부분들이 많았다.

부족한 부분들이 다듬어지면서 조각상의 윤곽이 점점 드러나기 시작했다. 무언가를 조각하고 있는 모습이었다.

예술의 도시 로디움에 남기는 조각품. 그것은 금으로 된 조각사였던 것이다.

-만드신 조각품의 이름을 정해 주십시오.

위드는 별로 고민도 하지 않고 생각나는 대로 답했다.
"돈 많은 조각사."
최악의 작명 감각!
무수한 예술가들이 울고 갈 이름이었다.

-돈 많은 조각사가 맞습니까?

"맞다."
띠링!

**대작! 돈 많은 조각사 상을 완성하셨습니다.**
눈부신 재료는 예술의 가치를 더욱 높여 준다.
순수한 금으로 만들어진 조각상!
사물을 깎는 것에 그치지 않고, 제련을 통해 조각상을 완성해 낸 놀라운 시도라고 할 수 있다.
조각사의 영광과 도전을 상징하는 이 작품은 예술의 도시를 더욱 빛나게 할 것이다.
**예술적 가치** : 7,100.
**특수 옵션** : 돈 많은 조각사 상을 본 이들은 생명력과 마나 회복 속도가 하루 동안 30% 증가한다.
　　　　　　사냥 시 아이템을 획득할 확률이 하루 동안 15% 증가한다.

> 행운 스탯 60 상승.
> 두 가지 속성이 10% 상승함.
> 상인들의 회계 스킬이 한 단계 오름.
> 모험가들의 미술품 감정 스킬이 한 단계 오름.
> 조각상이 위치한 왕국이나 도시 부근에 돈을 밝히는 마물들의 출현 빈도가 높아짐.
> 다른 조각품과 중복 적용되지 않음.
> **지금까지 완성한 대작의 숫자 : 3**

-조각술 스킬의 숙련도가 향상되었습니다.

-손재주 스킬의 숙련도가 향상되었습니다.

-조각품에 대한 이해의 스킬 레벨이 1 상승하였습니다.

-명성이 520 올랐습니다.

-예술 스탯이 19 상승하셨습니다.

-지구력이 3 상승하셨습니다.

-돈 많은 조각사 상이 로디움의 명물이 되었습니다. 이 화려한 조각품을 보기 위하여 많은 여행객들이 방문하게 될 것입니다.

-돈 많은 조각사 상의 소유권은 위드 님에게 있습니다. 향후 조각상에 생명을 부여할 수 있다면 위드 님에게 충성을 바치게 될 것입니다.

-대작 조각품을 만든 대가로 전 스탯이 3씩 추가로 상승합니다.

 서윤을 조각했을 때와 가족을 조각했을 때, 그리고 이제는 금 조각상이 대작이 된 것이다.
 본래 대작은 이렇게까지 흔하게 나오는 것이 아니다.
 그러나 최초는 무엇이든 가치가 있는 법!
 대장장이 스킬을 이용하여 조각한 것을 상당히 인정받았다고 볼 수 있었다.
 다음번에는 다시 대장장이 스킬을 이용한다 해도, 매우 뛰어난 완성품이 아니고서야 이렇게 대작이 나오기는 상당히 어려우리라.
 수천 개를 만들면서, 그 노력의 결실에 따라 걸작, 명작, 대작이 나온다. 고난 끝에 작품을 완성하는 것은 생산직이나 예술직들만이 얻을 수 있는 즐거움이라고 할 수 있었다.
 '고생한 보람이 있군.'
 위드는 회심의 미소를 지었다.
 보통 사람들은 조각사가 무언가를 깎는 직업이라고 착각을 한다. 하지만 실제 조각사는 입체적인 무언가를 만들어 내는 예술가다.
 대장장이 스킬을 비롯하여 모든 것들이 조각의 기법이 될

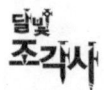

수 있다. 그러므로 조각사들은 2차 전직도 상당히 다양하게 하는 편이다.

금속 조각사, 목 조각사, 석 조각사, 대지 조각사, 동굴 조각사…….

왕궁이나 도시에 취직하는 경우를 제외하더라도, 수십 가지 다른 형태의 조각사가 될 수 있었던 것이다.

달빛 조각사의 경우에는 숨겨진 직업이라서, 2차 전직도 일반적인 경우와는 다를 수밖에 없다. 그 레벨의 제한이나 스킬의 요구 조건이 훨씬 높은 데다 직업 자체가 알려지지 않은 것처럼, 전직할 수 있는 퀘스트도 공개되지 않은 상황이었다.

띠링!

---

**로디움의 예술가 완료**
훌륭한 조각사는 자신의 걸작으로 이야기한다.
완성된 조각품은 그가 도시의 예술가로 받아들여지기에 충분함을 증명하였다.
예술가 조합에서 도시의 예술가로 등록을 할 수 있다.
**퀘스트 보상 :** 조합으로 돌아가시면 예술가 등록이 가능합니다.
로디움에서 조각사와 관련된 퀘스트들을 받아 보실 수 있습니다.

---

퀘스트 성공!
하지만 고생한 것에 비해서 별다른 보상품은 없는 퀘스트

였다.

 보통 수준이 낮은 조각사라면, 대충 아무것이나 하나 만들어 주고도 로디움에서 활동할 수 있다. 위드의 경지가 너무 높은 편이라서 좀 더 고생을 한 것이다.

 단 하나의 조각품도 대충 만들어서는 안 되는 직업! 조각사란 어떤 면에서 보면 굉장한 파급효과를 가진 직업이다.

 직접 전투 능력은 떨어지고, 모험을 하는 데 조각품들이 유용한 것도 아니다. 당장 필요한 것이 있어도 조각품으로 해결하기는 상당히 어렵고, 또 조각을 하는 데에는 많은 시간을 필요로 하기 때문이다.

 그렇지만 좋은 조각품이 많은 왕국과 도시는 발전한다. 조각품들이 사람을 불러 모은다. 문화가 발달하면 국력이 강해지는 것이다.

 로자임 왕국도 대형 사자 상과 피라미드 덕분에 관광객들이 몰리고, 주변의 던전도 미어터질 지경이라고 한다.

 예술품 하나로 미래의 국력을 좌우하는 직업!

 이것이야말로 진정한 조각사의 위력인 것이다.

 그렇지만 위드는 국가적인 일에는 관심이 없었다. 오로지 사심이 중요했다.

 "내 조각품으로 남 좋은 일을 할 수는 없지. 조각품에 생명 부여!"

 위드는 금 조각상의 머리를 쓰다듬었다.

키와 몸이 사람보다는 조금 작은 조각상이다. 전적으로 금괴가 모자랐기 때문이다.

후우웅!

금이 뜨겁게 달아올랐다. 딱 녹지 않을 정도로 달아오른 금 조각상이 유연하게 몸을 움직였다.

---

-조각품에 생명을 부여하셨습니다.
조각품의 능력은 현재 설정된 예술 스탯 762에 따라 레벨에 맞춰 351로 변환됩니다. 하지만 위대한 대작 조각품의 효과로 인해서 20%의 레벨이 추가되어 420으로 늘어납니다.
생명체에 세 가지의 속성이 부여됩니다.
조각품의 모양과 수준에 따라 부여되는 속성의 수준과 능력치가 다릅니다.
화염의 속성(50%), 금속의 속성(100%), 물의 속성(60%).
금속의 표면은 대다수의 마법을 무시할 수 있습니다. 다만 재질이 무른 금의 속성으로 인해 방어력은 뛰어나지 않습니다.
무제한의 불을 일으킬 수 있습니다. 그러나 지나친 화염은 스스로의 몸도 녹이게 할 것입니다.
액체로 변할 수 있습니다. 화염으로 녹아든 몸은 다양한 형태로 변할 수 있고, 적을 공격하는 데 유용하게 쓰일 수 있습니다. 그러나 액체로 변할 때마다 신체의 일부가 사라질 수 있습니다.
마나가 5,000 사용되었습니다.
예술 스탯이 10, 영구적으로 줄어듭니다. 줄어든 스탯은 조각품 제작이나 다른 예술과 관련된 활동을 통해 보충할 수 있습니다.
레벨이 2 하락합니다. 레벨 하락에 따라서 가장 최근에 올린 스탯이 10 줄어듭니다. 줄어든 스탯은 레벨을 올리게 되면 다시 부여할 수 있습니다.
생명이 부여된 조각품을 소중히 다루어 주십시오. 목숨을 잃으면 다시 생명을 부여해야 합니다.
완전히 파괴되었을 경우에는 되살릴 수 없습니다.

조각사의 꿈!

대작으로 완성된 조각품에 생명을 부여하니 레벨이 무려 420이나 되었다.

같이 싸운다고 해서 경험치가 오는 것도 아니고 한 번 파괴당하면 끝이라고 해도, 굉장한 전력인 것이다.

'서윤의 조각상도 나중에 생명을 부여해야겠군.'

위드는 언젠가 유노프 협곡으로 돌아가서 최초로 만들어진 대작, 서윤의 조각상에도 생명을 부여하기로 결심했다.

다만 조각품에 생명을 부여하는 것은 그렇게 자주 써먹을 만한 기술은 아니다.

레벨 2개와 예술 스탯 10개가 사라질뿐더러, 기왕에 생명을 부여할 것이라면 좀 더 예술 스탯이 올라간 나중에 하는 편이 좋았다. 일단 생명을 부여한 다음에는 인위적으로 조각품을 성장시키기가 쉽지 않았던 것이다.

키이잉!

금 조각상이 눈을 뜨고 깨어났다.

조각상은 본능적으로 위드를 보았다. 아버지를 보는 듯한 눈빛이었다.

기분이 좋기도 할 것이다. 기본적으로 재질이 금이었고, 대작으로 생명이 부여되었으니 기쁠 수밖에 없는 것이다.

금 조각상이 황금으로 번쩍이는 누런 이를 드러내며 말했다.

"골골골골! 이름을, 저의 이름을 정해 주십시오."
위드는 즉시 그의 이름을 지어 주었다.
"금인으로 하자."
"금인. 금인. 골골골!"
금인이는 자신의 이름을 무척이나 마음에 들어 했다.
"어떤 적과도 함께 싸우겠습니다, 주인!"
위드는 절대적인 충복을 하나 얻은 것이다.
비록 파괴되면 생명을 잃어버린다는 조건이 달려 있지만, 죽지만 않는다면 최후의 순간까지도 충성심을 바치는 것이 조각품이었다.

"끄아아아악!"
창공에 굉음이 울려 퍼지고 있었다.
하늘을 가로지르면서 나는 와이번들!
6마리의 와이번들이 편대를 이루어 북서쪽으로 날아가고 있었다. 웅장한 위용. 고위 몬스터인 와이번의 이동이었다.
리치 샤이어에게 격추된 4마리를 제외하고, 살아남은 나머지 와이번들이 위드가 있는 곳으로 날아가는 것이었다.
본래 생명이 부여된 조각상들은 주인을 애타게 그리게 되어 있다. 따라서 이들의 행동은 본능에 따른, 지극히 당연한 것이었다.
 와일이, 와둘이, 와삼이, 와오이, 와육이, 와칠이.
 조각품에 생명을 부여할 때마다 예술 스탯이 소멸되기 때문에 이름이 빠른 순서대로 조금씩 강했다.
 "끄아악!"
 와이번들은 가끔씩 지상으로 내려가서 말이나 동물들을 잡아먹어 배를 채웠다. 밤에는 절벽 위나 큰 동굴 속에서 잤다.
 타고난 강철 같은 체력으로 인해서 조금만 쉬어도 되었으니, 하루에 날아가는 거리는 어마어마했다. 날개를 한 번 펄럭거릴 때마다 매우 빠른 속도로 이동을 하고 있었다.
 하지만 그들의 사정은 결코 좋지 못했다.
 "하늘을 나는 것이 너무 힘들다!"
 와칠이가 불만을 토로했다.
 "몸에 부딪는 바람이 너무 세."
 와이번을 비롯한 조류들의 몸은 대부분 날렵한 유선형으로 이루어져 있다. 공기의 저항을 최소화하기 위함이었다.
 하지만 위드는 시간이 모자라다는 핑계로 그들을 대충 만들었다.
 얼굴이 각진 와이번! 몸통도 배가 불룩하게 튀어나와 있었다.
 그야말로 하늘을 나는 데에는 최악의 구조라고 할 수 있었다.

날갯짓을 할 때마다 얼굴과 몸에 부딪는 바람이 장난이 아니다. 그 덕분에 속도가 나지 않았고, 쉽게 지친다.

그래도 열심히 날아온 덕에 위드가 있는 곳까지는 며칠 남지 않았다.

와이번들은 날개를 활짝 펼치고 하늘을 활강했다. 대지 위로 마을과 땅들이 빠르게 스쳐 지나가고 있었다.

# 북부 원정대

이혜연에게는 얼마 전부터 이현에게 알려야 할까 말까 고민되는 일이 있었다.

한국 대학교의 수시 입학 지원.

과학 특기생으로 지원을 했다. 시에서 주최하는 경시 대회에 나가서 상을 타, 지원 자격이 생긴 것이다. 그 결과 서류 전형에 통과하고, 그녀도 면접만이 남았다.

"굳이 일찍부터 말할 필요는 없겠지? 떨어질 가능성도 있으니까."

괜히 먼저 말을 해서 나중에 실망감을 안겨 줄 필요는 없겠다 싶었다.

'꼭 합격해서 돌아올게.'

이혜연은 그래서 혼자서 면접을 보러 갔다. 이미 이현과 같이 한 번 와 본 적이 있었기에 찾는 것은 그리 어렵지 않았다.

면접 시간 30분 정도.

그녀는 긴장된 얼굴로 무사히 면접을 마쳤다.

합격만 하면 되는 일이라면 이렇게까지 긴장하진 않을 것이다.

'무슨 수를 써서라도 장학금을 받아야 해.'

이현과의 약속이었다.

이혜연이 장학생으로 한국 대학교에 합격한다면, 이현도 대학에 다니겠다고 했다.

이혜연은 이제 그 결과를 기다리고 있었다.

북부 원정대는 가는 곳마다 큰 소란을 몰고 다녔다. 그들은 명실 공히 북부로 떠나는 최초의 대규모 원정대였다.

"꼭 더위를 물리쳐 주세요!"

"북부에서 벌어지는 모험을 기다리고 있겠습니다."

사람들이 부러워하고 축하를 해 주면서, 원정대원들의 사기는 크게 올랐다.

원정대의 규모도 더욱 늘어 있었다.

방문하는 도시마다 필요에 의해서 몇 명씩 더 받아들이고,

오베론의 친구나 과거에 전투를 함께했던 동료들이 동참한 것이다.

그 와중에 대장장이 트루만과 재봉사 카드모스의 동참은 원정대에도 큰 힘이 되어 주었다.

중급 7레벨 대장장이 트루만. 그는 베르사 대륙에서도 다섯 손가락 안에 꼽히는 인물이었다.

몬스터는 여우 이상 사냥을 해 본 적이 없다. 그나마 그것도 호기심에 잠깐 잡아 봤을 뿐이다.

여우를 사냥하고 나서 트루만은 허허 웃었다고 한다.

"역시 나는 직접 무기를 들고 싸우는 것보다, 동료들이 싸우는 데 도움이 되도록 무기를 만들어 주는 것이 어울려."

오로지 대장일에만 매달린 트루만은 숱하게 많은 무기들을 제작한 바가 있다.

검신이 칠흑처럼 검다고 해서 이름 붙인 다크 소드.

푸른 하늘을 닮은 것처럼 아름다운 검신을 가지고 있지만, 실제로는 적을 꽁꽁 얼려 버리는 프리즌 소드.

방어구로는 어떤 무기를 잡아도 10%의 공격력을 올려 주는 데미지 글러브를 제작하기도 했다.

장인 업계의 명인, 트루만이 원정대에 가입하기 위해서 왔다고 했을 때 오베론은 활짝 웃었다.

"환영하네! 앞으로 잘 부탁하네. 우리 원정대의 모든 장비는 자네에게 맡기지."

트루만과 오베론은 약간 친분도 있었다.

과거 트루만은 대장장이 퀘스트를 하면서 어떤 무기를 만들어야 했는데, 그 재료가 리자드 맨의 소굴에 있었다.

리자드 맨은 레벨은 높지 않으나 독침을 쏘고, 여러모로 까다로운 몬스터다. 당시는 다들 레벨이 낮은 시기라서, 용기 있게 리자드맨의 소굴로 들어가는 사람이 없었다.

그때 오베론이 나서서 재료들을 구해 준 것이다.

그 인연이 여기까지 이어져서 트루만은 원정대의 대장장이가 되어 주기로 하고 따라나섰다.

그에 비하면 카드모스는 상당한 괴짜였다.

"어떤 옷이든 만들어 봐야 해. 입기 편한 옷, 실용적인 옷, 어떤 환경에서도 입을 수 있는 옷을 만들고 싶다."

카드모스는 북부의 대지에서 자신의 재봉 실력을 시험해 보고 싶었던 것이다.

중급 재봉 6레벨의 스킬!

단추 하나도 그냥 만들지 않는다는 카드모스는, 재봉계에서는 세 손가락 안에 꼽히는 거물이었다.

이처럼 이미 이름이 널리 알려진 트루만과 카드모스의 합류는 원정대에 희망을 불어넣어 주었다.

그렇게 무려 1,500명까지 늘어난 원정대가, 이제 로디움을 바로 앞에 두고 있었다.

오베론과 그의 원정대는 로디움이 훤히 내려다보이는 언

덕 위에 말을 정지시켰다.

"여기서 최종적으로 몇 명을 데려가면 되는 건가?"

오베론의 질문에 드럼이 고개를 끄덕였다.

"예, 전에 말씀드렸던 것처럼 건축가나 요리사들을 데려가면 될 것 같습니다. 바드들도 많이 있다면 여행에 도움이 되겠죠."

"바드라면 길드 내에서도 충분히 구할 수 있을 텐데 굳이 로디움에서 데려갈 필요가 있을까?"

베로스가 의문을 달았다. 바드는 다른 직업들만큼 희귀하지는 않았다. 길드에서도 바드를 구할 수 있고, 외인이라고 할 수 있는 사람들을 데려오는 것보다는 훨씬 나을 것이다.

"진짜 실력 있는 바드들은 로디움에 많습니다. 우리 길드에서는 주로 전투 실력 위주로 뽑아 놓아서, 제대로 된 바드는 드문 편이거든요."

"하기야, 싸움을 잘하면 바드가 아니긴 하지."

베로스는 쉽게 긍정을 표시했다.

바드라면 노래를 부르고 악기를 연주하는 직업이다. 편안한 휴식을 취하는 데에 도움이 되고, 아군의 능력치를 상승시켜 준다.

그런데 길드에 있는 바드들은 전투형에 가까웠다.

전투형 바드!

자유자재로 노래를 하며 악기를 다루기보다는 무기술과

전투에 능한 바드였던 것이다.

"예술 계열의 직업들을 몇 명 추려서 데려가 볼 작정입니다."

드럼은 오베론의 허락을 구했다.

"마음대로 하게."

오베론은 간단히 허락을 해 주었다. 아예 이번 일에 대한 전권을 맡겼다.

"드럼, 자네가 알아서 구하도록 해."

인원 숫자가 이미 예정보다는 많이 늘어나 있었다. 몇 명 쯤 더 받아들이더라도 별로 상관이 없을 것 같았다.

오베론은 천성이 워리어였다. 몬스터의 숨결이 느껴지는 데서 싸우고 동료를 지켜 주는 것이 좋았다. 예술이란 머리만 아프고, 봐도 무엇인지 잘 모르는 사내였던 것이다.

자신이 잘하지 못하는 일은 잘할 수 있는 사람에게 믿고 맡긴다.

하지만 오베론은 주의를 주는 것도 잊지 않았다.

"북부 탐험은 험하기 짝이 없을 거야. 예술가들에게도 확실히 미리부터 일러두도록 해. 괜한 바람을 넣어서 데려갔다가 나중에 후회하지 않도록 말이야."

"알겠습니다."

"그럼 이제 도시로 들어가지. 베로스."

"예, 대장."

"이제 북부에 많이 가까이 왔지?"

"그렇습니다. 아직 진정한 북부라고 볼 수는 없어도, 중앙 대륙에서는 많이 벗어났죠. 여기서부터는 텔레포트로 이동하려고 합니다."

"어디까지 이동할 수 있을까?"

"고라스 언덕까지는 갈 수 있을 겁니다."

북부의 중앙부에 있는 언덕의 이름이 고라스였다. 모험가들에 의해서 이름과 좌표가 밝혀진 장소다.

오베론이 고개를 끄덕였다.

"탐색은 그곳부터 하면 되겠군."

"그렇습니다."

"그럼 마법사들을 데리고 텔레포트를 할 수 있는 마법진을 만들게."

"준비하겠습니다. 마법진은 여기 평원에 만들도록 하겠습니다."

"좋아. 그러면 한 번에 이동할 수 있는 인원은 몇 명이나 되지?"

"150명 정도를 보낼 수 있습니다. 체력과 마나의 소모가 극심하니, 하루에 세 번 마법진을 활성화한다면 450명 정도가 되겠죠."

"모든 인원이 이동하려면 사흘에서 나흘 정도는 걸리겠군."

"그렇게 보시면 대충 맞을 겁니다."

텔레포트 마법진!

좌표나 지역을 설정하면 대규모의 인원이 한꺼번에 이동할 수 있는 것이다.

대략 한 번에 150여 명이 약간의 짐을 가지고도 이동할 수 있을 정도.

다만 마법진을 설치하고 발동시키는 데에는 많은 시약과 마나석이 들어간다. 재료도 구하기 어렵고 값도 비싼 시약들과 마나석을 이용해야 했던 것이다.

북부에 가는 것뿐만 아니라 돌아오는 것까지 감안한다면 차가운 장미 길드의 기둥뿌리가 휘청거릴 정도의 타격이었다.

애초에 이렇게까지 돈이 들도록 계획을 한 것은 물론 아니었다. 그런데 준비하는 과정에서 일이 점점 커졌다.

사람이 늘어나고 준비해야 할 물자들이 많아졌다. 그 결과 이제 실패하기라도 한다면 차가운 장미 길드는 거의 파산이라고 할 수밖에 없는 상황에 몰릴 것이다.

'속전속결밖에는 답이 없다.'

오베론과 그의 측근들은 서로 눈을 마주쳤다.

중앙 대륙에는 그들의 터전이 있다. 길드의 주축이 되는 사람들이 오랜 시간을 비워 둘수록 성과 마을들이 위험해질 것이다.

빠르면 1달, 늦어도 2~3달 내로는 원정을 마쳐야만 했다.

데어린과 볼크를 비롯한 다크 게이머들도 로디움으로 들어갔다. 그들에게도 최소한 하루에서 사흘 동안의 휴식 시간이 생긴 것이다.

"그럼 여기서 이만."

"나중에 보도록 하죠."

다크 게이머들은 짤막하게 인사를 나누고 헤어졌다.

각자 장비를 점검하고 원정에 참가할 마지막 준비를 하기 위해서였다.

다크 게이머의 목숨 값은 이루 말할 수 없다.

생명과 육체가 바로 자산이었다. 거기에다 제대로 활약을 하지 못한다면 그다음 퀘스트에서 몸값이 떨어진다. 그 때문에 다크 게이머들은 어떤 전투에서도 철저하게 준비를 한다.

그 결과 대부분의 전투에서 마지막까지 살아남는 것도 다크 게이머들이었다.

"저녁에 술이나 한잔하지."

"로디움에는 예술의 술집이 있다던데. 거기서 만나도록 해."

"나쁘지 않군."

몇몇 친분이 있는 다크 게이머들은 저녁의 술 약속을 했다. 값이 저렴하고 안주가 많은 것으로 이름난 술집이었다. 실내 장식이나 분위기 때문에 비싼 술집은 절대 가지 않았다.

"그런데 술값은?"

"당연히 각자 부담이다."

"그럼 저녁에 만나지."

다크 게이머들은 탐험 준비를 하고도 시간이 남을 것이기에, 알아서 정보를 습득하기 위해서 흩어졌다.

볼크나 데어린도 손을 마주 잡고 걸었다.

"이곳은 참 예쁘군."

볼크가 오랜만에 목소리를 나직하게 깔았다.

성기사라고 볼 수 없을 만큼 흉험한 인상을 가진 그였지만, 때론 이런 낭만적인 모습도 있었다.

"그러네요. 예술의 도시답게 화려해요."

데어린도 활짝 웃으면서 길을 걸었다. 전투에서는 몬스터가 코앞까지 달려들어도 눈 하나 깜짝하지 않는 담대한 성직자였지만, 이처럼 서정적인 면이 있었다.

"돈 좀 주세요!"

"한 푼만 주세요!"

"제발 도와주십쇼!"

로디움의 거지들이 원정대원들에게 달라붙는 것을 보는 것도 상당한 재미였다.

어디를 가더라도 멋진 장비와 높은 레벨 덕분에 선망의 대상이 되었던 원정대원들. 그런데 여기서는 오로지 돈을 가지고 있는 물주로밖에 안 보이는 것이다.

거지들이 우르르 몰려다니면서 구걸을 하고 있었다. 원정대원은 적지 않은 돈을 그들에게 적선해 주었다.

물론 다크 게이머들은 본래 행색 자체가 크게 눈에 띄지 않았기에 조용히 묻어 갈 수 있었다.

"우리 좀 쉬다 가요."

"그럴까?"

볼크와 데어린은 근처에 있는 의자에 앉았다.

도처에 많은 미술품들이 있었다. 불어오는 바람에 꽃잎들이 휘날린다. 멀리 있는 분수대에서 쏟아지는 물방울들은 햇빛을 받아 반짝이고 있었다.

볼크가 맞잡은 손에 힘을 더했다.

"미안해."

"네?"

"신혼여행도 못 가고……."

"전 괜찮아요. 이렇게라도 여행을 할 수 있잖아요."

데어린이 볼크의 어깨에 살짝 머리를 기댔다.

두 사람이 결혼을 했을 때는 가진 돈도 별로 없었다. 간신히 전셋집을 마련할 수 있을 정도였다. 성대한 결혼식은 물론이고, 신혼여행도 가질 못했다. 그렇지만 조금도 아쉽지 않았다.

둘이 함께 베르사 대륙에서 더 많은 곳을 돌아다녔다.

중세의 성과 마을, 위험한 던전들을 다니면서 더욱 친해졌다. 따로 신혼여행을 가고 싶다는 마음이 들지 않을 정도였다.

실제로 베르사 대륙으로 신혼여행을 오는 부부들도 많았다. 돈이 없는 어린 부부들인 경우도 있지만, 정식으로 여행사를 끼고 오는 부부들도 있었다.

여행사에서는 베르사 대륙의 관광지들을 발굴해서 안내한다. 물론 안내원도 로열 로드를 플레이하는 유저였다.

위험 지역을 같이 여행하면서 둘만 있는 것이야말로 진정한 신혼여행이라고 할 수 있지 않겠는가.

초창기에 모험이 주를 이루던 베르사 대륙은 3년차를 맞아서 다시금 변화하고 있었다.

휴양을 목적으로 한 관광객들이 비약적으로 늘어나면서 상업이 발달한 것이다. 예전에도 관광객들은 있어 왔지만, 이제는 본격적으로 단체 관광을 온 사람들이 많아졌다.

현실에서는 맛볼 수 없는 자유로움과 대자연!

여기서 흠뻑 쉬고 가려는 사람들이 많아진 것이다.

넓은 베르사 대륙에서 어떤 절경과 휴식처를 개발하느냐가 여행사의 경쟁력이 된 시대였다.

로열 로드는 비즈니스에서도 큰 변혁을 이끌어 냈다.

무수히 많은 상담과 주문이 베르사 대륙에서 일어났다. 영업 사원들이 고객들을 베르사 대륙으로 초대한 것이다.

기존의 술이나 음식을 사는 접대 방식으로는 고객의 마음

을 열 수 없다. 베르사 대륙은 고객을 흔들어 놓기에 가장 좋은 수단이었다.

몬스터가 있는 땅, 그곳에서 새로운 세상을 보여 준다.

이것만으로도 고객은 상당한 호감을 갖기 마련이었다.

베르사 대륙과 로열 로드에 대한 것이 매일 텔레비전을 통해 나오고는 있다. 하지만 직장 일이 바쁘거나 아니면 아이들이나 하는 것이 게임이라는 인식으로 인해서 접하지 않았던 이들도 상당히 많았다. 그런 이들을 로열 로드로 초대하고 또 다른 세상을 보여 준다.

힘과 마법이 정의인 세상!

그곳에서 아이템을 선물하고, 몬스터를 물리치면서 보살펴 준다. 생명력이 최하로 떨어져서 목숨을 잃을 위기에서 구출해 주기도 하고.

어찌 감동하지 않을 수 있겠는가.

현실에서 최고급 외제 차를 선물한다면 뇌물로 여기고 오히려 경각심을 갖게 된다. 그런데 베르사 대륙에서 쓸 수 있는 아이템을 선물로 주면 매우 고맙게 받아들인다.

뇌물이란 인식도 없고, 초보자들에게는 스스로의 능력치가 눈에 보이게 늘어나기 때문에 훨씬 유혹적이었다.

직접 몸을 움직여야만 하는 로열 로드에서, 좋은 검 하나는 최고의 선물이다. 예전까지는 감히 엄두도 내지 못하던 몬스터를 신 나게 후려 패 주는 쾌감!

영업 사원들은 이것을 미끼로 삼아서 수많은 계약을 체결해 냈다. 그 결과, 전혀 다른 직종에 근무하는 영업 사원들이 로열 로드를 홍보하는 역할을 해 준 셈이다.
　로열 로드는 결혼 정보 업체에도 많은 영향을 끼쳤다.
　젊은 남녀들을 비슷한 레벨끼리 묶어서 모험을 시킨다. 현실에서는 절대 있을 수 없는 일이지만, 베르사 대륙에서는 가능했다.
　이렇게 한 번 모험을 하고 나면 서로에 대해 숨김없이 알 수 있고, 쉽게 정이 들었다.
　로열 로드야말로 커플 제조기라는 말이 불릴 정도로 엄청난 역할을 해내는 것이다.
　볼크와 데어린도 비슷한 과정을 겪었다.
　시작은 볼크의 짝사랑이었지만, 같이 사냥을 하고 모험을 하면서 더욱 친해졌다. 결혼 후에도 거의 붙어 다니면서 사랑을 키워 나갔다. 그래서 최고의 금슬 좋은 부부로 인정받고 있었다.
　어떤 상황에서도 헌신하면서 자신을 지켜 주려는 남자를 싫어하는 여자는 없는 법이다.
　'내가 남자 하나는 잘 골랐지.'
　볼크는 데어린의 머리를 쓰다듬었다.
　"편해?"
　"응."

데어린은 볼크의 품으로 더욱 깊이 파고들었다. 손으로 허리를 감싸고 그대로 따뜻함에 푹 취하고 싶었다.

볼크가 불현듯 말했다.

"당신, 내가 나무로 된 꽃다발을 선물한 것 기억나?"

"그럼요. 당신이 그 꽃다발을 주면서 저한테 청혼했는데 그걸 어떻게 잊을 수 있겠어요."

데어린은 여전히 그 꽃다발을 보관하고 있었다. 현실에서의 다이아몬드 반지는 아니더라도, 평생 잊을 수 없는 청혼 선물이었던 것이다.

"그때는 돈이 없어서 그런 것밖에 준비하지 못했지만, 결혼 1주년 선물은 더 좋은 걸로 줄게."

"전 그 꽃다발로도 충분해요. 하지만……."

"하지만? 뭐 바라는 거라도 있어?"

볼크가 궁금하다는 듯이 물었다. 그녀가 바라는 것이라면 뭐든지 다 해 주고 싶었다.

"꽃다발보다는, 당신과 나를 조각한 것을 가지고 싶어요. 이제 우린 하나가 아니라 둘이니까요."

"여보!"

볼크와 데어린은 서로에게 감격했다. 그윽한 눈빛으로 서로를 바라보는 부부!

이래서 다크 게이머들도 일부러 둘은 저녁의 술자리에 초대하지 않았던 것이다.

그러다가 볼크가 아쉽다는 듯이 말했다.

"그런데 그 꽃다발을 조각했던 조각사를 찾을 수가 없어."

"로자임 왕국에 있다고 하지 않았어요?"

"세라보그 성에 있었지. 당신에게 청혼을 한 이후로 보답이라도 할까 해서 한번 찾아봤는데, 이미 떠난 후더군. 수소문을 해 봤지만 찾을 수가 없었어. 나중에 나타나서 대형 사자 상과 피라미드를 만들었다고 해."

"그 소문은 저도 들었어요. 그 피라미드를 만든 조각사가 바로 제 꽃다발을 만들어 주었군요."

"그럼. 나름대로 최고의 조각사를 찾은 거야."

"너무 아쉬워요. 우리 둘의 조각품을 주문하고 싶은데 그를 다시 만날 수 없다니요."

"나도 그래. 하지만 그런 특별한 인연은 쉽게 다시 만나지 못하는 게 인생 아니겠어. 나와 당신이 그런 것처럼 말이야."

"어쩌면 그럴지도 모르겠어요."

볼크와 데어린이 다정하게 이야기를 나누고 있는 장소, 위드는 바로 그 앞에서 검과 가죽 방어구들을 산더미처럼 쌓아 놓고 팔고 있었다.

"내구력 높은 검 팝니다. 웬만해서는 수리하지 않아도 됩니다. 가죽 갑옷 팔아요. 질겨서 오래 씁니다. 특별히 원하신다면, 가져오신 가죽으로 즉석에서 옷도 만들어 드립니다."

데어린이 볼크를 향해 물었다.

"그런데 그 조각사가 어떻게 생겼죠?"

"그건… 음, 우선은 나름대로 고집 있게 생겼어. 그리고 조각사라는 직업을 택했으면서도 꽤나 돈을 밝히는 인물이야. 장사를 굉장히 잘하는 편이지."

"저 사람처럼요?"

데어린은 장사에 빠져 있는 위드를 가리켰다.

위드는 한창 물건들을 팔고 있었다. 번쩍번쩍하게 빛나는 검과 가죽 옷들! 검 갈기와 다림질 스킬을 적극 활용해서 물품을 팔아 치운다. 물론 스킬의 효과 때문에 아이템의 성능도 올라 있었다.

"좋은 숫돌로 잘 갈린 검입니다. 정상품일 때보다 무려 20%나 공격력이 상승! 최소한 이틀은 대단히 강력한 위력을 발휘할 수 있습니다. 이틀이면 몬스터를 최소한 400마리는 후려잡을 수 있는 시간이죠. 튼튼하게 만들어져서 내구력도 높아요. 새 검이 아니라면 찾기 힘든 기회. 자! 이런 검이 싸다, 싸! 개당 120골드에 저렴하게 모십니다. 딱 40자루 한정 판매! 지금 이 기회를 놓치면 다시는 이런 검을 찾으려고 해도 없습니다."

술술 풀려 나오는 대사들.

고객들을 적극 끌어들이기 위한 홍보 방침이었다.

검 갈기 스킬의 절대적인 위력! 남들과 차별화되는 판매!

위드의 주변에는 사람들이 구름처럼 몰려들고 있었다.

볼크는 무릎을 쳤다.
"맞아! 저 사람처럼! 아주 장사를 잘하는 편이지. 한 푼이라도 더 벌기 위해서 노력하는 사람이야."
"어떻게 만났는데요?"
"장사를 하고 있었지. 로자임 왕국에서 저 사람처럼 사람들에게 조각품을 팔고 있었어. 그 주변에 몰려든 인파가 참 많았지."
볼크는 위드가 판매하는 검이나 가죽 옷들을 보았다.
'꼼꼼한 솜씨군. 초보자들이 쓰기에는 과분할 정도로 괜찮은 물품이야.'
하지만 볼크의 눈에는 차지 않았다. 그래도 꽤나 잘 만든 검과 가죽 옷이라고 인정할 수는 있었다. 그러다가 문득 위드의 얼굴이 낯익다는 사실을 깨달았다.
"설마… 그 조각사가?"
"왜요?"
볼크는 고개를 저었다.
"아니야. 그렇게 찾을 때도 못 만났는데 이런 장소에서 마주칠 리가 없잖아."
눈앞에서 위드를 보면서도, 볼크는 부정하고 있었다.
만나 본 지 시간이 오래 흘러 얼굴은 정확히 기억나지 않지만 일단 분위기는 상당히 흡사했다. 술술 풀려 나오는 언변까지도!

그러나 당시에는 조각품을 팔고 있는, 틀림없는 조각사였다. 하지만 지금은 검과 가죽 옷을 파는 대장장이와 재봉사가 되어 있으니, 도무지 조각사라고는 연상이 되지 않았던 것이다.
'절대 동일인일 리가 없겠지.'

 위드는 광장에서 무거운 검과 가죽 갑옷들을 전부 처분했다. 인기가 워낙 높아서, 물품을 처분하는 데에 따로 큰 시간이 들지는 않았다.
'7,400골드 정도 벌었군.'
호주머니에 조금씩 쌓여 가는 돈!
위드에게 활력소가 되어 주는 것이었다.
이제 위드는 한결 가벼워진 발걸음으로 예술가의 조합으로 향했다.
중년인이 자리에서 벌떡 일어나며 맞이했다.
"놀랍군! 대단합니다. 벌써 로디움 내에 소문이 파다하게 퍼졌습니다. 그렇게 훌륭한 조각품을 만들다니, 역시 손재주가 뛰어나신 분이군요. 당신의 무궁무진한 가능성이라면, 앞으로 우리 예술가들도 자신감을 찾을 수 있을 것입니다."
위드를 담당했던 중년인뿐만 아니라, 조합 내의 모든 사람들이 위드를 우러러보는 것이었다.

 여기까지는 그런대로 괜찮았다.

 주변에는 다른 사람도 없어서 들킬 일도 없고, 혹시나 어떤 퀘스트와 관련이 있는 건 아닌지 기대마저 품고 있었던 것이다.

 그런데 중년인이 위드의 손을 덥석 붙잡고 말했다.

 "이런 분이 나타나시기만을 우리는 기다려 왔습니다."

 "……?"

 "궁핍함에 빠진 로디움! 빈민들이 들끓고 예술의 함성이 울려 퍼지지 않는 로디움에 대해서 귀인께서는 얼마나 알고 계십니까?"

 "그야 조금은…….."

 "과거에는 이렇지 않았습니다. 섬세한 미적감각을 가진 예술가가 작품을 만들면 모두들 기뻐하고 축하해 주었습니다. 도시는 예술로 가득 차 밥을 먹지 않아도 배가 부르고, 잠을 자지 않아도 피곤하지 않았습니다."

 슬슬 불안해지기 시작했다.

 '감이 좋지 않아.'

 안 먹어도 배가 부르고, 안 자도 피곤하지 않다니. 이처럼 허황된 말을 듣고 있자니 무언가 나쁜 일이 벌어질 것만 같은 예감이 닥쳐왔다.

 아니나 다를까, 중년인은 활짝 웃으며 힘주어 말했다.

"모두가 도시에 주인이 없기 때문입니다! 훌륭한 예술가가 다스리는 도시는 무한히 발전할 수 있습니다. 재능이 뛰어난 예술가시여, 부디 로디움의 주인이 되어서 우리들을 이끌어 주십시오!"

띠링!

---

**예술가 조합의 제안, 로디움의 주인**

거저 줘도 가지지 않는 로디움의 주인 자리.
예술가 조합에서는 지금까지 만들어진 작품 중에 압도적으로 뛰어난 작품을 만든 예술가에게 로디움을 맡기려고 합니다.
로디움의 주인이 되시겠습니까?
도시 내의 모든 병사와 공공 기관을 소유할 수 있으며, 법령과 정책을 만들 수 있습니다. 매달 거두는 세금으로 기술과 상업의 발달, 군사력의 강화를 이룩할 수 있습니다. 다른 도시나 성을 무력으로 점령하는 것도 가능하며, 일정 규모 이상 인구와 영토를 넓히면 국왕이 되실 수도 있습니다.
수락하시겠습니까?

---

"수락하……."

자신의 도시나 성을 가진다는 것은 굉장히 매력적인 제안일 수밖에 없다.

위드도 혹해서 그대로 받아들일 뻔했다. 하지만 금세 다른 생각이 들었다.

'아무도 갖지 않던 로디움의 주인!'
만약의 사태를 대비해서 확인부터 해 봐야 했다.
위드는 날카롭게 눈을 빛냈다.
"매달 도시의 적자가 얼마입니까?"
"……."
"병사들의 숫자는?"
"……."
"기술의 발전도나 상업적인 가치를 가진 도시의 특산품은?"
"……."
중년인은 어떤 것 하나도 대답을 하지 못했다.
로디움은 빛 좋은 개살구에 불과했다. 로디움을 갖게 된다면 오히려 엄청난 적자를 감당해야만 했다.
위드의 머릿속에는 순간적으로 많은 상념들이 스쳐 지나갔다. 그리고 마음을 정리했다.
"저는 조각사로서 진정한 아름다움을 찾고 싶습니다. 그리고 이제야 그 첫 발걸음을 떼었다고 할 수 있습니다. 가야 할 길이 한없이 멀기만 한데, 어느 한 곳에 정착해서 누구를 이끄는 것은 무리입니다."

-로디움의 주인이 되는 것을 거부하셨습니다.

중년인은 울상을 지으며 답했다.
"정 그렇다면 어쩔 수 없지요. 도시를 이끌어 주는 것도

중요하지만, 진정한 예술을 찾는 것도 큰일이니까요."

이렇게 아찔한 위기를 넘길 수 있었다.

이제 위드가 물었다.

"사실 저는, 조각사로서 찾고 싶은 것이 있어서 로디움에 왔습니다."

"찾고 싶은 것? 어떤 조각품 말입니까?"

위드는 고개를 저었다.

"좋은 조각품은 저에게 영감을 줄 수 있겠지요. 그러나 제가 찾고 싶은 것은 달빛 조각술에 대한 것입니다."

"달빛 조각술!"

"알고 계십니까?"

중년인은 무언가를 회상하는 듯한 얼굴로 천장을 올려다보았다.

"소수의 위대한 조각사들이 이룩했던 경지라고만 알려져 있지요."

"그것을 얻으려면 어떻게 해야 합니까?"

"저도 자세한 것은 알지 못하지만… 그 길을 알려 줄 수는 있을 겁니다. 달빛 조각술은 조각사의 전설과도 같은 것! 달빛 조각술에 대한 것들은 여기 로디움에 있는 다른 길드들에서 물어보도록 하십시오. 충분한 정보를 모아서 조각사의 길드로 간다면 그 해답을 얻을 수 있을 것입니다."

띠링!

### 달빛 조각술의 비밀

조각사가 얻을 수 있는 매우 뛰어난 조각술! 하지만 조각사의 입지가 많이 줄어든 현재에는 그 존재를 믿는 사람조차 그리 많지 않다.
로디움에 있는 길드들을 돌며 정보를 모으면, 달빛 조각술에 대해 알 수 있을 것이다.
그 후 조각사의 길드에 가서 달빛 조각술을 배울 수 있다.

**난이도 :** 직업 퀘스트

**퀘스트 제한 :** 조각사 한정. 동시에 수행할 수 있는 퀘스트의 숫자에 관계없이 진행할 수 있음. 고급 조각술을 사전에 익혀야 함. 일정 수준 이상의 명성과 친화력이 있어야 함. 예술 스탯이 마이너스이거나 공포, 악명을 가지고 있다면 퀘스트를 수행할 수 없음.

# 달빛 조각술

위드는 예술가의 조합을 나와서 다른 길드들로 향했다. 조합에 들어갔다 나오는 사이에 도시의 분위기가 한층 더 북적거리며 붐비고 있었다.

"북부로 탐험을 가실 예술가들을 모집합니다!"

"차가운 장미 길드에서 안전을 보장합니다. 설혹 길드가 전멸하는 경우가 있더라도, 마지막까지 예술가들을 지켜 드립니다."

차가운 장미 길드에서 본격적으로 생산직들과 예술가들을 모집하는 것이었다.

'북부 탐험이라…….'

위드는 과거에 모라타 지방에서 사냥을 했던 일을 떠올렸다. 목숨을 걸고 진혈의 뱀파이어와 싸우던 때!

위드에게도 어여쁜 여자 2명이 한꺼번에 달라붙었다.

"혹시 예술가세요?"

"예술가의 조합이란 곳에서 나오셨으니 예술가가 맞죠?"

"그게……."

위드가 대충 얼버무리려고 하는 사이에 그녀들은 위드의 양쪽에서 팔짱을 끼었다.

"저희와 함께 북부 탐험을 가지 않으시겠어요? 척박한 땅에 예술을 퍼뜨리는 것이야말로 예술가의 숙명과도 같은 것이잖아요."

"모험과 기회! 좀 더 넓은 세상을 보고 안목을 크게 해 보세요. 우리 길드와 함께 떠난다면 높은 레벨을 가진 사람들과의 인맥도 넓힐 수 있거든요."

두 여자들은 유난히 친근감을 표시했다.

평범한 외모를 가진 위드에게 이런 경험은 처음이었다. 물론 오크 카리취처럼 흉악한 모습을 했을 때에도 화령이나 이리엔 들은 좋아했지만, 그녀들과는 이미 알고 있던 사이였다.

위드는 팔뚝에 닿는 그녀들의 부드러운 살결을 느끼며 몸을 떨었다.

태어나서 처음 있는 경험이었다.

원치 않게 독신으로 살아온 무려 20년이 넘는 시간 동안, 이성의 살결을 처음 느껴 본 것이다.

"같이 북부로 떠나실 거죠?"

"으음……."

"고민하실 것 없다니까요. 얼굴이 선하시네요."

"……."

"착한 일을 많이 하신 것 같아요. 복 받으실 거예요. 참. 직업이 어떻게 되세요?"

"조각사입니다."

위드는 선선히 대답을 해 주었다. 팔뚝에 닿는 느낌 때문임을 부정할 수 없으리라.

위드의 대답에 그녀들은 눈을 마주쳤다.

"조각사라면……."

"벌써 3명이나 구했잖아. 게다가 그중 1명은 거의 중급 조각술에 가까운 경지랬어."

"에휴, 그럼 조각사는 더 구할 필요 없는 거잖아."

"괜히 시간만 낭비했네."

그녀들은 위드를 붙잡고 있던 팔들을 떼어 냈다.

처음 위드를 보았을 때에는 대박이라고 생각했다. 전형적인 예술가의 모습을 하고 있었던 것이다.

가난과 궁상, 궁핍함!

그녀들은 다가왔을 때처럼 빠르게 떨어졌다.

"그럼 즐거운 모험 하세요."

"예쁜 조각품도 많이 깎으세요."

위드는 허탈하게 거리에 서 있을 수밖에 없었다. 그러다가 정신을 차리고 예술가들의 길드가 있는 곳으로 향했다.

맨 처음에 들어간 곳은 다소 대중화된 길드였다.
음악과 관련된 음유시인들이 모여 있는 곳. 이른바 바드 길드!
길드 내부는 무척이나 붐볐다. 예비 음유시인들이 가득 들어차 노래를 배우고 있었다.
"괜찮은 곳이군."
위드는 길드의 내부를 찬찬히 둘러보았다.
다른 길드와는 다르게 규모가 큰 주점처럼 꾸며져 있었다. 좋은 여행자이며, 음유시인을 꿈꾸는 젊은 바드들이 중앙에서 노래를 한다.

라. 라라라. 라. 라라

악기들과 가사 없이 부르는 노래지만, 맑은 소리를 낸다.
"잘 불렀어!"
"한 곡 더 불러 보라고!"
"목소리가 아주 맑군."

그러면 놀러 온 손님들이 노래를 평가해 주고, 또 돈도 던져 주는 식이었다.

손님들에게 많은 돈을 받거나 반응이 좋으면 약소하나마 그만큼 명성도 얻을 수 있다.

단, 공연을 하는 데에는 최소한의 자격이 필요했다. 일정한 레벨과 노래 스킬이 있어야 했다.

노래와 관련된 스킬이 높으면 원하는 대로 노래에 여러 가지 효과가 부여되어 듣기 좋아지며, 매력 스탯이 높으면 얼굴과 몸매가 아름다워진다.

그래서 바드에게는 매력 스탯도 중요한 부분을 차지한다.

관중의 반응을 위해서 가능한 예쁠수록 좋다는 건 두말할 필요도 없는 사실.

이러한 이유로 인해서 바드들 중에는 선남선녀들이 많았다.

그대여 꿈꾸지 마세요
이제 내가 여기 이곳에
당신의 앞에서 노래를 하고 있으니까요

키 작은 소녀가 중앙의 홀에서 가사처럼 노래를 하고 있었다.

기본적으로 바드들이라고 할지라도 어느 정도의 노래나 악기 연주 실력을 갖추고 있다. 로열 로드에서는 스킬에 모든 것을 의존하는 경우가 드물기 때문이었다.

 최소한 직접 몸을 움직여야 하고, 스스로 판단하고 행동해야 한다. 더군다나 조금이라도 예술과 관련이 있는 분야에서는 더욱더!

 위드는 1층은 그대로 제쳐 두고 2층으로 올라갔다.

 바드 길드 교관도 무척이나 어여쁜 여자였다. 턱 선이 가늘고, 상당히 늘씬한 몸매를 가지고 있었다. 그런 덕분에 주변에 많은 남자 바드 수련생들이 있었다.

 바드라는 직업은 모험도 많이 다닐 수 있기에 여자에게나 남자에게나 인기 있는 직종이었던 것이다.

 물론 위드는 그녀의 외모에 그리 끌리지 않았다.

 이미 화령이나 서윤과 같이 다니면서 예쁜 얼굴이라면 숱하게 봐 왔던 것.

 위드는 차례를 기다려서 교관에게 질문을 던졌다.

 "달빛 조각술에 대해서 묻고 싶습니다."

 세레나라는 교관은 살포시 미소를 지었다.

 "달빛 조각술요? 거기에 대해서는 아주 오래전에 들은 적이 있었죠. 하지만 저희 바드 길드에서 굳이 답해 드릴 의무는 없는 것 같네요."

 위드는 재빨리 세레나의 외모를 살폈다.

 "아주 아름다우십니다."

 "그런 정도로 저를 유혹하려면 멀었어요. 수많은 바드들

이 도전했지만 어림도 없었던 걸요. 당신 정도의 매력을 가지고 있는 사람이라면 무리예요."

위드는 매력 스탯이나 행운 들에는 한 번도 스탯을 분배하지 않았다.

매력 스탯이 오르면 용모가 고와지고, 행운 스탯이 오르면 치명적인 공격을 당할 확률이 줄어든다. 때때로 마법 공격을 당했을 때의 피해가 최소화될 수도 있다. 아이템을 획득할 확률도 조금은 올려 주지만, 레벨 200 이상이 사용하는 레어급 이상에는 해당되지 않는다.

그로 인해서 위드는 행운 스탯에도 전혀 투자를 하지 않았던 것이다.

"목소리도 고우시고, 노래도 잘 부르실 것 같습니다."

"바드로서 당연한 것일 뿐이죠."

"손도 예쁘시고, 눈빛이 아주 맑으십니다."

"호호, 당신은 참 기분 좋게 말을 할 줄 아는군요. 어떤 것이 궁금하다고 하셨죠?"

세레나는 매력적으로 눈을 반짝이며 물었다.

위드는 이때다 싶었다.

"달빛 조각술에 대해서 알고 싶습니다."

"그렇군요. 그러면 먼저 제 노래를 들어 주시겠어요?"

"물론입니다."

세레나는 하프를 연주하면서 고운 목소리를 내기 시작했다.

당신이 잃어버린 희망이 이곳에 있어요
고향에서 기다리고 있는 소녀의 꿈
당신을 그리워하고 있네요
어떤 적과 싸우고 있더라도 소녀를 잊지 마세요
꿈을 꾸듯이, 노래를 하듯이
당신의 행복이 있는 장소로 갈 수 있을 거예요……

세레나가 노래를 부르자, 주변으로 바드들이 우르르 몰려들었다.
"그녀가 노래를 부르고 있어."
"이게 얼마 만이지?"
"이야! 역시 그녀의 노래는 정말 좋아."
그러면서 하나같이 감탄을 토해 낸다.
세레나의 음성은 맑고 청량해서, 가슴까지 씻어 내려 주는 기분이었다. 넓게 퍼지는 그녀의 음성에 바드들은 눈을 감았다.

―귀환병의 노래를 감상하셨습니다.
투지가 10% 상승합니다.
지력이 5% 상승합니다.
생명력이 최저까지 떨어졌을 때 불굴의 의지를 보일 수 있습니다.
노래의 지속 시간 사흘.
다른 바드의 노래와 중복되지 않습니다.

세레나는 한참 후에 노래를 마치고 나서 위드에게 물었다.

"제 노래가 어땠어요?"
"매우 듣기 좋았습니다."

위드는 별달리 과장할 것도 없이 솔직하게 대답했다. 그만큼 훌륭한 노래였다.

아부에도 공식이 있었다.

마음이 전해지는 칭찬!

간단하며 진실 어린 대답만큼이나 확실한 아부는 없다.

'아부, 아첨이라고 해서 만만히 보아서는 안 되지. 아부에도 경지가 있다. 내가 진짜 좋다고 느끼지 않는다면, 그것은 아부로서 아무런 효과가 없어.'

나중에는 생각이 어떻게 뒤집어지게 될지 몰라도, 당사자와 이야기를 나누는 순간만큼은 지상에서 그를 가장 존경하는 사람이 되어야 한다. 그 사람이 하는 사소한 행동마저도 훌륭하게 받아들여야 한다.

그러면서 무심코 내뱉는 것 같은 담백한 말 한마디가 중요하다.

"과연 세레나 님이십니다."
"이 정도쯤은 세레나 님에게는 아무것도 아닌 거죠."
"겉으로 흐르는 기품에 놀랐는데, 역시 노래도……."

여운을 남기는 말 한마디.

상상의 여지를 남기면서도 입가에 미소가 맺힐 수밖에 없게 만드는 것이다.

위드는 적어도 자신만큼 아부를 잘하는 사람이 없다는 데 대해서는 언제나 자부심을 갖고 있었다.

"호호호!"

세레나는 입가를 가리면서 웃었다. 매우 만족한 듯싶었다.

"제 노래를 들어 주셨으니 기념으로 이 하프를 팔죠."

"예?"

"1,500골드예요."

"그게 무슨……."

"이 하프를 사시면 당신이 궁금해하는 걸 알려 드릴게요."

위드는 눈물을 머금고 주머니에서 돈을 꺼냈다. 역시 세상은 아부로만 돌아가지는 않는 것이다.

뇌물!

인간관계를 증진시키는 데에는 뇌물 이상의 것이 없었다.

위드는 거금을 지불하고 받아 든 하프를 살펴보았다.

"감정!"

---

**세레나의 하프** : 내구력 50/50. 공격력 15.
바드 길드의 교관이 소유하고 있던 하프. 그녀를 사모하는 드워프가 만들어 주었다.
정확하게 조율된 줄들은 맑은 음을 낸다.
연주하면서 노래를 부르기에 적당한 하프.
초심자용으로, 바드가 아닌 이들도 사용할 수 있다.

제한 : 매력 100. 레벨 60.
옵션 : 매력 +30. 기품 +20.
연주 스킬 +2.
명성 +20.
바드와 관련된 기초 퀘스트 수행 가능.

하프의 성능은, 썩 좋다고는 볼 수 없는 것이었다.

세레나는 하프를 판매하고 나서 말했다.

"예전에 달빛 조각품을 본 적이 있어요. 그런데 볼 때마다 그 느낌이 조금씩 달랐어요. 완성된 조각품이란 그 빛이 서로 다르다더군요."

"예?"

"아쉽지만 더 말할 게 없네요. 제가 알고 있는 것은 그것뿐이에요."

위드는 어쩔 수 없이 바드 길드를 나와서, 그길로 바로 다른 길드로 향했다.

미용사 길드!

베르사 대륙을 통틀어도 열 곳이 넘지 않는 희귀 길드였다. 머리를 염색할 수 있으며, 헤어스타일을 변경할 수도 있다.

일반적으로 볼 때 예술가로 분류하기는 조금 어렵지만, 솜씨가 극상에 이르면 미모를 더욱 뽐낼 수 있다. 그래서 소수의 마니아들 사이에서 인기를 끌고 있는 직종이었다.

위드가 들어서자마자, 미용사 길드의 교관은 다짜고짜 그를 붙잡아 의자에 앉혔다.

"이렇게 더부룩한 머리로 다니시다니 너무 안타깝군요. 걱정하지 마세요. 예쁘게 깎아 줄게요."

"별로 자르고 싶지 않은… 건 아닙니다. 꼭 자르고 싶습니다. 그런데 가격이 얼마죠?"

"100골드랍니다. 무척 저렴하지 않나요?"

위드는 거의 강제적으로 머리를 깎고 돈을 내야 했다.

-예술 스탯이 일시적으로 3% 상승하셨습니다. 다양한 생산 활동을 할 때에 적용됩니다. 다만 특수 조각 스킬을 사용할 때에는 해당되지 않습니다.

-매력 스탯이 사흘 동안 5% 상승합니다.

머리카락을 자른 대가로 미용사 교관은 한마디를 해 주었다.

"달빛 조각술이라. 저도 직접 본 적은 없어요. 하지만 그 대단함을 들어 본 적은 있죠. 조각품의 역사를 아세요? 조각품을 발전시키기 위해서 끊임없이 노력해 온 역사. 그 역사와도 관련이 있다더군요."

댄서들은 고운 자태와 육감적인 몸매를 가지고 있었다.

미용사 길드 다음으로 방문한 댄서 길드에서 위드는 교관과 함께 춤을 추어야만 했다.
"발을 이쪽으로… 거기서는 한 바퀴 도세요."
위드는 춤을 추고 나서 강습비로 80골드를 냈다.

- 민첩이 2% 상승하셨습니다. 사망하거나, 육체의 피로도가 절반 이상이 되면 상승한 민첩은 원래대로 돌아갑니다.

- 즐거운 춤을 추며 매력 스탯이 1 올랐습니다.

교관과 함께 춤을 추고 나니 매력과 민첩성이 올라 있었다.
"달빛 조각술이라. 한때 어떤 조각품 아래에서 춤을 추었던 적이 있죠. 몸이 가볍게 느껴졌어요. 춤을 끝내고 난 이후에 조각품을 보니, 왠지 한결 멋지게 느껴지더군요. 그건 단순히 저의 착각이었을까요?"

이제 위드는 대략적으로 퀘스트에 대해서 이해할 수 있었다.
'예술이나 생산 계열의 다양한 효과를 직접 체험해 보라는 뜻이었군.'
다만 그 와중에 소모되는 돈이 무시할 수 없을 정도였다.
향수 제작사 길드에서는 교관이 직접 향수를 판매하고 있었다. 위드는 제일 싼 향수를 3개 구입했다. 그 대가로 교관의 이야기를 들을 수 있었다.

"조각품은 보는 각도에 따라서 느낌이 달라지기도 하죠. 그 다른 느낌들은 서로 다른 감정들을 불러일으켜요. 그런데 같은 방향에서 보더라도 시간에 따라서 또 다르다고 하더군요. 그 이유를 알겠어요?"

위드는 서예가 길드, 고미술품 감정사 길드, 공예가 길드들을 돌았다. 그러면서 배낭에 쌓여 가는 물품들도 산더미 같아졌다.

서예가 길드에서는 글씨가 쓰인 현판을 구입하고, 고미술품 감정사 길드에서는 기원을 알 수 없는 항아리를 구입했다. 공예가 길드에서는 유리로 만든 액세서리를 샀다.

그러고 나자, 차마 건축가 길드에는 들어가 볼 자신이 생기지 않았다.

'자칫 집이라도 사라고 하면 큰일이지.'

이제 위드는 만만한 화가 길드로 향했다.

화가와 조각사는 언뜻 비슷하게 보이지만, 전혀 다른 방법으로 경지를 추구하고 있었다. 그렇기 때문에 서로에 대해서 더욱 잘 알 수밖에 없으리라.

화가 길드의 교관은 위드를 보며 감탄을 금치 못했다.

"굉장한 예술성을 가진 사람이군! 그래, 궁금한 것이 무엇인가?"

"달빛 조각술에 대해서 알고 싶습니다."

"달빛 조각술이라… 그 전에 먼저 이야기를 하나 해 주어야겠군. 조각사는 입체적으로 제작하고, 화가는 평면적으로 그 모습을 그리지. 과거에 조각사와 화가가 대결을 펼친 적이 있다네. 이 이야기를 들어 보았는가?"

"대결요?"

"하나의 사자를 만들어 내는 것이었지. 그 사자를 누가 더 똑같이 표현하는가를 놓고 대결을 벌인 거야."

"궁금합니다. 누가 이겼습니까?"

위드는 가능한 조각사가 이겼기를 바랐다.

안 그래도 이래저래 치이는 직업이 조각사였는데, 화가에게도 졌다면 그것은 정말 비통한 일임에 틀림없을 것이므로.

"화가는 그렸고, 조각사는 깎았다네. 화가가 그린 그림은 금방이라도 화폭에서 튀어나올 것처럼 생동감이 넘쳤고, 조각사가 만든 조각품은 당장이라도 움직일 것만 같았지. 결국 승부는 나지 않았어. 애초에 대결이 되지 않았던 것이지. 화가와 조각사란 근본적으로 표현하는 방식에 차이가 있는 것을. 과거에는 조각사가 그림도 그리고, 그림을 그리는 사람들이 조각품도 깎았다더군. 둘 사이의 구분이 모호했던 거지."

화가는 말이 대단히 많았다. 그러나 그것도 다 목적이 있었다.

"그러니 조각사와 화가도 남이 아니라고 할 수 있네. 이건 매우 아끼는 그림이지만…….."

그러면서 한 폭의 수채화를 내밀었다.

위드는 눈물을 머금고 물었다.

"싸게 좀 안 되겠습니까?"

"내 자네를 보아서 1,500골드까지 해 주지."

위드는 덜덜 떨리는 손으로 돈을 냈다.

'내 다시는 로디움에 오지 않으리라.'

이제 남은 돈은 7,000골드도 안 되었던 것. 숨겨 둔 비상금도 없이 정말 궁핍한 신세가 되고 말았다.

하지만 그 덕분에 달빛 조각술에 대해서도 들을 수는 있었다.

"조각품이란 자연과, 환경과 더불어 존재하는 것. 그 조각품이 어두운 곳에 있다면 당연히 어둡게 보이겠지. 그런데 조각품이 빛을 낸다면 어떻게 되겠는가?"

"빛을 내다니요?"

"빛을 머금고 또 발산할 수 있는 조각품. 빛을 자유자재로 다룰 수 있는 조각술의 신기. 이것이 바로 달빛 조각술이라네!"

띠링!

―달빛 조각술에 대한 정보를 모두 모으셨습니다. 조각사 길드로 가서 달빛 조각술을 배우실 수 있습니다.

위드는 그대로 조각사 길드로 향했다. 의외로 많은 사람들이 모여 있었다.

웅성웅성.

"일반 나무보다는, 무늬가 있는 재료를 이용한 조각품들의 예술성이 높게 나오는 것 같아."

"희귀한 나무들은 숙련도를 더 많이 올려 주는 게 확실해."

"그런 나무들은 값이 비싸잖아."

"어쩔 수 없지. 남작이나 상인들이 내놓는 조각품 의뢰를 하면서 돈을 벌어야지."

"하아, 조각사는 정말 돈도 안 모이는 직업이야."

아직 풋내기 조각사들!

위드가 로자임 왕국에서 벌인 일 때문에 조각사를 선택하는 사람들이 꽤 많아졌다. 하지만 다른 곳에서는 여전히 조각사를 보기 힘들다. 이곳이 로디움이기 때문에 이렇게 많은 조각사들이 있는 것이다.

조각사들은 자신이 가진 정보들을 교류하면서 조각술을 발전시켜 나가고 있었다.

위드는 그들을 지나쳐서 곧바로 2층으로 올라갔다.

1층에서는 교관에게 기본적인 조각품 다루는 법을 배운다. 나무를 깎는 법, 조각칼을 놀리는 법, 조각술의 의미에 대한 공부였다.

 하지만 2층에서는 길드에 들어온 특별한 의뢰를 받거나 스킬을 전수받을 수 있다.

 위드는 2층에 있는 접수계로 다가갔다.

 "달빛 조각술을 배우고 싶어서 왔습니다."

 접수계에 있는 노인은 눈을 끔벅였다.

 "무슨 조각술요?"

 "달빛 조각술 말입니다."

 "달빛 조각술? 어디선가 들어 본 것도 같은데. 원체 오래된 일이라 기억이 나지 않는군. 아니, 들어 본 적이 없던가?"

 접수계의 노인은 도무지 모르겠다는 표정이었다.

 "로디움에서 벌어지는 조각품 의뢰는 웬만큼 알겠지만, 이런 이야기는 나보다 더 잘 알고 있는 사람을 소개시켜 주는 수밖에 없겠군."

 "그게 누구입니까?"

 노인은 구석에 앉아 있는 중년인을 가리켰다.

 "저분이 로디움에서 제일 뛰어난 조각사이지. 조각술에 대해서 궁금한 것이 있다면 물어보도록 하시오. 하지만 조각술밖에 모르는 사람이라서, 웬만큼 말을 걸어서는 대답도 하지 않을 거라오."

 "감사합니다."

 위드는 조각사에게 다가갔다. 그는 조각칼로 나무토막을

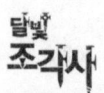

깎는 중이었다.

"요즘 젊은이들은 참 문제야. 끈기가 없어, 끈기가! 조금만 귀찮고 힘들면 금방 포기해 버리고 마니, 조각술의 깊은 경지를 어디 맛볼 수나 있을까? 에잉, 쯧쯧!"

그러면서 계속해서 한심하다는 듯이 중얼거리고 있었다.

아마도 최근에 조각사를 지원하는 사람들이 많아졌는데, 이들이 조각사에 대해서 알고 난 이후 금방 다른 직업으로 전직해 버리기 때문인 듯했다.

이처럼 조각사는 불평을 쏟아 내면서 주변의 일에 대해서는 관심을 보이지 않았다. 사람이 다가가는데도 고개조차 들지 않았던 것이다.

위드는 곧바로 아부를 개시했다.

"조각술이 뛰어나시군요."

"그런 말 많이 들었네. 매번 들으니 지겹더군."

조각사에게는 최고의 칭찬이라고도 할 수 있는 말에도, 꿈쩍도 하지 않았다.

위드는 그의 손안에서 점점 형상을 갖춰 가는 나무토막을 보았다.

"재료가 엘프목이로군요."

"오호! 재료를 대번에 알아맞히는 걸 보니 조각술에 대해서 조금쯤은 아는 모양이군."

조각사의 말투에 미미하게 호감이 묻어났다. 그러나 여전히 조각술에 전념하느라 고개를 들진 않았다.
 '이걸로는 부족한가?'
 위드는 그가 깎고 있는 엘프목을 자세히 보았다. 그도 여러 번 사용해 본 재료였다. 가격이 조금 비싸지만 굵고 단단하다.
 '재료 자체는 별 볼일 없는 것이고.'
 둥그런 엘프목은 조각사의 손에 의해 깎여 나가면서 작은 그릇이 되고 있었다.
 "형태를 보니 세상에 필요한 물건을 만드시는군요."
 "응? 그게 무슨 소리인가?"
 "사람도 아니고 예술품도 아닌, 그릇을 만들고 계시지 않습니까?"
 "그런 편이지. 자네는 조각술로 그릇을 만드니, 하찮은 짓이라고 여기고 있겠지?"
 "아닙니다. 조각술이란 본래 그런 것이었지요. 예술로 시작한 것이 아니라, 인간에게 필요한 것을 만들기 위해 생겨난 것이니까요."
 "필요한 것이라. 뭔가를 알긴 아는 것 같군. 이리 와서 앉게."
 조각사는 선뜻 자신의 옆자리를 내주었다.
 세상으로부터 그다지 인정을 받지 못하는 예술을 하는 이들일수록 자존심만 높은 경우가 많다. 그런데 무릇 예술이

란, 처음부터 예술 그 자체로 시작했던 것은 아니다. 그림이나 음악이나 조각이나, 필요에 따라 시작되어 예술로 승화된 것이다.

용도에 따라서 천하고 귀한 것은 없다.

조각술에 대해서 제대로 된 가치를 아는 듯한 위드의 말에 조각사와의 친밀도가 형성되었다. 하지만 위드에게는 당연한 것이었다.

한 푼이라도 아끼기 위해서 요리 도구 중에 어지간한 것은 직접 조각칼로 깎아서 만들었다. 나무 식기와 나무 주걱, 돌판 프라이팬! 조미료를 담는 통마저도 모두 조각술로 만들었다.

조각사는 조각하던 손짓마저 잠시 멈추고 위드를 똑바로 보았다.

"왠지 자네와는 말이 통할 것 같군. 같은 길을 걷는 동료로서 이야기 상대가 되어 주지."

"감사합니다. 한 가지 질문을 드리고 싶은데요. 조각술에 대한 것입니다."

정중하게 청하는 위드의 말에, 조각사는 선뜻 답했다.

"조각술이라면 알려 줄 수 있는 한 가르쳐 줘야지. 내게 묻고 싶은 것이 무엇인가?"

"혹시 달빛 조각술에 대해서 알고 계십니까?"

"달빛 조각술? 조각술의 경지가 절정에 이르면 얻을 수 있는 것이지. 조각품의 빛을 찾아야 하는 기술. 다만 조각술을 무시하는 사람들은 허무맹랑하다면서 믿질 않아."

"허무맹랑한 이야기요?"

"그렇지. 이제는 찾아보기 힘든 조각술의 하나인데… 달빛 조각술을 배우고 싶다면 우선 그것이 무엇인지부터 알아야 하지. 그리고 한 가지가 더 있어."

"말씀하십시오."

조각사는 자신의 배낭에서 흰빛이 도는 수박만 한 광석을 꺼내 위드에게 내밀었다.

"이 광석을 깎아 내서 소중한 조각품을 만들어야 해. 워낙 단단한 광석이라서, 깎는 게 쉽진 않을 거야. 와중에 수백 개의 조각칼이 무뎌질지도 모르네. 그러나 스스로 익히고 싶어 하는 것이 무엇인지 안다면, 그리고 자신만의 빛을 만들어 낼 수 있다면 달빛 조각술을 알게 될 것이네."

띠링!

**잃어버린 빛을 찾아서**
빛을 다루는 조각술.
광석을 깎아 조각품을 만들도록 하라.
그 조각품에 잃어버린 빛을 비춰 준다면 달빛 조각술을 터득할 수 있다.
**난이도** : 직업 퀘스트

> **퀘스트 제한** : 조각사 한정. 동시에 수행할 수 있는 퀘스트의 숫자에 관계없이 진행할 수 있음. 사전에 고급 조각술을 익히고 있어야 함. 일정 수준 이상의 명성과 친화력이 있어야 함. 예술 스탯이 마이너스이거나 공포, 악명을 가지고 있다면 퀘스트를 수행할 수 없음.

조각은 근본적으로 직접 손을 움직여서 깎는 것이다. 달빛 조각술이 어떤 것이든지 간에, 스스로 알고 이용할 줄 알아야 한다.

그러므로 마지막 관문도 광석을 깎아서 달빛 조각술을 깨칠 수 있도록 하는 것이었다.

이제 위드는 로디움에서의 용무를 모두 마치고, 프레야의 교단으로 향했다. 번영과 풍요로움을 상징하는 프레야의 교단은 로디움에도 매우 큰 신전을 가지고 있었다.

위드는 교단의 성물들을 반환한 인연으로 인하여, 베르사 대륙의 모든 프레야 교단에서 텔레포트 게이트를 이용할 수 있었다.

"어서 오십시오, 교단의 은인이시여."

고위 신관들은 위드를 반갑게 맞이하였다.

"텔레포트 게이트를 이용하려고 합니다."

"알겠습니다. 준비하도록 하겠습니다. 그런데 은인이시여, 대신관님께서 찾고 계시다는 사실을 알고 계십니까?"

"대신관님이요?"

위드는 고개를 갸웃했다. 헤레인의 잔은 이미 반납을 마쳤다. 구태여 대신관이 그를 찾을 이유가 없는 것이다.

"혹시 무슨 일 때문인지 알 수 있겠습니까?"

"대신관님께서는 죽음의 계곡을 찾아 그곳에 묻힌 왕의 명예를 되찾아야 한다고 말씀하셨습니다."

"왕의 명예라니, 무슨……?"

"모욕과 비난 속에 떠나 버린 충신들, 맹세 속에 깃들어 있는 왕의 명예를 깨워야 합니다. 대신관님께서는 전설로 남을 정도의 모험가만이 해낼 수 있는 일이라면서, 위드 님을 찾고 계십니다."

"저는 그런 대단한 모험가가 아닙니다."

"대신관님은 그리 생각하지 않으시는 것 같았습니다. 게다가 위드 님께서는 이미 한차례 북부로 떠나셨던 적이 있으니, 그 경험이 도움이 될 것입니다."

지금의 설명만으로도, 위드는 그것이 어느 정도 난이도일지 충분히 짐작할 수 있었다.

'최소한 A급 퀘스트겠군.'

대신관은 불사의 군단과 싸웠던 것 같은 대단한 의뢰를 다

시 한 번 부여하기 위하여 그를 기다리고 있는 것이다.

'아직 그런 퀘스트를 하기는 무리지. 불사의 군단을 깰 때도 고생을 얼마나 심하게 했는데. 좀 더 레벨을 올리고 조각술도 키워서 천천히 하는 게 나을 거야.'

위드는 즉시 고개를 저었다.

"관심 없습니다. 그보다, 절망의 평원으로 가고 싶습니다."

일행이 있는 장소로 돌아가려는 것이다.

고위 신관들과 사제들은 마나를 모아서 텔레포트 게이트를 작동시켰다.

차가운 장미 길드는 로디움에서 많은 사람들을 원정대에 받아들였다.

무려 160명!

예술가 30명과 장인들을 제외하더라도, 전투 계열 직업 또한 120명 정도나 되었다.

"성공이 보장되지도 않은 위험한 모험인데, 그래도 떠나겠다는 사람이 정말 많군."

오베론이 혀를 내둘렀다.

초보 때에는 어디를 가더라도 상관이 없다. 그러나 고레벨 유저 소리를 듣게 되면, 누구나 안정을 찾기 마련이다.

확실한 사냥터에서 레벨을 올리고 아이템을 얻기 위해 애쓰지, 위험한 탐험에 나서는 사람은 드문 것이다.

드럼도 뜻밖의 소득을 거두어서 기쁜 얼굴이었다.

"덕분에 원정이 성공할 확률은 더욱 높아지지 않았습니까?"

"그렇다고 볼 수 있지. 아무튼 용병들이 대거 가입해서 원정대의 사기가 높아."

"산전수전 다 겪어 본 용병들은 유사시에 큰 도움이 되겠지요."

"아무래도 레벨만 높은 이들보다는 경험이 많은 이들이 도움이 될 때가 있으니까."

새로 받아들인 이들은 차가운 장미 길드에서 거액을 걸고 데려온 것이 아니었다. 순수하게 같이 모험을 하자면서 참여한 것이다.

그 덕분에 원정대의 전력은 더욱 향상되었다고 할 수 있었다.

"그런데 대체 어디서 그런 자들이 한꺼번에 나타났을까?"

오베론이 의아해할 때에, 부길드장 베로스가 설명했다.

"요 근래에 베르사 대륙을 떠들썩하게 만든 도전자들에 대해 아십니까?"

"도전자? 아, 자기보다 강한 사람들만 찾아서 도전한다는 그 사람들?"

"맞습니다. 그들입니다."

검육치에서 검오백오치까지.

그들 중 일부는 여전히 도전자들을 찾아다니기도 했지만, 상당수는 심산유곡에 틀어박혔다.

사람을 상대로 싸울 필요만은 없는 것이다.

깊은 산에 출몰하는 위험한 몬스터, 맹수, 그리고 대자연과 싸웠다.

바람이 불고 폭풍이 치는 날, 절벽 위에서 검을 휘두른다. 몬스터를 상대로 지치도록 검을 휘두르면서 검을 다루는 법을 배웠다.

현실에서의 검과는 당연히 차이가 있다.

일차적으로 힘의 스탯에 따라 파괴력이 달라지고, 민첩에 따라서 속도와 반응의 정도가 차이 난다. 그럼에도 더욱 다양한 검을 터득할 수 있었다.

육체적인 조건이 좀 더 좋아졌을 때에 쓸 수 있는 검.

또한 숱한 전투를 치르면서 검의 움직임을 익혔다.

대련과는 다른, 생존을 위한 검!

허수아비를 1달 내내 때려도 익히지 못할, 전투를 통해 단련하는 검!

그런 식으로 사냥을 통해서 레벨이 높아진 검치 들도 다수 있었다. 그들 중 몇십 명이 로디움에 와서 원정대에 가입한 것이다.

"긍정적인 일이군."

오베론은 함박웃음을 지었다.
처음 소문을 들었을 때에도 꼭 한 번은 만나 보고 싶었던 무리가 원정대에 다수 포함되었다니.
"베로스."
"예, 대장."
"그럼 출발하기 위한 준비는 모두 끝난 건가?"
"물자 준비는 끝났습니다."
"텔레포트 마법진은?"
"다 그렸습니다. 예정대로 출발하기에 아무런 무리가 없습니다."
"그러면 1시간 후부터 선발대를 보내도록 하지. 선발대는 우리 길드의 주력부대로 한다."
"모범을 보여야 할 테고, 또 원정대의 주도권을 잡아야 하니 당연한 조치입니다."

북부 원정대!
마법사들이 로디움 앞 평원에서 거대한 마법진을 그렸다. 그리고 첫 번째 선발대가 마법진 위로 올라갔다.
부길드장 베로스가 이끄는 150명의 전사들! 대장장이나 건축가들도 몇 명 끼어 있었다.
"그럼 북부에서 뵙겠습니다."
"조심하게."

"걱정하지 마십시오. 우선 주변을 탐색하고, 부대가 쉴 수 있는 집을 지어 놓겠습니다."

"그럼 8시간 후에 만나지."

"예. 기다리도록 하죠."

하루에 세 차례씩 최대 450명까지 보낼 수 있다. 그러므로 11개 정도로 부대를 나누어서, 그 첫 번째가 움직이는 것이다.

선발대의 임무는 거점을 만드는 것과, 인근을 탐색하는 것 두 가지였다.

오베론은 남아 있는 원정대를 관리해야 하기에 가장 마지막에 떠나기로 했다.

"그럼 시작해라. 원정대원을 북부로 보내."

"텔레포트!"

마법사들이 마법진을 발동시켰다.

정해진 곳으로 이동하게 되어 있는 게이트와는 달리, 내부에 있는 사람과 물자를 일정한 좌표로 한꺼번에 보내는 마법진이었다.

베로스와 전사들!

그들은 길드에서도 정예 중의 정예였다.

호기심이 강하고 싸움을 좋아한다. 웬만한 던전에서는 겁도 먹지 않는 이들만 추려서 보낸 것이다.

그들이 빛 때문에 눈을 감았다 떴을 때에는 주변의 풍경이

확 변해 있었다.

대지는 흰 눈으로 뒤덮여 있고, 공기는 극히 차가웠다.

입에서 김이 모락모락 날 정도였다.

"에취!"

"뭐가 이렇게 추워!"

원정대원들은 곧바로 모포를 뒤집어썼다.

혹시 모를 일이라서 준비하기는 했다. 하지만 모포를 챙길 때에도 다들 웃고 있었다.

"이렇게 더운데……."

"모포는 그냥 잠잘 때나 덮으면 되겠지."

그런데 북부에 도착하자마자 추위 때문에 모포가 없으면 안 될 지경이었다.

휘이이잉!

칼날처럼 불어오는 찬 바람!

딱딱딱!

원정대원의 이빨이 미친 듯이 부딪쳤다.

인근 탐색은커녕 추위로 인해서 거의 제대로 운신을 하기도 힘들 정도였던 것.

"이…러다가 감기가 걸리겠군."

베로스는 우선 모닥불부터 크게 피우려고 했다. 하지만 얼어붙은 땅에서는 땔감으로 쓸 만한 나무를 구하기도 쉽지 않았다.

고라스 언덕.

그곳은 온통 눈으로 뒤덮여서, 뭘 찾을 수 있을 만한 장소가 아니었던 것이다.

언덕 위에서 주변을 둘러보니 완전히 허허벌판이었다. 하지만 겨우 감기 정도를 걱정하고 있을 수만도 없게 되었다.

저 멀리서부터 눈송이들이 날리고 있었다. 지상의 눈과 얼음들을 빨아올려서 사정없이 내리꽂힌다.

빛과 얼음의 향연.

극도로 아름다운 대자연의 힘.

북부만의 지역적 특색이라고 할 수 있는 빙설의 폭풍이 다가오고 있었던 것이다.

# 구덩이 던전!

카라카의 숲에 있는 보스 몬스터!

페일이나 제피, 화령 등 일행은 킹 스네이크를 잡기 위해 온 숲을 뒤졌다. 그러나 도저히 발견할 수가 없었다.

그러던 차에 검사치가, 웬 알록달록한 무늬가 있는 나무가 쓰러져 있는 걸 보았다.

"이런 독특한 나무라면 조각용으로도 나쁘지 않아 보이는데. 위드에게 이걸 주면 좋아할까?"

검사치는 일단 머릿속에 어떤 생각이 들면, 오랜 시간을 끌며 고민하지 않았다. 곧바로 행동에 옮기고 나서 그 후에 따져 본다.

찌이이익!

바로 검을 꺼내서 나무를 베었다. 그러나 잘리지 않았다! 두꺼운 가죽을 그은 것처럼 흠집만 났을 뿐이다.

"어라, 이게 뭐지?"

검사치가 의아해서 더욱 열심히 칼질을 할 때였다.

퍼서서석!

낙엽이 부서지는 소리가 주변에서 들려왔다. 그리고 뒤쪽에 커다란 뱀의 머리가 나타났다.

슈루룹— 후룩!

길쭉한 머리에 두 갈래로 갈라진 혀를 날름거리는 킹 스네이크!

"어리석은 놈들. 나의 매끈한 몸을 베다니."

킹 스네이크는 보로차라는 이름까지 가지고 있었다.

그때부터 일행은 킹 스네이크와 전투를 벌였다.

놈은 10미터가 넘는 동체를 가지고 있다고는 믿을 수 없을 만큼 빠르게 움직였다. 땅바닥을 기어서 달릴 때에는 거의 쫓아가지 못할 정도였다.

지독한 맹독을 살포하고 숨어 있다가, 단숨에 나타나서 몸을 조른다. 킹 스네이크의 주 무기는 독과 이빨 그리고 황소의 허리도 부러뜨릴 정도의 완력이었던 것이다.

이빨도 엄청나게 뾰족해서, 물리면 그대로 갑옷을 뚫을 정도였다.

과거였더라면 킹 스네이크를 잡지 못했을지도 모른다. 하

지만 일행의 전투 감각은 그사이 엄청나게 발전했다.

"파이어 필드!"

로뮤나가 주변에 불을 질렀다.

뱀이 싫어하는 불!

직접 킹 스네이크를 공격하지 않는 대신, 녀석이 움직이는 범위를 축소시킨 것이다. 하지만 그 때문에 일행도 고스란히 피해를 입었다.

"거칠게 타오르는 불길로부터 우리들을 보호해 주세요. 물의 가호! 꺄아악!"

이리엔이 비명을 질렀다.

그녀의 주특기는 즉각적인 생명력 회복이었다. 축복 계열이나 방어 계열은 아무래도 조금 모자란 편이다. 부족한 스킬 레벨의 물의 가호로는 로뮤나의 주특기인 화염 마법을 어찌할 수가 없었다.

이리엔은 일행의 떨어지는 생명력을 채워 주느라 모든 신성력을 발휘해야 했다.

제피는 아끼던 미끼를 던져서 킹 스네이크를 유인하고, 화령은 춤을 추었다.

"혼란의 춤!"

적의 정신력을 무너뜨려서 균형 감각을 상실하게 만드는 춤이다. 공격을 받으면 깨어나는 매혹의 춤과는 달리, 전투를 치러도 균형 감각은 정상으로 돌아오지 않는다. 일종의 강력한 저주인 것이다.

　화령은 불규칙적인 동작으로, 스스로 혼란에 빠진 것처럼 뇌쇄적으로 춤을 추었다. 옷소매에 매달린 천들이 너풀거리고, 그녀는 마치 헤어날 수 없는 미로에 갇힌 것처럼 혼돈에 빠진 듯한 얼굴로 춤을 추었다.

　댄서들의 스킬이 춤만으로 이루어진 것은 아니다.

　그런데 화령은 워낙에 춤추는 것을 좋아하기에, 모든 스킬을 최대한 비슷한 춤으로 만들었다.

　춤이 스킬의 효과를 조금 더 늘려 주는 효과도 있었다.

　"오, 화령 님이 춤을 춘다."

　"이번의 춤은 더 예쁘군."

　"아름답다는 말로는 표현할 수 없을 정도로……."

　"저 잘록한 허리에, 사슴 같은 목선은……."

　검둘치, 검삼치, 검사치, 검오치는 열심히 화령의 춤을 구경했다. 전투가 벌어지거나 말거나, 화령이 춤을 추기만 하면 거기에만 관심을 쏟았다.

　"커험!"

　검치는 체통을 지킨다면서 한 발자국 뒤에서 그녀의 춤을 지켜보고 있었다.

　남자는 아무리 나이를 먹어도 변하지 않는다. 숟가락 들 힘만 있으면 여자를 밝힌다는 속설이 괜히 있는 게 아닌 것이다.

츄루루루룹!

킹 스네이크가 큰 머리를 좌우로 흔들며, 긴 혓바닥을 날름 거렸다. 푸른 맹독이 주변으로 넓게 퍼져 나갔다. 혼란에 빠져서 엉뚱한 곳만 공격하다가, 신체의 이상을 느낀 것이다.

스스로를 보호하기 위한 본능적인 행동.

"포이즌 큐어!"

이리엔이 그 독성을 중화해서 중앙에 길을 만들었다.

"우리들이 활약할 시간이구나. 가자."

"예, 스승님."

검치, 검둘치, 검삼치, 검사치, 검오치는 열린 길을 따라서 돌진해 적의 몸을 난자했다.

"아이스 블레이드!"

"강검."

"벤 곳 또 베기!"

검둘치와 검삼치, 검사치가 각자 스킬들을 시전했다.

킹 스네이크의 몸통은 워낙 두꺼워, 스킬을 쓰지 않으면 피해를 주기 힘들다.

다른 수련생들에게는 스킬의 사용을 최소화해서 검이 전하는 말을 들으라고 하였지만, 그들만큼은 예외였다. 단순한 몬스터의 행동이나 대응을 보며 검을 발전시킬 시기는 이미 지났다.

어떤 상태에서도 검을 활용할 수 있는 사범들은 더욱 열심히 스킬을 시전했다.
 '스킬의 운용! 힘의 집중! 이것에 따라서도 조금씩 차이가 있군.'
 '어느 때에 어떤 스킬을 사용하느냐. 스킬의 연속적인 운용이나 적의 약한 고리를 파괴하는 것! 치명적인 일격을 스킬로 사용한다면 더 강한 타격력을 줄 수 있다!'
 몇 가지 스킬들을 연속해서 운용하면서 새로운 경지에 다다를 수 있었다. 보다 강해지는 방법이 오직 더 높은 스킬 숙련도나 레벨에만 있는 것은 아닌 것이다.
 권투 선수들을 보더라도, 반드시 체격 조건이나 힘의 강함에 따라 승부가 결정되는 것은 아니다. 어떻게 싸우느냐에 따라서도 결과가 달라진다.
 검둘치와 검삼치, 검사치가 스킬들을 시전할 때에 검오치는 검 두 자루를 들고 덤벼들었다.
 "난도질!"
 마구 휘젓는 연환 공격!
 근육질의 검오치가 휘두르는 검의 속도는 너무나 빨라, 마치 2개가 아니라 수십 개인 듯했다.
 "더블 스트라이크!"
 수르카도 무지막지한 힘으로 몸통을 타격했다. 그녀는 날카로운 너클을 착용해서 킹 스네이크의 두꺼운 가죽에 타격을 주고 있었다.

작은 키의 그녀였지만 검치 들 사이에서 열심히 주먹을 뻗었다.

킹 스네이크가 몸부림을 칠 때마다 땅이 들썩이고 나무들이 뽑혀 나갔다.

그렇게 힘겨운 사냥 끝에 일행은 카라카의 숲의 보스 몬스터인 킹 스네이크를 잡고, 다크 엘프의 성으로 돌아왔다.

위드가 절망의 평원에 와서 다크 엘프의 성으로 올라가고 있을 때, 일행은 이미 카라카의 숲 정벌을 마치고 휴식을 취하는 중이었다. 뒤늦게 절망의 평원을 달려온 메이런도 도착해서, 화기애애한 이야기를 나누었다.

그러던 와중에 뜬금없이 메이런이 말했다.

"페일 님."

"네?"

"사흘 뒤가 무슨 날인지 아세요?"

"글쎄요. 우리들이 만난 지 64일째 되는 날?"

"저 회사 쉬는 날이에요."

메이런의 은근한 말투!

그것을 알아듣지 못한다면 남자가 아니리라.

페일은 망설임 없이 고개를 끄덕였다.

"마침 보고 싶은 클래식 공연이 있었는데, 같이 보면 되겠군요."

"그럼 저녁은 제가 살게요."

페일과 메이런은 금세 데이트 약속을 잡았다. 이리엔이나 로뮤나는 배가 아프다는 표정을 지었다.

"페일이 저렇게 느끼하게 변하다니."

"난 언제쯤 든든한 남자 친구가 생길까."

검둘치나 검삼치, 검사치, 검오치는 안타까웠다.

든든한 남자 친구라고 하면 바로 자신들이 아니던가. 싸움도 잘하고, 키나 체격도 꿀리지 않는다. 그런데 어떤 여자들도 그들을 좋다고 하지 않는 것이다.

'대체 이유가 뭘까?'

'역시 여자들은 근육을 싫어하는 걸까?'

'격투기나 운동을 잘하는 게 흠은 아닌데…….'

검둘치나 검삼치 등은 사내다운 호쾌한 매력이 있었다. 음식을 밝히고 여자를 좋아하긴 하지만, 그것은 현실에서 이루지 못한 욕망 때문이다.

현실에서 그들은, 육체를 최상의 상태로 유지하기 위하여 단백질이 많은 닭 가슴살을 주로 먹는다. 아무런 조미료나 양념도 없이, 물에 삶은 닭 가슴살을 밥과 함께 꾸역꾸역 삼키는 것이다!

막 삶은 닭 가슴살에서는 묘한 비린내가 난다. 이빨도 잘 들어가지 않을 정도로 퍽퍽하다. 그것을 밥과 같이 먹으니 구역질이 치미는 것은 당연한 노릇.

'참고 먹어야 해.'

'먹어야만 강해질 수 있다.'

그나마 닭 가슴살은 먹을 만한 음식이라고 할 수 있다. 억지로 먹는다면 못 먹을 정도는 아니다.

문제는 계란 흰자였다.

계란 흰자만 수십 개씩 삶아서 먹노라면, 정말 미칠 지경이었다. 입이 질리는 것을 떠나서, 나중에는 그 이상야릇한 냄새만 맡아도 속이 울렁거릴 정도가 된다.

하지만 엄청난 운동량을 소화하는 그들이기에 고단백의 음식이 필요했다. 든든하게 음식을 먹지 않으면 몸이 버텨내질 못한다.

일반적인 도장이었다면 운동을 많이 하는 정도로 체력을 보충하면 되지만, 그들은 최고가 되어야 했다. 많은 도전자들을 꺾어야 했기 때문에 자기 관리를 더욱 철저히 할 수밖에 없었다.

그렇게 오롯이 검만을 벗 삼아 살아왔다. 덕분에 여자들과는 친해질 기회가 없었다.

그때 수르카가 불쑥 말했다.

"우리 이렇게 이야기만 할 게 아니라, 단체로 만나면 어때요?"

"응?"

이리엔이 이마를 좁혔다.

"지금 만나고 있잖아?"

"이런 식으로 만나는 것 말고, 현실에서 다 함께 만나 보자고요! 우리 모두 같이 연주회 보러 가요, 네?"

"그건 별로 좋은 생각이 아닌 것 같은데."

페일이 서둘러 거절을 하려고 했으나, 검둘치가 크게 고개를 끄덕였다.

"아주 멋진 계획이야! 그렇지 않으냐, 삼치."

"맞습니다. 우리들이 다 같이 만나 보는 것도 괜찮겠군요."

현실에서의 만남.

이리엔, 로뮤나, 메이런, 수르카, 화령까지!

검치 들에게는 무려 5명의 여자들과 가까운 곳에서 오붓하게 대화를 할 수 있는 기회인 것이다.

나이 어린 수르카나 남자 친구가 있는 메이런은 논외로 치더라도, 흔치 않은 기회였다.

커피를 마시고 햄버거를 먹는다. 게다가 여자들과 같이 시내를 걷는 것만으로도 유쾌한 일이 아닐 수 없다.

검삼치는 검오치를 보며 물었다.

"오치야."

"예, 사형."

"넌 클래식 연주회 가 봤냐?"

"사형, 저 노래방 가 본 것도 6년이 지났습니다."

"……"

"이번에 꼭 가 보고 싶습니다."

페일과 메이런은 둘만의 오붓한 계획을 방해받는 것이 싫었지만, 한편으로는 기대도 되었다.

그동안 화령이나 제피, 검치 들과는 상당히 많이 친해졌다. 이들을 현실에서 직접 만나 대화도 나누고 즐거운 시간을 보내는 것이 나쁘지는 않을 것이다.

로뮤나 이리엔은 두말할 것도 없이 찬성이었다.

"재밌겠네요."

"저도 클래식 들어 본 지 꽤 오래됐어요."

"화령 언니, 우리 만나는 거 괜찮죠?"

수르카가 바싹 다가가서 묻자, 화령도 선선히 고개를 끄덕였다.

"응. 나도 만나는 거 좋아."

사실 화령은, 사람들과 만나는 것을 조금 꺼리고 있었다. 게임에서 만난 사람들이 그녀가 연예인인 것을 알게 되면 오히려 멀어질지도 모르기 때문이다.

'그래도 이 사람들과는 괜찮을 거야.'

화령의 허락은 받았고, 수르카는 제피에게 물었다.

"제피 오빠도 나올 거죠?"

"그야 물론이지."

제피도 망설이며 시간을 끌거나 하지 않았다.

나이트에서 부킹을 한 횟수만 무려 1만 번은 넘을 것이다.

모르는 사람과도 3분이면 친해지고, 6분이면 연락처를 받아 낼 수 있다. 그리고 30분이면 같이 밥 먹으러 나가는 그런 전설적인 바람둥이인 것이다.

대인 관계에서는 그처럼 원만(?)한 제피였기에 만나는 것을 어색하게 받아들이지 않았다. 함께 보낸 시간에 비한다면 너무 늦게 만나는 감도 없지 않아 있었다.

위드가 다크 엘프의 성에 도착한 것은 바로 그때였다.

"다들 모여 계셨군요."

제일 바쁜 마판을 제외하고 일행은 다들 한자리에 뭉쳐 있었다.

평소라면 음식을 만들어 달라고 투정부터 부릴 수르카가 눈을 빛내며 물었다.

"위드 님! 아니, 위드 오빠!"

"응?"

"우리 다 같이 만나기로 했어요. 검치 아저씨들이랑 화령 언니, 제피 오빠 그리고 이리엔 언니, 로뮤나 언니, 페일 오빠, 메이런 언니! 다 같이 만나서 클래식을 들으러 갈 건데, 오빠도 나와요. 네?"

"……."

위드는 썩 마음이 내키지 않았다.

'클래식이라… 고작 음악을 듣는 것치고는 티켓이 너무 비싸.'

문화생활에 돈을 쓰는 것은 질색이었던 것이다.

진정한 문화란 무엇인가.

멋진 공연이나 전시회, 연극만이 문화가 아니라고 생각하는 위드였다.

돋보기 하나만 있으면 개미 1마리를 관찰하며 놀 수도 있다. 남는 시간에 채소를 심어서 가꾸어도 된다. 그 채소를 뽑아 먹으면 따로 시장을 안 봐도 되고, 무공해 채소를 돈도 안 내고 먹을 수 있는 것이다.

집 청소를 해도 되고, 설거지를 깨끗하게 해도 된다.

노동의 가치는 무한했다.

그에 비해서 대중문화란 모든 것을 소비로만 결정짓는다.

돈. 돈. 돈!

누구를 만나러 가는 것부터 시작해서 음식을 먹든 뭘 하든 돈이 드는 것이다.

거기다가 위드의 가계부는 냉혹하리만큼 엄격했다.

1달 용돈 2,000원!

식비를 제외하고 오직 여흥만을 위하여 책정된 금액이었다.

하지만 위드도 막상 거절을 하기는 힘들었다. 이미 그를 제외하고는 모두 만나기로 한 마당에, 혼자서만 빠지기도 힘든 것이다.

그때 검삼치가 나서서 위드의 입장을 변호해 주었다.

"위드는 바쁘지. 바쁜 사람을 억지로 나오게 할 필요는 없어."

검사치도 고개를 끄덕였다.

"암! 위드는 할 일이 많잖아. 우리와는 다르게 스킬도 많이 익혀서 해야 할 일도 여러 가지고."

강력한 경쟁자인 위드를 제외하고 그들끼리 놀려는 계획을 세운 것이다. 그런데 화령이 실망스럽다는 듯이 입을 열었다.

"위드 님이 안 나오신다면 저도 그냥 안 나갈래요."

이리엔이나 로뮤나도 딱히 내켜하지 않았다.

"위드 님이 없으면 별로 재미없을 것 같아요."

"클래식 공연보다는, 우리들끼리 다 같이 만나서 어울리는 데 의미가 있죠. 한 사람이 빠지느니 아예 안 만나는 게 나아요."

제피도 낚싯대를 어깨에 걸치며 말했다.

"뭐, 위드 님이 안 오신다면 저도 괜히 나갈 필요는 없겠군요. 본래 클래식은 별로 좋아하는 편도 아니고."

방금 전까지 현실에서 만나는 것을 계획하면서 즐겁게 이야기를 나누던 이들의 마음이 한순간에 바뀌었다.

위드는 은연중에 일행의 중심이 되어 버린 것이다.

위드가 없으면 뭘 해도 허전하고, 즐겁지도 않다. 그만큼 위드의 비중은 컸다.

검둘치가 서둘러 말을 바꾸었다.

"위드야, 그래도 이렇게 우리들끼리 만나는 데에도 의의가 있지 않겠느냐."

"매일 도장에서 만나지 않습니까?"

"어허! 그것과 어찌 같을 수 있단 말이냐."

검삼치도 슬그머니 거들었다.

"클래식. 그 오묘한 고전적 화음. 격정적인 음악에 흠뻑 빠져 볼 기회지."

검오치도 씩 웃었다.

"진정한 사나이란 말이다, 동료들간의 신의! 우애! 이런 것을 지켜야 하는 법이란다."

검둘치, 검삼치, 검사치, 검오치 들이 다시 만나자고 부추기고 있었다. 화령이나 페일, 이리엔도 말은 안 하지만 다 같이 만나고 싶어 하는 눈치였다.

위드도 정말 더는 거절하기 난처했다.

"좋습니다. 그럼 사흘 후라고 하셨죠?"

"아마… 그럴 것이다."

검둘치가 슬쩍 페일의 눈치를 보고는 고개를 끄덕였다.

"그러면 그때까지 던전을 탐험하죠."

"던전?"

"구덩이 말입니다. 현실 시간으로 사흘이면, 그날 당일은 제외하더라도 베르사 대륙의 시간으로는 최소한 여드레가 되죠. 그 시간 동안 구덩이를 완전히 탐험하고 몬스터들을 모두 사냥할 수 있다면 저도 나가겠습니다. 이거라면 괜찮 겠죠?"

위드의 제안에 수르카는 울상을 지었다.

"어떻게 던전을 여드레 만에 정복할 수 있어요? 너무해 요, 위드 오빠!"

메이런도, 도저히 말도 안 되는 소리라고 고개를 저었다.

'어지간한 던전도 최소한 보름은 걸리는 게 평균이야. 게 다가 여긴 지도만 완성하는 데도 열흘은 필요할 텐데, 여드 레는 절대 무리일 거야.'

그러면서도 메이런은 영문을 알 수 없었다. 위드의 말에 화령과 제피, 그들의 다리가 마구 떨리고 있었던 것이다.

물론 다 까닭이 있었다. 화령과 제피는 바스라 마굴에서 의 그 처절했던 사냥을 떠올리지 않을 수 없었다.

'그 극악의······.'

'지독한 사냥을······.'

'먹고, 사냥하고, 붕대 감고······.'

'그리고 계속 사냥을 했지. 마음대로 죽지도 못하던 그 괴 로움의 시간!'

29시간 동안 쉬지도 않고 사냥을 했다. 생전 처음 해 보는 경험이었다. 몬스터들이 무섭지도 않고, 그저 육체적 정신 적 한계에 부딪혀 기계적으로 싸울 정도의 상황이었다. 그런 다음에 마을에 다녀와서 잡템을 팔고 다시 사냥을 하잔 말에

얼마나 놀랐던가!

 물론 며칠 되지도 않는 시간에 레벨은 어마어마하게 올랐지만…….

 이제 그 지독한 사냥의 부활이었다.

**썩은 리치 던전의 최초 발견자가 되셨습니다!**
혜택 : 명성 400 증가.
　　　일주일간 경험치, 아이템 드랍률 2배.
　　　첫 번째 사냥에서 해당 몬스터에게 나올 수 있는 것 중에 가장
　　　좋은 아이템이 떨어집니다.

 위드와 일행은 그랑벨에게 킹 스네이크를 사냥했음을 증명하고 구덩이로 향했다. 그곳에서 던전을 최초로 발견할 수 있었다.

 위드는 입구에서 검과 방어구, 활 등을 전부 수거해서 스킬을 시전해 주었다.

 "검 갈기, 방어구 닦기, 다림질!"

 생산 스킬에 의한 부가적인 효과!

 던전에 들어오기 전에 다들 배불리 음식까지 먹었다.

 이런저런 생산 스킬들을 합치니 웬만한 바드나 샤먼의 축

복을 능가하는 수준이었다. 탁월한 손재주 덕분에 어지간히 싸워서는 내구력이 줄지 않아 수리가 자주 필요하지 않은 것도 장점이다.

"이야! 이제부터 불타는 사냥이네요."

수르카가 손가락을 풀었다.

"그럼요. 우리들도 이번에 레벨 300을 달성해야겠습니다."

페일은 열심히 사냥을 한 덕분에 레벨이 296이 되었다. 비슷하게 성장을 한 수르카나 로뮤나, 이리엔의 레벨도 거의 그 정도였다.

그런데 그의 여자 친구인 메이런의 레벨은 310이 넘는다. 여자 친구 앞에서 당당해지고 싶고, 강한 모습을 보여 주고 싶은 것은 모든 남자들의 공통점!

'더 강해져야지.'

페일은 메이런이 없을 때에 사냥을 쉬지 않았다.

궁술은 많이 쏠수록 늘어난다. 그래서 궁수와 관련된 각종 스킬들을 단련하면서 실력을 향상시켰다.

검치 들의 조언도 큰 도움이 되었다.

굳이 몬스터의 몸을 맞히려고 하지 않고, 화살로 그 움직임을 억제한다. 공격당하고 있는 몬스터의 아주 짧은 순간을 노려서!

검이 몬스터를 베는 그 찰나의 순간에, 화살이 적중하면 놈은 더 큰 피해를 받는다.

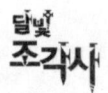

이제 메이런이 왔으니 그동안의 성과를 보여 줄 기회였다.
그때 던전의 초입으로 해골 기사들이 나타났다. 순찰을 돌던 몬스터들이리라.
"인…간."
"살아… 있는… 죽어라!"
뼈로 된 기사.
유령 말인 팬텀 스티드를 타고 해골 기사 3마리가 돌진해 왔다.
히히힝!
형체가 확실치 않은 유령 말의 오싹한 울음소리.
"파이어 피스트!"
수르카가 정면으로 뛰어가서 불길로 타오르는 주먹을 날렸다.
해골 기사들과의 격돌!
위드는 힘이 부족한 수르카가 무리한 전투를 벌이는 것이 아닌지 걱정이 되었다. 하지만 그런 우려는 기우였다.
정면의 해골 기사와 부딪친 수르카가 부드럽게 공중제비를 돌면서 뒤로 넘어간 것이다.
"이야합! 연환권!"
이어 팬텀 스티드의 뒤쪽에 걸터앉아 해골 기사의 후방을 공격했다.
"호오!"

위드는 조금 감탄했다.

권사로서 싸움을 하다 보면 몬스터와 달라붙어 싸우게 되니 몸이 유연해지지 않을 수 없다. 자연히 사각지대를 공격하는 법을 터득하게 되고, 날쌔게 움직여서 적의 공격을 피하는 게 기본이 된다.

빠른 판단력과 민첩이 없다면 성공하기 힘든 직업이 바로 권사다.

사정거리가 긴 스킬이나, 마나 소모가 큰 범위 스킬들만 사용하는 권사들은 몬스터들이 다가왔을 때에 속수무책으로 당하고 만다. 중요한 성직자나 마법사를 지키는 역할을 하지 못하는 것이다.

그러나 수르카의 판단력은 매우 뛰어났다. 해골 기사가 돌진하는 속도가 더 빨라지기 전에 다소의 피해를 감수하고서라도 미리 가서 막고, 적의 공격을 이용해 사각지대로 몸을 날렸다.

물론 해골 기사가 몸을 돌리면 수르카를 공격할 수는 있다. 하지만 동료들이 있었다.

페일과 메이런이 동시에 화살을 시위에 메기어 쏘았다.

슈슈슉슉!

연사로 쉬지 않고 날아가는 화살.

정확히 수르카가 때리고 있는 해골 기사를 향해서였다.

"크…르…르르!"

목표가 된 해골 기사는 화살들을 쳐 내느라 바빠서, 수르카의 공격을 그대로 맞을 수밖에 없었다.

제피는 화령, 검둘치와 검삼치와 함께 왼쪽의 해골 기사를 담당하고, 검치와 검사치, 검오치가 오른쪽의 해골 기사를 맡았다.

일행은 그동안 검치 들과 같이 싸우면서 발전된 모습을 아낌없이 보여 주고 있었다.

"나도 놀고만 있을 수는 없지."

위드 또한, 드디어 아껴 두었던 탈로크의 갑옷을 배낭에서 꺼냈다.

은근하게 발하는 갑옷의 광채!

본래 미스릴이라면 거의 흰색에 가까운 은색 계열이다. 하지만 라호만 지방에서 나오는 미스릴은 빛을 흡수하는 재질로 이루어져 있다. 그 때문에 탈로크의 갑옷은 검은색으로 변해 있었다.

사실 과거 위드의 갑옷들도 대부분 검은색이었다.

그러나 그것은 오래 입어서 때가 탔던 것!

내구력의 한계까지 수리하고 고쳐 가며 입었으니 때가 덕지덕지 끼어서 새카맣게 변했던 것이다.

하지만 탈로크의 갑옷은 일단 뭔가 있어 보이는, 그리고 굉장히 비싼 듯한 검은색이었다.

위드는 천으로 조심스럽게 갑옷을 닦았다.

"방어구 닦기."

슥삭슥삭.

갑옷을 문지르는 손에는 경건함마저 어려 있다.

그도 그럴 수밖에 없는 것이, 남들은 그냥 방어구 하나라고 할지 모른다. 하지만 이 갑옷을 판매한다면 최소한 천만 원은 받는다.

주인만 잘 만난다면 그 이상도 충분히 가능했던 것!

위드에게는 보물이나 다름없는 아이템이었다.

-갑옷을 때가 묻은 곳 없이 깨끗하게 닦았습니다.
 갑옷의 방어력이 20% 증가합니다.

위드는 탈로크의 갑옷을 입었다. 미스릴로 이루어진 몸체에, 붉은 프레야 교단의 문양이 가슴에 있었다.

-탈로크의 갑옷을 착용하셨습니다.
 방어력이 102 증가합니다.
 경건한 마음에 신앙심이 100 오릅니다.
 고귀한 명성이 300만큼 올랐습니다.
 힘이 40 증가합니다.
 민첩이 30 늘었습니다.
 매력이 25 오릅니다.
 어떤 적과도 싸울 수 있도록 투지가 40만큼 늘어납니다.
 마나의 최대치가 15% 늘어납니다.
 마법의 피해가 10% 감소합니다.
 혼란과 두려움으로부터 면역이 생겼습니다.
 대단한 갑옷을 착용함으로써 드워프들이 좋아할 것입니다.

유니크 급 아이템의 찬란한 위용!

전투 지역에서 조금 뒤떨어져 있던 화령은 그 모습을 구경하다가, 숨길 수 없는 감탄을 토해 냈다.

"멋있어요. 갑옷이 참 예쁜데요!"

위드는 조금 실망했다.

'댄서에게는 역시 전투와 관련된 옵션이 그다지 중요하지 않은가 보군.'

이번에는 이리엔을 보았다. 성직자인 그녀는 전투에 대해서 잘 알고 있으리라.

"많이 맞아도 든든하겠는데요!"

이리엔도 기대를 배신하긴 마찬가지였다.

'좀 더 섬세하게 감탄의 말을 해 줄 수는 없는 건가?'

위드는 나직이 한숨을 내쉬고, 얼음의 검신을 가진 로트의 검을 뽑아 들고 전투에 나섰다.

"조각 검술!"

적의 방어력을 무시하고 본체를 조각내 버리는 무시무시한 검술.

위드와 해골 기사의 검이 서로 엇갈렸다.

방어는 도외시하고 상대를 치기 위한 공격을 펼친 것이다.

까아앙!

해골 기사의 검이 위드를 베는 순간이었다.

그 찰나의 순간에 위드가 눈을 감았다.

-눈 질끈 감기 스킬을 사용하셨습니다.
 아무것도 보이지 않지만, 고통과 아픔도 사라집니다.

 해골 기사의 검은 위드의 갑옷을 강하게 두드렸다. 막대한 인내력과 새로 생긴 맷집, 눈 감기 스킬에 의해서 큰 타격은 입지 않았다.
 "인…간. 눈을 떠라!"
 "싫다. 너쯤이야 눈을 감고도 충분해."
 "감…히. 기사를… 모욕하다니."
 해골 기사는 분노로 더욱 힘을 냈다.
 언데드의 격앙!
 본신의 능력을 무려 10%에서 20% 정도 더 발휘할 수 있게 해 주는 것이었다.
 질끈.
 위드는 해골 기사가 때릴 때마다 눈을 감으며, 검을 마구 휘둘렀다.
 전투법이 바뀌었다.
 해골 기사의 어깨 뼈다귀가 움직이는 것을 본다. 팔과 손목이 향하는 곳을 확인한다. 그다음에는 눈을 감았다.
 '가슴을 치겠군.'
 적의 공격을 예상해야만 했다. 그래야만 이쪽의 공격도 적중시킬 수 있기 때문이다.

"데몬 슬레이드!"

해골 기사의 검에 악마의 형상이 씌워졌다. 스킬을 발휘한 것이다.

악마의 힘으로 저주를 걸어, 상처 부위에서 지속적으로 피가 흐르게 만드는 기술.

해골 기사가 빠르게 휘두르는 검이 3개의 잔상과 함께 위드의 전면으로 다가왔다.

'위, 아래. 둘 다 허상! 어깨의 움직임은 중앙을 찌르고 있음이 확실하다. 내 목을 노리고 있군.'

위드는 눈을 감은 채로 판단하고 행동했다.

언데드의 스킬은 정확히 보고 판단해야 했다. 자칫 잘못하면 역공에 말려서 큰 피해를 입는다.

아무리 무식하게 인내력을 올려놓고 맷집 스탯마저 생겨났다고 해도, 치명적인 공격을 당하는 것은 곤란했다.

레벨 차이, 힘 차이가 심하게 날 경우에는 단순히 생명력만 크게 하락하는 것으로 끝나지 않는다. 말 그대로 치명상을 입어서 일시적으로 육체가 마비되거나, 팔이나 다리를 쓰지 못하게 되는 경우도 있기 때문이다.

'내 목이 틀림없다.'

위드는 눈을 감은 채로 어깨를 추켜올려 상대의 검을 맞아 주었다.

-해골 기사의 공격으로 생명력이 630 줄어듭니다.

 탈로크의 갑옷이 없었더라면 3~4배의 피해는 입었을 것이다.
 눈 감기 스킬은 막강한 방어력을 기반으로 한 갑옷이 없으면 쓸 수 없는 기술이다. 워리어들도 구태여 익히려고 하지 않는 사장된 스킬.
 눈을 감고 싸우는 것 자체가 무모하기 짝이 없을뿐더러, 그와 관련된 맷집 스탯은 맞아야만 오르게 되어 있다. 이런 것을 구태여 고생해서 올리는 사람은 드물었다.
 하지만 위드는 전투와 관련된 것이라면 사소한 것이라도 놓치지 않았다.
 '눈을 버림으로써 더 큰 방어력을 얻을 수 있다. 지금은 그렇게 큰 효과를 발휘하지 못한다고 해도, 스킬의 숙련도가 올라가게 되면 다를 거야. 어차피 인내력과 맷집도 키워야 하니 최대한 맞아 준다. 눈을 감고 맞을 뿐.'
 누가 본다면 처음 전투를 해 보는 초보라고 착각을 해도 어쩔 수 없는 상황! 그러나 실제로는 굉장히 어려운 눈 감기 스킬을 쓰고 있는 것이다.
 전투 중에 눈을 감다니, 웬만한 담력으로는 펼치기도 어려운 기술이다.
 수르카가 감탄하며 말했다.

"위드 님의 전투는 더 무식해지셨어. 역시 최고야."

제피도 동감할 수밖에 없었다.

"맞은 만큼 그 이상으로 갚아 주다니. 역시 적이 되면 안 되는 사람이군."

검치는 흐뭇하게 웃었다.

처음에 눈을 감을 때에는 혹시나 나쁜 버릇이 든 건 아닌가 싶어서 걱정도 되었다. 하지만……

'여전히 잘 성장하고 있는 녀석이로군.'

전투를 하면서 눈을 감다 보면 적의 움직임을 놓치게 된다. 그래서 위기에 빠지기 쉽다.

하지만 의도적으로 눈을 감는다면 어떨까.

적의 움직임을 오히려 더 잘 알게 된다. 적의 공격이 어느 곳을 향할 것인지, 자신의 공격은 적의 어떤 부위를 타격하게 될 것인지를 파악할 수 있다. 시력에 의존하지 않는 대신에 오감이 발달하게 되는 것이다.

검사치나 검오치는 아무 생각이 없었다.

"사냥이다."

"이렇게 쉬운 걸로 만나는 일을 결정하다니, 역시 위드는 착해."

검삼치도 검을 휘두르며 빙긋 웃었다.

"이까짓 던전, 몬스터가 한 6,000마리쯤 되려나? 금방이지, 뭐."

검둘치는 아예 던전에 들어오면서부터 밝은 표정이었다.
"겨우 여드레 정도라면 밤새우고 해도 무방하지. 자, 어서 가자!"
검둘치, 검삼치, 검사치, 검오치!
전투란 밥을 먹는 것처럼 익숙했다. 여드레간의 지독한 사냥이라고 하지만, 그들에게는 잠시 즐기는 정도밖에 되지 않는 것이다.

검치 들과 위드를 제외한 일행은, 여드레 만에 몬스터를 다 잡는 건 도저히 힘들 것이라고 생각했다. 하지만 다들 스스로 놀랄 정도로 과거와 달라져 있었다.
검치 들의 눈부신 활약이야 그렇다고 치더라도, 페일이나 수르카, 화령, 제피 들의 전투 실력도 엄청나게 발전했다.
"이번엔 해골 기사! 다섯입니다!"
페일이 정찰하고, 위드가 주변을 확인한 후에 결정을 내렸다.
보통 때에는 페일이 파티를 이끄는 대장이지만, 위드가 있으면 사정이 조금 달라진다. 위드에게 일단 모든 것을 맡겨 버리는 것이다.
뛰어난 검술로 인한 공격력과 탁월한 인내력은, 위드를 전투의 선봉에 세웠다.
궁수보다야 아무래도 직접 적과 맞붙어 싸우는 사람이 파

티를 통솔하기에 편하다. 그리고 음식과 아이템 수리를 해 주고, 감정, 붕대 감기 등 여러 효율적인 스킬을 가지고 있는 위드는 못하는 게 없었던 것!

"화령 님이 2마리만 재워 주세요. 공격!"

"매혹의 춤!"

화령이 춤을 춰서 해골 기사들을 잠들게 만든다. 그사이에 나머지 일행이 깨어 있는 해골 기사들을 사냥했다.

초기에는 썩은 리치 던전의 위험도를 파악하기 위해서 나름대로 느리게 전진했다.

해골 기사나 키메라, 언데드들은 일행의 레벨로 상대하기에 벅찬 몬스터들이었다. 최하 300에서, 심한 경우에 360 정도의 레벨들을 가지고 있었다.

불사의 군단의 근거지였던 만큼 상당한 수준의 던전인 것이 당연한 일이리라.

일단 위드의 생산 스킬로 전체적인 능력을 상승시켰다. 일행의 공격력과 방어력은 최소한 10%에서 20% 정도가 늘어난 상태!

화령의 춤이 있어서 적당한 숫자만을 상대할 수 있는 것도 큰 도움이 되었다.

해골 기사들 7마리나 8마리가 들이닥친다면, 웬만한 파티는 궤멸을 하고 만다. 그래서 상급 던전을 탐험할 때에는 각별한 주의를 기울여야 한다. 그런데 댄서가 있다면 몬스터의 주의를 돌리는 데 큰 역할을 한다.

　물론 때때로 댄서들도 춤을 실패할 때가 있다.

　춤을 추다가 넘어지는 경우다. 감당하기 힘든 힘이 밀려들거나 순간적으로 균형감을 상실하면 그렇게 된다. 몬스터의 레벨이 자신보다 높을수록 그러한 힘이 더욱 크게 작용한다.

　그러나 화령은 춤을 추는 도중에 잘 넘어지지 않았다. 다리가 비틀거리고, 아픔이 느껴져도 꿋꿋하게 춤을 추었다.

　가끔 실패할 때는 키메라나 전염병 걸린 좀비를 상대하는 경우 정도였다.

　키메라들의 레벨은 최소 350이 넘는다. 따라서 물론 레벨의 차이도 있지만, 선천적으로 아름다움을 보는 눈이 결여되어 있었던 것이다.

　늑대의 몸에 오우거의 머리를 가지고 있는 키메라를 만든 것은 리치다.

　"인간. 먹을 거다!"

　음식으로만 보였으니 유혹당할 리가 만무했다.

　댄서의 춤이 통하는 것은 인간과 비슷한 종족이나 한때 인간이었던 몬스터에 한정되었다. 어떤 면에서 보자면 상당히 제약이 많은 스킬이다.

　"경험치가 정말 많이 들어오네요."

　한동안 사냥을 하던 이리엔이 정보창을 확인해 보고는 깜짝 놀랐다.

평상시에 같은 시간을 사냥했던 것보다도 3~4배쯤은 많았다.

던전을 발견해서 2배의 경험치를 받고 있다고는 해도, 보통 때보다 경험치의 습득이 훨씬 빨랐다.

'위드 님과 검치 님들 덕분이겠지.'

이리엔은 선망의 눈길로 위드와 검치 들을 보았다.

성직자의 공격력은 사실 그리 믿을 게 못 된다. 턴 언데드 스킬이 있긴 하지만, 사냥용으로 쓰기에는 부족함이 많았다. 따라서 든든한 전사들이야말로 성직자와 궁합이 잘 맞기 마련!

위드가 말했다.

"이 지역에 나오는 몬스터들은 대충 파악이 끝난 것 같군요. 이제부터는 전투의 속도를 조금 올리겠습니다."

"헉!"

"드디어 시작이구나."

제피의 눈앞이 캄캄해졌다. 화령은 숨이 막혀 왔다.

그간은 어느 정도 편안하게 사냥을 해 왔다고 할 수 있다. 그러나 위드가 저렇게 말한 이상, 이제부터가 진짜 전투다!

파티의 사냥 속도가 조금씩 빨라졌다.

지금까지 충분한 휴식을 취하고 이동을 하던 것과는 달리, 전투가 끝나고 나서도 큰 부상이 없으면 바로 다음 사냥터로 움직였다.

그런 식으로 몇 차례 진행되고 나서부터는, 전투가 종료된 후에 정비가 필요하거나 한 사람은 자리에 앉아 있는 것으로 의사를 표시했다. 일어설 수 있으면 무조건 전투 요원으로 분류되어서 다음 사냥 지역으로 이동하는 것이다.

이동과 전투가 무섭게 반복되었다. 문제는 그 속도가 조금씩 빨라지고 있다는 점이다.

전투와 전투 사이의 간격, 그 호흡이 줄어들고 있었다.

위드가 이끄는 급박한 사냥에 맞춰서 일행은 점점 빨리 움직여야 했다. 그러면서 경험치와 아이템도 무시무시한 속도로 들어왔다.

"레벨이 올랐습니다."

페일이 기쁘게 말했다.

일행은 빠르게 응답했다.

"축하드려요."

"저도 곧 올라요."

"그럼 이제 이동!"

휴식 따위란 이제 없었다.

이리엔의 신성력과 마나를 절약하기 위해서 다들 몸으로 버텼다. 최대한 치료를 받지 않고 몬스터와 싸운다. 생명력이 30% 미만으로 떨어져서 정말 위험한 순간에만 이리엔이 치료를 해 주었다.

전투에서 살아남기만 하면 위드가 어떤 식으로든 치료를

해 준다.

고급 붕대 감기. 이제 곧 마스터의 경지를 바라보는 붕대 감기는, 상처 따위는 순식간에 낫게 해 주었다. 붕대를 감는 그 짧은 시간만이 휴식이라고 생각할 수도 있었다.

제피와 화령은 그걸 이용해서 꾀를 부렸다.

"커헉!"

"곧 죽을 것 같아요! 위드 님, 붕대 좀."

일부러 큰 부상을 입고 쓰러진 것이다.

해골 기사의 스킬. 어둠의 창!

그 암흑의 창에 일부러 어깨를 꿰뚫렸다.

아픔이야 있지만, 편안하게 누워서 쉴 수만 있다면 그 정도는 감수할 수 있다. 심장이나 머리를 맞는다면 치명상이 되어서 이리엔의 치료를 받아야 한다. 미안한 마음이 들기도 했지만, 위드가 붕대를 감아 주는 편이 더 오래 쉴 수 있다는 계산.

치명상은 피해서 생명력을 하락시킬 수 있는 부위에 창을 맞은 것이다.

제피나 화령이나, 이미 위드의 사냥을 겪어 보았기에 거의 동시에 비슷한 생각을 했다.

그렇게 두 사람이 창을 맞고 쓰러진 후, 즉시 해골 기사들을 잡고 사냥은 종료되었다.

'됐어.'

'이제 한동안 쉴 수 있어.'

제피와 화령이 은근한 미소를 나눌 때였다.
위드가 붕대를 들고 달려오며 소리쳤다.
"페일 님!"
"예!"
"붕대를 다 감는 데 걸리는 시간은 45초. 그 정도면 화령 님과 제피 님이 죽지 않을 정도는 될 겁니다. 시간에 맞춰서 몬스터를 유인해 오세요."
"큭!"
제피와 화령은 부상을 당해서 누워 있는 사이에도 신음을 흘렸다.
'이 빠져나갈 수 없는 개미지옥.'
'진짜 제대로 걸렸구나.'
속전속결!
사상 유례없는 초고속 사냥이 이루어지고 있었다.

오크로 다시 태어난 세에취!
초반의 오크는 많은 장점을 가졌다.
바바리안들처럼 뛰어난 체력과 생명력, 방어력을 가지고 있고, 죽음에 대한 페널티도 훨씬 적다. 오크들은 죽더라도 레벨이나 스킬의 하락 폭이 미미했던 것이다.

게다가 약간씩의 호의만 베풀어 주어도, 오크 주민들을 부하로 거느릴 수 있다.
　자고로 자주 싸우고, 죽고, 동료들을 규합해서 화끈하게 숫자로 밀어붙이는 것이 오크들의 성장 방식이었다.
　오크 마을에는 유저들이 우글거렸다.
　오크 주민, 오크 아이들을 부하로 거느린 유저들이 사냥을 위한 파티를 구성했다.
　"춰춰춰! 여우 잡으러 가자."
　"여우. 춰익! 고기 맛있다."
　마을의 유저들이 늘어나면서, 오크들은 빠르게 번식을 하고 있었다.
　상점에 판매하는 고기류들은 오크들의 식량이 된다. 그만큼 새로운 어린 오크들이 많이 태어나면서, 마을은 무섭게 확장되어 갔다.
　유로키나 산맥 곳곳에 새로운 오크 마을들이 탄생했다.
　인간의 마을은 커져 가는 데에 시간이 걸리지만, 오크들은 식량만 있으면 금세 숫자를 불리고 새로운 마을들을 만들어 냈다.
　세에취는 오크들과 같이 성장하는 것을 단념하고, 서윤을 찾기 위해서 유로키나 산맥을 헤맸다.
　넓은 산맥에서 한 사람을 찾아내는 것은 거의 불가능에 가까운 일이다. 그렇지만 세에취에게는 비장의 무기가 있었다.

"저긴 눈에 익은 곳인데. 서윤이가 자주 이용하던 길이야."

캡슐에 저장된 서윤의 플레이 영상을 볼 수 있다는 것!

그렇기에 조금씩의 시차는 있어도, 서윤이 갔던 곳이나 사냥터를 고스란히 따라갈 수 있었다.

중간에 재수 없게 몬스터를 만나기도 서너 차례!

목숨을 잃어버리기도 했지만, 마침내 서윤을 볼 수 있었다. 그녀는 유로키나 산맥에 있는 매우 호전적인 오우거 부대를 도륙하고 있었다.

세에취는 가능한 부드럽게 말하려고 애썼다.

"서윤아. 취취취췩!"

그러나 무섭게 콧소리를 내고야 마는 오크의 구강 구조!

어쨌든 세에취는 웃으며 말했다.

"같이하자. 나 차은희. 췻췻!"

웃는다고는 해도 상당히 위화감이 드는 미소였다. 코를 벌름거리면서 눈알은 뒤룩뒤룩 굴리며 말했던 것이다.

"……."

서윤은 아무 대답도 하지 않았다. 그러나 세에취는 그것이 거절이 아니라는 것을 알았다.

단호한 거절의 뜻이었다면 혼자 다른 곳으로 걸어가 버렸으리라. 그러나 서윤은 친한 사람의 부탁을 거절할 정도로 모질거나 매정하지 못했던 것이다.

"취취. 잡템도 팔고, 퀘스트도 하자꾸나."

세에취는 서윤과 붙어 다녔다. 말을 하지 않는 서윤의 입이 되어서 다크 엘프들과 대화를 하고 퀘스트를 받았다.

이제까지 계속 혼자 싸우다 보니, 서윤에게는 지금 누군가가 지켜보고 있다는 사실이 너무나 위안이 되었다. 위험한 전투 지역에서 싸우고 죽고를 반복하다 보면, 철저하게 혼자라는 게 가슴이 아플 때가 있다.

그런데 세에취가 있음으로 인해서 서윤은, 너무 위험한 전투는 하지 않게 되었다. 약한 그녀가 죽지 않도록 보살펴 주기 위함이었다.

세에취는 회심의 미소를 지었다.

'좋아. 이제 조금씩이나마 마음이 풀어져 가는구나.'

마음의 상처를 치료하는 것은 시작이 어렵다. 단단히 벽이 만들어진 상태에서는 어떤 치료도 소용이 없다.

그런데 실컷 울면서 마음의 화를 풀어낸 이후부터는, 서윤의 감정이 좀 더 풍부해진 것을 느낄 수 있었다.

"퀘스트에 필요한 붉은 열매는 저쪽에 있었어. 취, 췻! 어서 구해서 돌아가자. 취이익."

다크 엘프 노인이 죽기 전에 먹고 싶다던 붉은 열매!

세에취는 퀘스트에 대한 정보를 미리 습득해서 서윤을 이끌었다.

서윤도 웬만한 퀘스트는 거절하지 못하는 성격이다.

대부분 아주 어려운 사정을 이야기하면서 부탁을 해 오기 때문이다. 듣지 않았을 때야 그냥 지나가면 되지만, 세에취와 함께 그들의 사정을 알고 난 이후에는 퀘스트를 수행하는 수밖에 없었다.

"저쪽의 몬스터가 경험치와 아이템을 많이 줬어. 저곳을 사냥하고 쉬자."

세에취는 몬스터를 사냥해서 나온 잡템이나 병장기들을 들어 주고, 서윤을 이끌었다.

서윤과 함께 약 30개 정도의 퀘스트를 진행했을 때였다.

띠링!

―위대한 오크들. 뿔뿔이 흩어져 있을 때에는 연약한 존재이지만, 그들이 종족적인 특성을 이루었을 때에는 어마어마한 세력이 된다.
뭇 오크들은 강력한 지도자를 원하고 있다.
패도 넘치며, 다정다감한 오크 로드!
1차로 오크 지휘관이 되어 오크 로드가 되기 위한 길을 걷겠는가?

오크 지휘관의 직업!

오크 중에는 중무기를 다루는 전투 계열 직업들이 많다. 그중에서도 오크 지휘관이란, 조금은 특수한 직업이었다.

세에취는 직업도 구하지 않고 있었다. 그런 와중에 전직을 할 수 있는 기회가 열린 것이다.

그녀는 사냥보다는 퀘스트에 집중을 했다.

레벨도 직접 사냥을 해서 올린 게 아니라, 거의 서윤이 사냥을 할 때 경험치를 얻어 받았다.

레벨 차이가 많이 나기 때문에 같은 파티라고 해도 서윤이 사냥을 해서 얻는 경험치의 극히 미세한 양만을 받을 수 있었다. 혼자서 사냥을 하는 것이 레벨을 올리는 데에는 더 유리한 상황!

그러나 파티의 리더가 되어 서윤을 이끌면서 다닌 덕분에 오크 지휘관이 될 수 있는 기회가 열린 것이다.

"그렇게 하겠다. 췩췩!"

세에취는 오크 지휘관으로 전직을 하고 나서도 여전히 서윤과 함께 퀘스트를 하고 돌아다녔다. 오크 마을과 다크 엘프의 성을 왔다 갔다 하면서 정보를 얻고 사냥을 했다.

서윤의 외모는 대번에 눈에 띌 정도였지만, 평소에 마을이나 성에 가면 하던 것처럼 투구의 안면 보호대를 내려서 얼굴을 감추었다.

서윤이 얼굴을 가리는 건 세에취도 찬성이었다.

지나치게 예쁜 얼굴로 사람들의 관심을 끄는 것은 좋지 않다. 조금씩 사람들과 친해질 필요가 있었다.

그러던 와중에 특수한 정보를 얻었다.

그랑벨이라는 다크 엘프를 통해서였다.

"세에취, 넌 오크지만 우리들과 상당히 친하게 지냈다. 사실 우리 다크 엘프의 기준으로는 혐오스럽게 생긴 오크지만, 이제는 친구로 인정하도록 하지."

그동안 세에취는 자신의 전공을 여기서도 듬뿍 살렸다.

정신분석학 박사!

심리학이라는 것이 꼭 타인이 하고 있는 생각을 알아맞히는 것은 아니다. 그러나 사소한 행동만으로도, 그 사람의 숨은 생각이나 자아를 꿰뚫어 볼 수 있었다.

심리 치료를 전문으로 하는 세에취에게 웬만한 마을 주민들의 성향 파악은 금방이었던 것이다.

다크 엘프들에게 아부하는 암컷 오크!

세에취는 심리학에 대한 천부적인 자질을 주민과의 친밀도를 쌓는 데 적극 활용하고 있었다. 그랑벨이 소녀를 좋아하고 아부를 즐긴다는 것을 알아내는 것쯤은 그녀에게 어려운 일이 아니었던 것이다.

다크 엘프 그랑벨은 빙긋 웃으며 말했다.

"내 친구가 죽기 전에 붉은 열매를 먹을 수 있어서 아주 기뻐하고 있다. 네가 베풀어 준 그 호의에 나 역시 고맙게 생각하고 있지. 추후에도 다크 엘프들을 괴롭히지 않겠다고 한다면 좋은 사냥터를 알려 주지. 사냥을 하고 싶다면 동쪽의 구덩이로 가 보도록 해. 그 구덩이는 우리들을 괴롭히는 언데드들의 근원이지. 넌 히드라를 퇴치한 적도 있으니, 충분히 사냥을 할 수 있을 거야."

세에취의 명성이나 레벨은 아직 초보 수준이었다.

오크의 초반 성장이 빠르다고는 해도, 어느 정도 한계는 있었다. 그렇지만 서윤의 명성이나 레벨이 높아 많은 퀘스트

를 해냈다. 그 덕에 사냥터에 대한 정보도 얻어 낸 것이다.

세에취는 두말없이 서윤과 같이 구덩이로 향했다. 최초로 발견하는 사냥터!

"2배의 경험치. 취췩! 그게 있다면 더 빨리 레벨을 올릴 수 있을 거야."

오크로 태어나기 전까지만 해도, 세에취도 상당한 레벨을 가지고 있었다. 오크가 워낙 재미있기에 선택을 후회하는 건 아니었지만, 한때는 꽤나 인정받을 정도의 수준이었기에 어서 빨리 강해지고 싶었다.

2배의 경험치.

어느 정도 레벨이 올라가고 나면 서윤과의 격차도 줄어들어서 한결 빠르게 레벨을 올릴 수 있으리라.

그런데 세에취와 서윤이 구덩이에 도착했을 때였다.

"어라. 취취췻!"

최초로 발견했다는 메시지가 뜨지 않았다.

"설마. 취췩."

세에취는 갑자기 기대감이 들었다.

'여기에 누군가가 와 있다는 이야기? 그러면 혹시 그 사람이……'

서윤과 단둘이 사냥을 했던 오크 카리취!

오크들에게는 전설이 되어 버린 존재.

명예의 전당 동영상과 KMC미디어의 방송을 통해 단번에 최고의 유명 인사가 되어 버린 인물.

"빨리 가 보자. 취이익!"

세에취는 서윤을 이끌고 구덩이 안의 길을 달려 들어갔다. 이미 몬스터들이 깨끗하게 정리된 지역만 골라서 안으로 안으로 계속 들어갔다.

그리고 마침내, 위드와 페일을 비롯한 파티를 만날 수 있었다.

"오크다."

수르카와 이리엔 들은 오크가 벌써 이곳까지 진출한 것을 신기해했다. 옆에는 1명의 여자까지 동행하고 있지 않은가.

세에취도 놀랐다. 이렇게 많은 사람들이 사냥을 하고 있었을 줄은 몰랐던 것이다.

세에취가 곤란한 듯이 말했다.

"이미 파티가 있는지는 몰랐는데. 취익. 최초의 발견자 분들이신가요? 취췩."

"그렇습니다."

페일이 위드의 눈치를 보다가 나섰다. 위드가 아무 말도 하지 않고 있었던 것이다.

"그러면 저희들은 이대로 나가야 되나요? 췻췻췻. 정말 어렵게 여기까지 왔는데."

세에취가 처량한 얼굴을 했다. 실제로는 오크의 얼굴이 험악하게 일그러진 것이지만, 그 마음은 일행에게 충분히 전

해졌다.

'여기까지 오기도 힘들었을 텐데.'

'오크. 그 옆 사람은 꽤 고레벨 유저로 보이긴 하지만, 이런 곳까지 오는 퀘스트를 하기는 상당히 힘들었을 거야.'

'카라카의 숲에서 우리들도 킹 스네이크를 잡느라 애를 먹었는데.'

충분히 고생을 하며 이 구덩이에서 사냥할 자격을 얻었으리라. 그런데 이미 사냥을 하고 있는 파티가 있다고 내쫓긴다면, 억울할 수밖에 없는 상황이다.

페일이 고개를 저었다.

"그러실 필요는 전혀 없습니다. 이 던전이 그렇게 작은 것 같지도 않으니 얼마든지 사냥하시지요."

"맞아요. 여기서 사냥하세요. 몇 사람이 늘어도 충분히 넓은 사냥터예요."

수르카도 말을 거들었다.

일행의 순수한 호의였다.

베르사 대륙에서는 어렵게 발견한 던전이나 가치가 큰 사냥터의 경우, 독점하기 위해 살인도 서슴지 않는다. 그런 만큼 미리 사냥을 하고 있던 파티의 허락을 얻지 못하면 쫓겨나는 경우도 비일비재했다.

역으로 힘과 세력에서 밀린다면 기존에 사냥을 하던 파티가 쫓겨나는 경우도 많았다.

세에취는 감격한 표정을 지었다.

"고맙습니다. 취췻!"

"그런데 어디서 사냥을 하실 건가요? 혹시 두 분만 오신 거라면 저희들과 같이 사냥하셔도 됩니다. 위드 님, 그래도 괜찮죠?"

페일의 말에 세에취는 미소를 지었다. 베르사 대륙에서 이렇게 순수하고 착한 사람들을 본 적도 참 드물었다.

오크라면 도저히 레벨이 높을 수가 없다. 이 구덩이에서 사냥을 하기에는 현저히 약할 수밖에 없는 것이다. 그런데도 같이 사냥하자고 마음을 써 주다니, 웬만큼 타인을 배려할 줄 아는 사람이 아니고서는 불가능하다.

"잘했다, 페일."

"암! 사내라면 그렇게 살아야지."

"어려움에 처한 이를 돕는 것이 사내지요."

"허허허! 언제나 정의로움을 잃어서는 안 되는 거지."

검둘치와 검삼치, 검사치, 검오치가 일제히 페일을 칭찬했다. 그들에게는 오로지 여자와 한 파티가 된다는 생각밖에 없으리라.

오크마저 가리지 않는 심미안!

사실 가리고 말고 할 처지가 아니었다.

오직 여자면 고마운 검둘치와 검삼치, 검사치, 검오치였다.

'좋은 사람들이군.'

세에취는 활짝 웃으며 답했다.
"제 이름은 세에취. 취취취취! 이쪽은 서윤. 잘 부탁해요."

'저 여자가 또 어떻게 이곳까지!'
위드는 서윤을 보는 순간 깜짝 놀랐다.
안면 보호대를 착용하고 있지만, 서윤을 몰라볼 수는 없는 것이다.
전체적인 분위기! 걸치고 있는 갑옷과 들고 있는 검만 보아도 서윤임을 알 수 있었다.
문제는 그가 만든 조각상이 서윤에게 이미 발견되었다는 것이다.
'설마 날 쫓아온 건 아니겠지. 절대로 내가 오크 카리취라는 사실을 들켜서는 안 돼.'
위드는 동료들에게 메시지를 보냈다.
―제가 오크 카리취였다는 사실은 비밀입니다.
―네, 알겠어요.
동료들은 쉽게 위드의 뜻을 받아들여 주었다.
오크 카리취는 명예의 전당에도 오를 정도로 유명하다. 쓸데없는 소란에 휩싸이지 않기 위해서 굳이 밝히고 싶지 않아 하는 위드의 마음을 헤아렸다.
하지만 위드는 단지 공개되는 사실이 무서울 뿐이었다.
지은 죄가 있었으니 두려울 수밖에 없다.

저 무자비한 서윤이 검을 들고 덤벼들지도 모른다는 곤혹스러움. 몬스터를 잡듯이 그렇게 맞을까 봐 걱정이 되었던 것뿐이었다.

남자로서의 체면, 위신!

이런 것은 안 맞을 때나 지킬 수 있으니까.

위드는 서윤과 눈도 마주치지 않으려고 하면서 사냥 속도를 더욱 올렸다.

애초에 세에취나 서윤이 일행과 대화를 나눌 시간마저 없도록 유도한 것이다.

한편 위드를 제외한 일행은, 두 사람을 받아들일 때 걱정을 많이 했다.

'전투나 제대로 할 수 있을까?'

'내가 지켜 줘야겠군.'

검둘치와 검삼치, 검사치는 경쟁적으로 흑심을 품었다.

몬스터로부터 공격을 당하고 있을 때에 도와주는 용감한 기사! 이것이야말로 베르사 대륙에서 쉽게 친해지는 최고의 방법이었다. 제피나 이리엔 들도 나름대로 서윤과 세에취를 보살펴 주기 위해서 진형을 짰다.

그런데 해골 기사들이 덤벼들었을 때였다.

서윤이 빛살처럼 앞으로 뛰어나가며 검을 뽑았다.

콰과과광!

검에서 뿜어져 나오는 강력한 힘!

전방을 초토화시키는 엄청난 위력이었다.

마나의 소모가 막대하다고는 해도 그만큼 쉽게 찾아보기 힘든 범위 공격 스킬이다.

"꾸에에엑!"

"나의… 사랑스러운 뼈가…….'"

해골 기사들이 무참히 쓰러진다.

위드나 검치 들이 여러 대를 때려야 하는 놈들을, 서윤은 너무나도 쉽게 잡았다.

"……."

검둘치와 검삼치가 입을 떠억 벌렸다.

그나마 가진 희망!

싸움으로 자신들을 과시할 기회가 사라지고 말았다.

위드는 서윤의 무력에 대해서 익히 알고 있었기에 놀라지 않았지만, 일행이 받은 충격은 이만저만이 아니었다.

최고 수준의 고레벨 유저를 최초로 본 것이다.

지치지 않는 체력.

끊임없이 몬스터와 싸우는 광전사의 기질.

서윤이 동참함으로 인해서 사냥은 훨씬 더 빨라졌다.

사악한 주술을 이용하는 다크 샤먼.

강한 죽음의 투사 본 브레이커.

강대한 암흑의 투기를 발산하는 본 워리어.

흑마법을 사용하는 데드 메이지.

고위 언데드들의 향연과도 같은 이곳에서 일행은 쉬지 않고 전투를 펼쳤다.
"헉헉. 힘들다."
페일이 가쁜 숨을 내쉬었다.
"차라리 죽는 게 낫겠어."
메이런은 삶을 포기하고자 할 정도였다. 그러나 이미 화령과 제피가 어떤 식으로 살아났는지를 알기 때문에 죽을 수도 없었다. 이리엔이 눈에 시퍼렇게 불을 켜고 있었던 것이다.
'내 허락 없이는 아무도 죽게 만들지 않을 거야.'
성직자의 최고 덕목!
전투 중에 죽는 사람이 나오지 않게 만든다.
그런데 지금은 사정이 조금 달랐다. 다들 눈빛으로 제발 죽여 달라고 애원을 하고 있다. 그런데 이리엔이 이를 거부했다.
몬스터들이 다가오지 못하도록 철저히 보호를 받고 있는 이리엔은 마음대로 죽을 수도 없었다. 본인이 죽을 수 없으니 함께 고생하는 동료를 1명이라도 늘려야만 한다는 절박한 심정!
보통 1시간에 열 번 정도 몬스터와 싸우면 충실하게 사냥을 했다고 본다. 휴식도 취하고 잡담도 적당히 하면서 여유롭게 사냥한다.
하지만 위드는 달랐다.

휴식은 거의 없이, 사냥은 쉬지 않고 한다.

각종 이동과 몬스터들의 등장을 고려하고, 사냥하는 시간까지 안배한다. 생명력과 마나, 체력, 피로도 등도 위드가 철저히 관리하고 있었다.

마나가 없으면, 붕대를 충분히 감고 생명력을 가득 채워서 몸으로 버틴다. 스킬을 사용하지 않고 철저히 육박전으로 몬스터를 때려잡았다.

스킬을 안 쓰면 사냥이 몇 배는 어려워진다. 1시간에 몇 번의 전투를 치르는지도 모르고, 아슬아슬한 삶과 죽음의 경계를 수없이 넘나든다.

먹는 것도 이동 중에, 혹은 전투 중에 먹을 수 있도록 육포나 빵 종류로 대체했다.

기록 단축.

숨 가쁜 전투가 쉼 없이 이어졌다.

페일이나 이리엔 들은 난생처음으로 진짜 제대로 된 사냥을 경험하고 있었다.

마법의 대륙에서 위드가 지나간 곳은 몬스터의 시체밖에 남지 않았다고 한다. 그 역사가 이곳 베르사 대륙에서 다시 쓰이고 있었다. 그리고 일행은 불행히도 그 산증인이 되어 버린 것이다.

하루가 지났을 때에는 다들 미칠 지경이었다.

"인간이 어떻게······."

하지만 이틀이 지났을 때부터는 더 이상 불평도, 불만도 나오지 않았다. 그럴 힘이 있다면 조금이라도 쉬어야 했다. 엄청난 속도로 진행되는 사냥을 따라가기 위해서는 최대한 체력을 비축해야 했던 것이다.

그렇게 사흘, 나흘을 버텨 냈다.

나중에는 오기가 생겨나서, 지금까지 해 온 것이 아까워서라도 억지로 참아 냈다.

그리고 정확히 이레째 되는 날.

―썩은 리치 던전의 모든 몬스터들을 사냥하셨습니다. 리치 던전의 사냥꾼이라는 칭호를 부여받으실 수 있습니다.
명성이 100 증가합니다.

―최초 발견자로서, 2배의 경험치와 2배의 아이템을 획득하는 권리가 사라집니다.

단 이레 만에 썩은 리치 던전의 몬스터들을 모조리 잡는 위업을 달성한 것이다.

위드는 레벨을 5개나 올리고 검술 스킬을 한 단계 상승시킬 수 있었다.

그러나 일행의 부작용은 심각했다.

"커허허헉!"

단말마의 비명을 지르며 제피가 쓰러져서 다시는 일어나

지 않았다.

페일과 메이린, 화령, 수르카 들도 차례대로 쓰러졌다. 너무나도 피곤해서, 그대로 로그아웃을 해 버렸다.

위드와 세에취, 서윤, 검치 들만이 남았다.

세에취 역시 말할 힘도 없었다. 레벨이 낮아서 짐꾼 역할을 하고 있었지만, 그녀도 상당한 양의 경험치를 획득했다.

'이런 짐승들!'

위드와 검치 들을 보는 눈빛도 완전히 달라져 있었다.

위드야 원래 이런 사람인 줄 알고 있었지만, 검치 들의 단호함이나 사내다움에 약간의 끌림을 느꼈었다.

검치 들은 방어력도 약한데, 레벨이 낮은 세에취를 많이 지켜 주려고 애썼다. 오크의 외모를 가지고 있는데도 조금도 꺼리지 않고 그녀를 보살펴 준 것이다.

요즘 세상에 흔한 약한 남자가 아니라, 결심을 하면 진정으로 움직이는 사내.

하지만 지금의 이런 무식한 사냥은…….

"그럼 다음에 봐요. 취췩!"

세에취가 먼저 로그아웃을 하고, 서윤도 곧 아무 말도 하지 않고 접속을 종료했다. 몬스터와 싸우는 것으로 스트레스를 해소하는 그녀라고 할지라도, 이건 너무 심했다.

일행이 모두 사라지고 난 뒤에 위드가 검치를 보며 말했다.

"스승님."

"응?"

"우리끼리도 조심하면 사냥은 할 수 있을 것 같습니다. 던전의 지도를 아니까, 몬스터들이 조금 나오는 곳만 찾으면 되겠죠."

"음, 그렇겠지. 붕대는 넉넉하게 있느냐?"

"아껴 쓰면 될 것도 같습니다."

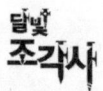

# 클래식 연주회

이현은 새벽처럼 일어나서 시장을 돌았다. 여동생에게 신선한 음식을 해 주기 위한 배려!

동생에게 아침을 차려 주고 난 후에는 명예의 전당에 접속했다. 썩은 리치 던전에서의 사냥 동영상을 올리기 위함이었다.

"이번에는 얼마나 봐 주려나."

그리 대단한 기대는 하지 않았다. 퀘스트가 아닌 사냥 동영상은 큰 인기가 없다.

치열한 전투를 보면서 즐거움을 얻는다.

나름의 장점을 갖고는 있지만, 다른 유저들도 사냥 동영상을 아주 많이 올리기 때문이다.

"제일 올리기 쉬운 것이니까."

사람들의 관심 속에 선다는 것은 모두가 바라는 일. 그런 만큼 경쟁이 더욱 치열해서, 인기를 끌긴 어려웠다.

"그래도 안 올리는 것보단 낫겠지."

퀘스트 동영상은 KMC미디어에 팔기로 했고, 사냥 동영상은 명예의 전당에 그냥 올리면 된다.

이현은 이번에도 이틀간 사냥한 동영상을 통째로 올렸다.

꾸르르릉!

고물 컴퓨터가 이상한 굉음을 내고 있었다.

캡슐에 저장된 영상을 가져와서 인터넷에 올리는 것뿐인데도 컴퓨터에는 심각한 무리가 갔다.

고장이 날 때마다 여기저기서 주워 모은 부품들로 수리한 컴퓨터이다 보니, 이만큼 오래 버텨 준 것도 용한 상황이었다.

"그래도 2년은 더 쓸 수 있겠지."

이현은 정오가 조금 지날 때까지 컴퓨터로 정보를 검색했다. 로열 로드에서는 정보에 뒤처지면 안 된다. 지금 이 순간에도 대륙 어딘가에서 무슨 일이 벌어지는지 모르는 것이다.

이현은 일단 다크 게이머의 홈페이지에 접속했다.

다크 게이머들의 숫자는 굉장히 많다. 베르사 대륙의 한 축이라고도 할 수 있는 세력인 것이다.

**북부 원정에 참여한 사람의 후회**

**대륙의 더위를 어떻게 이겨 낼 것인가**

우선 제일 크게 눈에 들어오는 게시 글들이었다.
'북부 원정이 어렵나 보군.'
이현은 대충 게시 글을 읽어 보았다.

처음 북부의 황량한 대지로 이동한 것까지는 좋았다. 그러나 상상도 못 할 추위와 빙설의 폭풍이 원정대를 급습했다.

이현도 경험해 보았지만, 빙설의 폭풍은 미리 대비하지 않고서는 감당하기 힘들다. 수박만 한 얼음에 맞아 죽거나, 아니면 추위 때문에 얼어 죽는다.

원정대는 그래도 포기하지 않고 북부를 탐험하고 있다고 한다.

그러나 일단은 지독한 추위로 인해 육체적인 능력이 정상이 아니다. 북부의 사나운 짐승들과 몬스터들과 맞서 싸우면서 이동하고 있기에 이탈자들도 속출하고 있다고 한다. 출발 당시의 높은 사기는 사라지고 이제는 거의 거지를 연상시킬 정도로 고생을 한다는 글이었다.

반응 또한 썩 좋은 편이 아니었다.

ㅡ우리 다크 게이머들은 돈을 우선시해야 합니다. 그런데 무모한 퀘스트에 전념하는 것은 올바른 선택이 아닙니다.
ㅡ대륙에 아무리 큰 위기가 찾아오더라도, 저는 몬스터를 사냥

하고 아이템을 줍겠습니다.

철저히 개인주의적인 다크 게이머들의 댓글이었다.
이현은 다른 몇 개의 글을 더 읽었다.

새롭게 공개된 마법 계열 직업, 네크로맨서의 모든 것을 파헤친다

전투 계열 직업, 그 한계와 강함

전체적인 균형이 좋은 직업

혼자서 사냥하기에 적당한 직업

어떤 직업을 선택해야 돈을 많이 벌 수 있을까

모험가에게 3년 후의 베르사 대륙은?

아이템을 잘 주는 몬스터 목록

다크 게이머들의 인기를 독차지하는 건 단연 아이템과 관련된 게시물이었다. 하지만 직업에 대한 글들의 조회 수도 굉장히 높은 편이었다.

네크로맨서에 대한 글에서는, 이미 그 직업에 대한 정보가 꽤나 많이 밝혀져 있었다.

네크로맨서들은 스킬 하나를 익힐 때에도 매우 까다로운 퀘스트들을 수행하여야 한다. 언데드를 만들고 일으키기 위해서 필요한 시체와의 친화도 때문에 무덤가에서 며칠을 야영하기도 한다. 또한 여러 번 죽음으로써 죽음을 다루는 능력이 배가된다는 것이다.

쉽게 할 수 없는 일이지만, 강력한 언데드 군단을 거느릴 수 있다는 점에서는 매력적이다.

'다행이야. 마법서를 비싸게 팔 수 있겠군.'

이현은 아직 리치 샤이어를 잡고 얻은 마법서를 판매하지 않았다.

초창기에는 어떤 물품들이 네크로맨서용으로 가치가 있는지 확실하지 않다. 시세 자체가 형성되어 있지 않은 것이다.

네크로맨서로 전직한 마법사들도 다들 초보라서 어떤 마법이 유용한지도 모르고, 아직은 그리 좋은 아이템을 필요로 하지도 않는다.

추후 시간이 좀 더 지나고, 네크로맨서들이 자리를 잡으면 그때쯤이나 마법서의 적당한 가격이 매겨질 것이다.

'2~3달 정도 지나면 팔 수 있겠지.'

이현은 다른 전투 계열 직업들에 대한 글도 꼼꼼히 읽었다.

각 직업에 대한 찬양 글들!

서로 자신의 직업들이 좋다면서 장점을 나열하며 광고를 하고 있었다. 그러나 아직까지 생산직을 추천하는 사람은 아무도 없다.

다크 게이머들 가운데에는 모험가도 굉장히 희귀한 편이다. 대부분이 전투와 관련이 깊은 직업이고, 혼자서 간단한 치료나 마법을 쓸 수 있는 성기사들이 많았다. 정령을 소환하여 싸우는 정령사들도 꽤나 각광받는 편이었다.

이현은 마지막으로 몬스터들에 대한 정보를 검색하고, 자리에서 일어나 외출할 준비를 했다.

오늘은 금요일.

여동생은 학교에서 일찍 돌아와 있었다.

"혜연아, 같이 갈래?"

이현은 집에서 텔레비전을 보며 쉬고 있는 여동생에게 물었다.

"어디 가는데?"

"로열 로드에서 알게 된 사람들을 만나러 가는데."

"저번에 밥 먹으면서 말한 그 사람들?"

"그래. 같이 무슨 공연 보러 가기로 했거든."

"재밌겠다."

이현은 때때로 로열 로드에 대한 이야기를 여동생에게 해주었다.

로열 로드는 최고의 인기를 얻고 있는 게임이다. 여동생

의 관심도 컸기에 그에 대해서 조금씩 알려 주었던 것이다.

그러나 이혜연은 아쉽다는 듯이 말했다.

"난 그냥 집에서 쉴게."

"그래? 문단속 잘하고 있어."

"응. 걱정 말고 다녀와."

평소라면 바로 따라 나올 여동생이 웬일인지 집에서 쉬겠다고 했다.

'공부하느라 많이 피곤한 모양이군.'

이현은 조용히 집을 나섰다.

이혜연은 그가 문을 닫고 나가는 것까지 확인한 후에 자리에서 벌떡 일어나 초조하게 주위를 서성였다.

"오늘 결과가 발표되는 날인데."

한국 대학교의 합격자 발표 날이었다. 오후 5시에 인터넷에 공개가 되고, 전화로도 조회가 가능하다.

이혜연은 그 결과를 기다리고 있었다.

다만 불합격이 될지 몰라 아직까지도 이현에게 말하지 않은 것이다.

카페 다붐.

유동 인구가 많은 대학가에 위치해서 손님들이 끊이지 않는 장소였다.

 하지만 이곳이 더욱 인기가 있는 이유는 따로 있었다. 로열 로드에서 만나서 결혼을 한 커플이 차린 카페!

 그 덕에 로열 로드에서 친분을 쌓고, 최초로 만나는 사람들은 대부분 이곳을 택한다.

 이미 하나의 명소가 된 지 오래였다.

 "크흠!"

 "아가씨, 여기 파르페 하나 더요."

 "왜 이렇게 목이 타지."

 "어허, 가만히 있어라. 느긋해 보여야 하는 것이야."

 관장 안현도.

 사범 정일훈, 최종범, 마상범, 이인도.

 평생 검만을 수련해 온 그들이 먼저 도착해, 카페에서 일행이 오기만을 기다리고 있었다.

 헤어스타일은 무스를 발라서 올백으로 뒤로 넘기고, 터질 듯한 근육에 정장을 입고 있었다.

 정일훈이 더운 듯이 옷소매를 걷었다.

 "여기보단 도장이 훨씬 익숙하고 편합니다."

 이인도도 비슷한 생각을 하고 있었다.

 "정글에서 수련을 할 때도 이렇게 불편하진 않았는데."

 "무슨 사람들이 이렇게 많은지 모르겠군요. 게다가 저렇게 노출이 심한 옷들이라니."

최종범은 눈 둘 곳을 몰라 했다.

날씬한 여성들의 노출. 그것이 그의 얼굴을 달아오르게 했다.

그때 안현도가 말했다.

"그럼 도장으로 돌아갈까?"

"……."

그 말에 대답을 하는 사람은 아무도 없었다.

불편하고 어색한 자리였지만, 다들 이곳에 앉아 있는 쪽을 택했다.

한참 시간이 지났다.

정확히 약속 시간이 되기 10분 전.

오동만이 신혜민과 손을 잡고 같이 나타났다.

베르사 대륙에서는 페일이라는 이름으로 익숙한 오동만, 그리고 메이런으로 불리는 신혜민이었다.

"안녕하세요."

"반갑습니다."

오동만과 신혜민은 허리를 숙여서 인사했다.

친근하게 인사를 하고 싶었지만, 건장한 체격과 얼굴을 보니 저절로 허리가 굽혔다.

그 자리에 없었던지라 귓말을 받고 온, 마판이라는 닉네임을 쓰는 강진철은 그들을 보며 아예 화들짝 놀랄 정도였다.

"어서 와라."

안현도와 사범들은 느긋하게 어린 동료들을 받아 주었다.

그 후에는 다른 사람들도 속속 나타났다.

"인영아, 이쪽이야!"

화사한 흰색 원피스를 입고 카페로 들어온 김인영은 안현도와 정일훈 등에게 일일이 허리를 숙여서 인사했다.

"안녕하세요."

"그래. 네가 이리엔이지? 실물이 좀 더 낫구나."

"고맙습니다."

"그런데 네 이름이?"

"김인영이에요."

그리고 다소곳하게 자리에 앉았다.

베르사 대륙에서는 로뮤나와 수르카로 불리는 박희연과 박수연도 들어와서 인사를 했다.

"안녕하세요."

"잘 부탁드립니다."

다들 활기차게 들어와서 안현도와 눈이 마주친 후 깜짝 놀랐다.

'무섭다!'

'눈빛이 저렇게 살벌하다니.'

그러다가 시선이 조금 옮겨졌다.

정일훈!

위엄이 있지만 꽤나 사납게 생긴 얼굴. 여기까지는 그래

도 참아 줄 만하다.

　최종범. 마상범. 이인도.

　여기까지 오면 저절로 허리가 굽혔다.

　본능적인 결과였다.

　제피라는 낚시꾼으로 활동하는 최지훈도 카페에 들어와서는 순한 양처럼 얌전해졌다.

　"형님들, 반갑습니다."

　어쩔 수 없이 정중한 인사를 하게 만드는 얼굴!

　그런데 정작 본인들은 전혀 눈치를 못 챘다. 지금까지 살아오면서 쭉 그래 왔기에.

　그렇게 만나서 이야기를 하고 있는데, 입구가 소란스러워졌다.

　"정효린이다."

　"가수잖아."

　"연예인이 이곳에 오다니……."

　"설마 그녀도 로열 로드를 했던 거야?"

　주변을 소란스럽게 만들면서 등장한 그녀!

　선글라스와 모자로 얼굴을 가렸지만 사람들은 쉽게 알아봤다.

　정효린이 카페 내로 들어온 순간, 다들 대화를 멈추고 그녀에게만 시선을 집중시켰다.

　푹 눌러쓴 모자에 야구 점퍼, 청바지 차림이었는데도 불구하고 그 자유로운 복장은 그녀를 위해 만들어진 것처럼 조화롭게 어울렸다.

 옷 위로 가슴과 허리, 몸매의 굴곡이 은은하게 드러나서 유혹적이었다. 거기에 흰 목선은 시선을 뗄 수가 없게 만들었다.

 정효린은 카페를 둘러보더니 안현도와 정일훈 등이 있는 곳으로 걸어왔다.

 꿀꺽!

 "저 여자가 이… 이곳으로 오는데요, 사형?"

 "왜, 왜 오는 거지?"

 "사형, 우리가 무슨 실수라도……."

 최종범이나 마상범, 이인도는 심하게 몸을 떨었다. 그런데 정일훈은 영문 모를 미소를 짓고 있을 뿐이었다.

 "녀석들, 아직도 모르겠느냐?"

 "사형, 이유를 아십니까?"

 "우리들에게도 좀 알려 주세요!"

 "그건 말이다."

 정일훈은 어깨를 으쓱했다.

 "당연히 나의 멋진 근육에 반한 것이 아니겠느냐? 하하하!"

 "……!"

 도저히 인정할 수 없는 말.

 최종범은 고개를 돌려 버리고 말았다. 마상범은 혀를 찰

정도였다.
 '매번 여자에게 차이더니 드디어 정신을 놓았군.'
 정일훈의 오해에도 불구하고 정효린은 사뿐사뿐 걸어와서 인사를 했다.
 "안녕하세요. 딱 시간에 맞춰서 나오려고 했는데 제가 조금 늦었나요? 참, 위드 님은 아직 안 오셨죠?"
 그러면서 빈자리에 덥석 앉았다.
 그제야 오동만이 눈을 크게 떴다. 안절부절못하며 물었다.
 "저, 저기요."
 "네?"
 "혹시… 화령 님입니까?"
 "맞아요."
 정효린이 크게 고개를 끄덕였다.
 아직 오지 않은 여성이라고는 화령밖에 없었기에 대충 찍어 본 건데, 그것이 맞아떨어졌다.
 '세상에… 우리가 정효린과 함께 게임을 했다니!'
 오동만과 신혜민도 제법 놀랐지만 티를 내진 않았다.
 로열 로드는 누구든 즐길 수 있다. 연예인이라고 해서 하지 말란 법은 없었다. 어떤 사람이 나오든지 웃으며 받아들여 주는 것이 관행!
 박수연이 정효린의 손을 덥석 잡았다.
 "언니, 저 팬이에요."

"그래? 고마워."

"실물이 훨씬 더 예뻐요. 그런데 외모가 조금 많이 다르네요?"

"그렇지? 시작할 때 얼굴만 집중적으로 수정했어. 많이는 수정이 안 되지만, 눈매나 콧날만 바꿨는데도 전체적인 인상이 달라져서 사람들은 못 알아보더라."

"몸매는요?"

"거기서 무지 먹었지. 맛있는 걸 먹으니까 살이 쪄서… 아마 활동량이 엄청 많은 댄서가 아니었더라면 돼지가 됐을지도 몰라."

이렇게 정효린은 박수연과 같이 엄청난 수다를 시작했다.

김인영이나 박희연의 얼굴에는 긴장이 스쳐 지나갔다.

'엄청난 경쟁자가 나타났군.'

'로열 로드에서는 위드 님을 노리고 있었는데 설마 여기에서도……!'

'아닐 거야. 그래도 연예인이고 가수인데.'

한 남자를 사이에 둔 불꽃 튀는 대결!

정일훈, 마상범, 최종범은 꿔다 놓은 보릿자루가 되었다. 여자들이 수다를 시작하니 전혀 끼어들 수가 없었던 것이다.

오동만은 신혜민에게만 관심이 있었고, 최지훈 정도만이 능숙하게 여자들과 대화를 나누고 화제를 이끌어 갈 정도였다.

최종범이 이인도에게 귓속말을 했다.
"참 예쁜 아가씨지."
"그렇죠, 사형. 정말 예쁘네요."
정효린이 가수라는 사실도 모르고 있는 사내들.
다수의 인원이 참석하는 모임이다 보니 테이블 2개를 하나로 붙여 놓았다.
여자들과 남자들이 적당히 섞인 쪽의 분위기는 밝았다.
안부를 묻고 정다운 이야기를 나누는 재잘거림!
그러나 안현도를 비롯하여 5명의 사내들이 모여 앉은 쪽의 자리는 무거웠다. 한마디도 하지 않고 경직된 자세로 그저 앉아만 있었다.
로열 로드에서는 적당히 어울렸다. 그런데 정작 직접 얼굴을 대하니, 나이 차이도 심하게 날뿐더러 도저히 대화가 안 통했다. 더군다나 주변의 시선들이 워낙 따가웠다. 불량배로도 보이는 그들이 단체로 앉아 있으니 시선이 모일 수밖에 없었다.
그때 이현이 카페로 들어왔다. 그는 로열 로드에서 외모를 수정하지 않았기에 다들 쉽게 알아봤다.
"이쪽이에요!"
박수연이 손을 흔들었다.
이현은 천천히 다가와서 인사했다.
"안녕하세요. 이현입니다."

안현도나 정일훈 등과는 이미 잘 아는 사이. 처음 본 사람들과는 따로 인사를 나누었다.
"오동만입니다."
"신혜민이에요."
"최지훈입니다, 형!"
워낙에 로열 로드에서 많이 보아 왔기에 다들 너무나도 쉽게 이현을 받아들였다.
 이현은 처음에는 정효린의 옆자리에 앉으려고 했다. 비어 있는 자리이고 입구에 가까웠기에, 아무 생각 없이 한 행동이었다.
 정효린이 유명한 가수라는 것. 이현도 안현도 들처럼 그 사실을 전혀 모르고 있었다.
 사실 이현의 기준에 의하면, 냉정히 말해서 정효린은 여자로서 평균 이하였다.
 '딱 봐도 비싼 옷을 입고 있군. 목걸이에 귀걸이, 팔찌까지 차고 있잖아. 사치가 심하겠어!'
 단순한 기준에 따른 마이너스 200점!
"이현아."
 자리에 앉으려고 하는데 최종범이 불렀다.
"예, 사형."
"이쪽 자리도 비어 있구나. 이쪽에 앉는 편이 더 좋지 않을까?"

이현은 최종범의 제안을 거절하지 못하고 어쩔 수 없이 그의 옆자리에 앉았다.

"사형들, 일찍 오셨군요."

"조금 서둘렀지. 그런데 넌?"

"전 버스가 막혀서 늦었습니다."

그때부터는 분위기가 조금이나마 밝아졌다.

정일훈이나 최종범의 무서운 얼굴에, 처음 말을 걸기가 힘들었을 뿐이다. 게다가 주먹이 날아올 것처럼 경직된 분위기에 말을 건네는 것조차 무서울 정도!

그러나 이현이 오고 나서부터는 정일훈도 최종범도, 편하게 말을 했다. 그러면서 부담감을 떨쳐 버릴 수 있었다.

오동만이 자리에서 일어났다.

"이제 시간이 된 것 같습니다. 지금 출발하면 딱 맞춰서 공연장에 들어갈 수 있을 것 같은데, 다들 가시죠."

그 말을 듣고 저마다 서둘러 자리에서 일어났다.

그런데 이현이 갑자기 허리를 숙였다.

"이런, 신발 끈이……."

"……."

로열 로드에서와 전혀 다를 바 없는 모습!

계산은 결국 가장 연장자인 안현도가 하고 공연장으로 향했다.

클래식 공연장.

굉장히 유명한 프랑스 오케스트라의 공연이기에 자리가 가득 차는 것은 금방이었다.

오동만과 신혜민이 예매한 좌석은 중간 정도에 있었다. 방송 계통 일을 하는 신혜민이 어렵게 구한 자리였다.

이현을 비롯한 이들은 차례대로 앉았다.

이윽고 지휘자의 인사와 함께 공연이 시작되었다.

프랑스에서도 인정받는 신예 지휘자. 그는 세계 각국을 돌아다니며 자신의 이름을 단 콘서트를 개최하면서 자신감이 최고조에 다다른 상태였다.

'문화적으로 뒤떨어진 한국에서의 공연. 적당히 기본만 보여 줘도 관객들은 새로운 세상을 경험했다고 놀라겠지.'

엄숙하게 시작된 공연은 비장한 분위기를 연출했다. 그런데 공연이 시작된 지 10분도 되지 않아 들려오는 소리.

드르렁.

쿠울!

안현도나 정일훈 들이 코를 골며 곯아떨어진 것이다.

오동만이 주위를 돌아보았다. 다들 이쪽을 보며 웃고 있었다.

"창피해 죽겠네."

오동만의 얼굴이 붉어졌다.

정효린도 다른 사람들이 알아볼까 봐 무서워서 고개를 숙

였다.

박희연은 불만을 토해 냈다.

'이런 곳에서 잠들다니. 정말 교양도 없어.'

그런데 10여 분이 지나고 난 후였다.

"으하암!"

최지훈은 심하게 눈꺼풀이 무거웠다.

"공연이 생각보다 지루한데."

그러면서 주변을 둘러보니 다들 자고 있었다.

오동만을 비롯하여 김인영이나 박희연, 신혜민도 곤히 잠들어 있었다.

연속된 사냥을 하면서 피로가 많이 누적되었다. 긴장감이 풀리면서 편안하게 잠이 든 것이다.

"그러고 보니 나도 졸린 것 같고."

최지훈도 슬그머니 잠이 들었다.

단체로 와서 잠이 든 무리!

정효린은 클래식을 듣던 도중에 옆에서 코를 고는 소리에 돌아보고는 깜짝 놀랐다. 모두들 자고 있었다.

"다들 깨워야 되지 않을까요?"

조심스럽게 자신의 옆에 앉은 이현에게 속삭였다. 그러나 아무런 대답도 없었다.

"설마?"

정효린은 이현의 팔을 잡고 흔들었다. 그런데 그대로 흔들리면서도 반응이 없다. 공연을 보면서 눈을 뜬 채로 잠이 들어 버리고 만 것이다.

"휴우, 주무시는구나."

정효린은 한숨을 쉬었다. 결국 그녀도 눈을 감았다.

"음냐. 내, 내가 최고다."

안현도는 꿈을 꾸었다.

행진곡이 거리에 울려 퍼진다.

전쟁에서 승리를 하고 개선문을 통과하여 들어오는 위대한 영웅!

"저와 한 곡 춤을 춰 주세요."

"너무 잘생기셨어요."

정일훈 등 사범들도 비슷한 꿈을 꾸고 있었다.

중세의 궁전에 화려한 음악이 흐른다.

홀을 가득 메운 미모의 귀족 가문의 여성들!

그들은 미래가 촉망받는 기사나 귀족이 되어서 뭇 여인들의 인기를 한 몸에 끌었다.

오동만은 배를 타고 먼 항해를 나가는 꿈을 꾸었다.

그는 후추와 보석을 가득 싣고 고향으로 돌아오는 선장이었다. 위대한 부자가 되어서!

그러나 신경이 둔한 것은 이들뿐이었다.

'모, 몬스터!'

'이 지긋지긋한 놈들.'

'또 나온다.'

나머지는 던전 내에서 끊임없이 사냥을 하는 악몽을 꾸고 있었다.

저마다 괴로운 얼굴로 식은땀을 흘리는 이들!

안현도나 정일훈, 마상범 등의 입가에 흡족함이 어려 있는 것과는 완전히 대비되는 상태였다.

이현은 죽은 듯이 잠을 잤다.

언제나 긴장을 놓을 수 없는 상황.

1시간이라도 잠을 덜 자면 그만큼 경험치를 모으고, 스킬의 숙련도를 향상시키며 레벨을 올릴 수 있다. 매달 나가는 로열 로드의 이용료 때문에라도 마음대로 쉬지도 못한다.

그런 이현에게 지금의 연주회는 소중한 휴식의 시간이 되었던 것이다.

아기처럼 새근새근 잠든 이현은, 자신도 모르게 정효린의 어깨에 기댄 채였다. 정효린은 자신의 몸에 닿는 기척을 느끼고는 이현의 머리카락을 부드럽게 쓰다듬었다.

한편, 젊은 지휘자는 분노하고 격앙됐다.

'어떻게 나의 음악을 들으면서 잠들 수가! 도저히 있을 수 없는 일이야. 나의 음악이 이렇게 부족했단 말인가?'

지휘자는 혼신의 힘을 다해서 오케스트라를 지휘했다.

격정적인! 전율이 흐를 정도의, 최고의 음악!

그것은 단지 잠이 든 사람들을 깨우기 위한 것이었다.

공연장에서 나온 이들은 너 나 할 것 없이 기지개를 켰다.
"참 좋은 공연이었어요."
"피곤이 쑥 내려가는 듯한……."
"몸이 상쾌한."
"아, 잘 잤다!"
시원하게 잠을 자고 나니 배가 고팠다.
"밥은 제가 사죠."
최지훈이 나서서 근처의 고기 뷔페 집으로 안내했다.
각자 먹을 만큼 덜어 오는 고기 뷔페 집.
그곳에서는 아예 고기를 그릇에 가득 담아서 통째로 가져와 구워 먹었다. 음료수를 마시고, 고기를 구워 먹으며 잡담을 나누는 것.
특별한 것은 없지만 다들 웃으면서 만족했다.
푸짐하게 식사까지 하고 가게에서 나오니 어느덧 밖은 캄캄하게 변해 있었다.
"헤어지려니 아쉽네요."
오동만의 말에 다들 공감했다.
조금은 아쉬운 이별의 시간.
갑작스러운 만남이라서 오늘은 얼굴을 보는 정도로만 족하기로 했다. 그런데 실제로 만나 보니 헤어지기가 싫었다.

"그래도 이젠 언제든지 만날 수 있을 테니까요. 그럼 다음에 뵙죠."

"좋은 시간이었어요."

"다음에 또 봐요."

"우선 썩은 리치 던전에서 만나야죠."

"그 잡템들은 꼭 저에게 팔아 주셔야 됩니다."

전화번호와 이름들을 교환하고 나서 후일을 기약하며 각자 집으로 향했다.

이현은 버스를 타고 집으로 돌아왔다. 그런데 집에 오니 이혜연이 컴퓨터 앞 의자에 앉아 눈물을 닦고 있었다.

"무슨 일이야?"

이현은 분노로 몸을 떨었다.

과거에도 몇 번 이혜연이 운 적이 있었다.

부모님이 없다고 놀리던 애들.

"그게……."

이혜연은 컴퓨터를 조작해서 한국 대학교의 사이트를 열었다. 그곳에는 합격자 명단이 있었다.

"나도 대학교에 합격했어."

이현은 모니터를 눈으로 빠르게 훑어보았다.

"이… 이게 정말 한국 대학교 합격자 명단이야? 틀림없지? 틀림없이 이번에는 네가 합격한 거지?"

"응. 거기 이름 적혀 있잖아."
"장, 장학금은?"
"좀 전에 전화로 연락 왔어. 약속대로 장학금을 받고 다니게 됐어."
이현의 몸이 부들부들 떨렸다. 그는 너무나도 기뻐서 흘리는 눈물도 있다는 사실을 처음 알았다.
'그런데 왜 하필이면 장학금을 받아서……'
여동생과의 약속!
장학금을 받으면서 대학교에 다니게 되면 이현도 대학교에 가기로 한 것이다.
"오빠도 약속대로 대학교에 가는 거지?"
"그래. 약속은 지켜야지."
이현은 입맛이 무척이나 썼다.
여동생을 대학에 보내는 것은 좋지만, 그마저 대학에 다닌다면 막대한 돈이 들어간다. 하지만 이미 약속한 것을 번복할 수도 없는 노릇이다.
한편으로는 홀가분한 기분도 들었다.
걱정해 왔던 대학 합격이 이루어졌다. 이제는 마음껏 돈만 벌면 된다.
이현은 책 사이에 숨겨 두었던 통장을 꺼내서 이혜연에게 내밀었다.
"네 학비로 쓰려고 모아 놓은 돈이야. 사고 싶었던 옷이나

해 보고 싶은 게 있었다면 그 돈으로 해. 한 번쯤 해외여행을 다녀오는 것도 괜찮겠지."

"오빠."

"괜찮아. 대학생이 되면 다시 열심히 공부를 해야 될 텐데, 그때까지 이 돈은 네가 쓰고 싶은 곳에 써. 지금까지 해 보고 싶은데 꾹 참았던 일도 분명 몇 가지쯤 있었을 텐데. 이번 기회에 마음껏 해 보는 거야."

이현은 돈을 쓰는 법도 가르쳐 주고 싶었다.

어려서부터 아끼기만 한 사람은 돈을 쓰는 법도 알지 못한다. 무덤에 가져갈 수 있는 돈도 아닌데, 무작정 아끼는 것은 미련한 짓.

돈은 꼭 써야 할 곳에는 아끼지 말고 써야 했다.

이현이 악착같이 돈을 모은 것도 가족을 위해서였다.

"고마워."

이혜연의 눈이 붉게 충혈되었다.

조심스럽게 통장을 열어 보니 무려 3천만 원이라는 거액이 들어 있었다. 자신의 대학교 학비를 위해서 오빠가 꾸준히 모아 온 돈이다.

본인은 버스비도 아끼기 위해서 걸어 다니면서 이 돈을 선뜻 내준 것이다.

'내가 해 보고 싶은 일, 내가 하고 싶은 일에 쓰라고?'

이혜연은 돈을 들고 한동안 고민을 했다.

막상 거금이 생기니 어디에 써야 할지를 알 수 없었다.
그대로 저축을 해서 대학교를 다닐 때에 조금씩 꺼내어 쓸 수도 있다. 하지만 그녀도 대학생이 되면 경제적으로는 자립을 할 작정이었다.
학비는 장학금을 받게 될 테고, 과외라도 해서 용돈과 책값에 보태면 된다.
'내가 하고 싶고, 경험해 보고 싶은 일은…….'
이혜연은 갈등 끝에 결정을 내리고 캡슐을 주문했다.

# 강제 퀘스트 발동

프레야 교단!

몇 명의 유저들이 오늘도 성수를 구입하고 축복을 받기 위해 줄을 서 있었다.

"어제 소식 들었어?"

"무슨 소식?"

"헤르메스 길드가 무려 3개의 성을 차지했다더군. 발키스, 기덴, 오르말."

"발키스마저 함락되었다고?"

"그래. 제법 오래 버티긴 했지만 헤르메스 길드의 총공격을 이기지 못해 무너지고 말았다는 거야."

성과 도시의 차이는 컸다.

성에서는 군사력을 양성할 수 있다. 돈과 시간, 인구가 있다면 궁병이나 보병을 조련하는 것이 가능했다.
 이에 반해 마을이나 도시에서는 발달한 상업으로 재정적인 이득을 취할 수 있다.
 따라서 군사력이 막강한 성은, 번성한 도시만큼이나 중요한 역할을 했다.
 "하벤 왕국의 노른자위 성들을 다 차지한 셈이군. 이제 왕국을 통째로 점령한 건가?"
 "아직은 아니야. 변방의 작은 마을 몇 개와 도시들이 남아 있지."
 "그래도 그런 마을이나 도시들이 버텨 낼 수 있을 리가 만무하잖아."
 "그야 그렇지. 중요한 성들이 다 헤르메스 길드의 손에 떨어졌으니까."
 "바드레이는 스스로를 왕이라고 칭하면서 국왕의 자리에 올랐다고 해. 그 성대한 대관식에 무려 6,000명이 넘는 하객들이 참석했다는데."
 유저들 사이에서는 바드레이와 헤르메스에 대한 화제가 끊이지 않았다.
 베르사 대륙의 공인된 최강자이며 최초로 왕의 자리에 오른 자. 그는 진정한 의미의 왕의 길을 걷고 있었다.
 다만 바드레이에 대한 평판이 그리 좋은 것만은 아니었다.

지금 이 자리에 오르기까지, 그는 많은 전투를 승리로 이끌었다.

항복을 받아들이지 않는 잔인함!

승리가 결정된 이후에도 살육전을 펼쳐서 반항 세력을 철저히 소탕했다. 레벨이 낮은 이들이나, 투항하는 적대 길드들도 서슴없이 짓밟았다.

그 덕에 악명도 꽤나 높아진 상태였다.

"발키스에서도 처절한 살육전이었다는군."

"역시. 그래도 헤르메스 길드의 미래가 밝아 보이진 않아."

"맞는 말이지. 이미 반反헤르메스 길드의 깃발 아래 몇 개의 길드들이 뭉쳤다더군."

"나도 들었어. 철혈 기사단과 고독한 용병, 적마법사들이 연합을 이루었다지."

"대전쟁이 벌어지겠군. 헤르메스 길드의 지금까지의 특성으로 보아, 완전한 연합이 갖추어지기 전에 빠르게 진격을 할 텐데?"

"아니야. 헤르메스 길드도 그동안의 전쟁으로 모아 놓은 돈을 다 써서 이제 내정에 전념할 수밖에 없다고 해."

"하기야. 그동안 워낙 전쟁을 많이 벌이긴 했지. 그러면 수성전을 펼쳐야겠군."

"빼앗는 것보다 지키는 게 어렵지."

"전쟁이 끊이지 않겠어."

이처럼 사람들이 대화를 나누고 있을 때였다. 프레야를 상징하는 문양을 든 성기사단들이 신전 안으로 들어가고 있었다.
　사람들은 저마다 대화를 멈추고 그들을 주시했다.
　대규모로 움직이는 프레야의 성기사단!
　"무슨 일이야?"
　"또 뭔가가 벌어지려는 모양이군."

　위드가 접속을 했을 때에는 다들 이미 자리에 모여 있었다. 오크 세에취나 서윤도 어김없이 와 있었다.
　"……."
　위드는 서윤을 볼 때마다 가슴이 철렁했다.
　허락도 없이 그녀의 조각을 남긴 것이 자신임이 들통 나서 언제 앙갚음을 당할지 모른다!
　살인자 서윤에 대한 느낌은 확실하게 가슴 속에 박혀 있었다. 함부로 검을 휘두르지 않는 성품이라는 것은 그동안 같이 하면서 알게 되었지만, 그래도 두려운 것은 두려운 것이었다.
　"그럼 다들 모였으니 사냥이나 할까요?"
　위드가 사냥을 재개하려고 하는데, 검치가 문득 손을 들었다.

"먼저 할 말이 있다."

"말씀하시지요, 스승님."

"우리는 파티에서 탈퇴해서 따로 사냥을 하려고 한다."

"…혹시 무슨 마음에 들지 않으신 일이라도 있으십니까?"

"그런 이유가 아니다. 그냥 우리들끼리 사냥을 좀 해 보고 싶구나."

위드는 검둘치와 검삼치, 검사치, 검오치와 눈을 마주쳤다.

"모두들 같은 생각이십니까?"

끄덕끄덕.

검치 들은 이미 자기들끼리 이야기를 하여 결정을 내린 후였다.

이렇게 모여서 단체로 사냥을 하는 것은 즐거웠다. 하지만 한계도 깨닫게 되었다.

움직임으로 피할 수 있는 적의 공격에는 한계가 있다.

공격력만을 발달시킨 기형적인 성장! 마법이나 저주에는 대단히 취약할 뿐만 아니라, 어쩌다 맞게 되는 몬스터의 공격에도 사경을 헤맬 지경이다.

'우리들의 체면이 있지. 잘못하면 아이들 앞에서 죽는 모습을 보여 주게 생겼구나.'

검치 들은 잘못하면 고개를 들고 다니지 못하게 된다는 생각에 바짝 긴장이 되었다. 공격력은 강해도 방어력이 너무 약해서, 파티의 사냥을 따라가기가 솔직히 쉽진 않았다.

그러던 와중에 서윤을 보았다. 몸놀림으로는 어찌해 볼 수 없는 레벨을 가진 그녀!

'놀랍다! 레벨과 스킬 덕분이라지만, 우리들이 생각할 수 없는 움직임을 보여 주는군.'

'대쉬. 단순하게 적을 향해 뛰어가는 스킬이다. 현실에서는 저렇게 폭발적인 속도를 발휘하기 힘들지. 스킬의 운용. 이것은 이 로열 로드에서만 통하는 가짜라고 할 수 있다. 그래도 강하구나.'

'이 대륙에서 가장 강한 사람이 되는 것도 나쁘지 않겠군.'

검치나 검둘치, 검삼치, 검사치, 검오치는 여태까지 장난처럼 로열 로드를 해 왔다. 실제 수련생들은 검술에 나름대로 얻는 소득이 있는 모양이지만, 검치나 다른 사범들에게는 그저 유희거리에 불과했다.

그런데 처음으로 진지한 마음이 들었다.

비록 제한된 공간에서만 쓸 수 있는 레벨과 스킬이라고 할지라도 최고가 되고 싶었다.

아니, 로열 로드는 틀림없이 가상현실의 세상이었다. 그런데 만질 수 있고, 볼 수 있고, 느낄 수 있다.

또 다른 현실.

여기에서도 최고가 되고 싶었다.

그들이 가지고 있는 승부사 기질 때문에라도 남들보다 약한 것은 견디기가 힘들었다.

물론 이러한 결론을 내리는 데에는 검삼치의 의견이 절대적으로 작용하긴 했다.

"흠흠! 스승님, 사형 그리고 사제들아. 먼저 우리들의 현실을 제대로 보아야 할 것 같구나."

"무슨 말씀이십니까? 부족한 방어력 때문입니까? 그거라면 위드에게 쓸 만한 방어구를 좀 만들어 달라고 하면 되지 않을까요?"

검오치의 의견에 검삼치는 고개를 저었다.

"내 생각은 그리 단순한 것이 아니다. 너희들도 알다시피, 이 베르사 대륙은 하나의 세상이라고 할 수 있다."

"맞습니다. 광대한 하나의 세상이라고 표현해도 틀리지 않을 정도입니다."

"그리고 많은 연인들이 탄생하고 있지. 페일도 이곳에서 여자 친구를 만났다. 어제 가 본 카페에서도, 연인들끼리 만나는 경우가 한둘이 아니더구나."

"그렇다면 검삼치 형님의 의견은……."

"여기서 최고가 되는 것이다! 최고가 되면 엄청난 인기를 끌 수 있을 것이다. 너희들도 보았지 않느냐?"

검사치가 흥분으로 몸을 떨었다.

"봤습니다. 세라보그 성에서 유명한 길드가 나서면 사방에서 사람들이 모여들었죠!"

"레벨 높은 유저들과 같이 사냥하고 싶어 하는 사람들도 한둘이 아니죠. 최고가 되면 우리들도 인기를 끌 수 있을 것입니다."

검오치도 덩달아 신이 났다.

강해져서 힘으로 여자와 아이들을 지켜 준다. 단순한 검사치와 검오치 들에게 이보다 더 확실한 것은 없었다.

"사형, 제 생각이 어떻습니까?"

"좋은 생각이구나, 삼치야."

검둘치도 묵직하게 고개를 끄덕였다. 그러나 아직 결정이 난 것은 아니었다. 검치의 허락이 떨어지지 않는다면 포기해야 할 문제였다.

사범들이 일제히 검치를 보았다.

오랜 독신.

검을 벗 삼아 살아오면서, 가정도 이루지 못하였다. 말 그대로 검에 미쳐 왔기에 남들과 같은 행복은 누리질 못했다.

'지금이라도 여인을 만날 수 있단 말인가? 하긴, 이 베르사 대륙에 10대나 20대 여자들만 있는 건 아니지.'

검치는 고개를 크게 끄덕였다.

"좋은 생각이다, 검삼치야."


검치 들의 이탈은 그렇게 결정이 되었다. 물론 대외적으로는 '진정으로 강해지기 위해서' 떠나기로 했다.

땅! 땅! 땅!

위드는 검치 들이 입을 기본 방어구들을 만들었다.

"가볍고 활동하기 편한 것으로. 방어력이 아주 높을 필요는 없다. 다만 마법 저항력은 조금 있었으면 좋겠구나."

"알겠습니다."

위드는 썩은 리치 던전에서 사냥을 하며 얻은 가죽과 철광석들을 이용해서 갑옷과 부츠, 헬멧 들을 제작했다.

평범한 재료들이었지만 중급 3레벨의 대장장이 스킬을 가지고 있는 위드가 만들었기에 무난하게 레벨 250 정도가 쓸 만한 방어력의 장비들이 나왔다. 고급 손재주의 효과로 내구력도 상당히 높았다.

"그리고 이건 선물입니다. 사냥할 때 필요하실 겁니다."

재봉 스킬과 붕대 감기 스킬의 조합!

위드는 긴 천을 찢어 붕대를 만들었다. 빠르게 출혈을 멈추게 할 수 있고 생명력도 올릴 수 있는 붕대였다.

위드는 배낭을 붕대로 가득 채워 줬다. 딱히 치료술을 가지고 있지 않은 검치 들에게는 이 붕대야말로 생명 줄과도 같았다.

검치 들이 떠나고 난 이후 위드는 일행과 같이 다크 엘프의 성으로 돌아갔다. 마판을 만나서 잡템들을 처분하고, 보급품을 챙기고 장비들을 점검한 후에 다시 사냥을 떠나기 위해서였다.

반복되는 사냥의 연속!

유로키나 산맥의 지리나 몬스터들이 나오는 구역에 대해서는 위드가 상세히 알고 있었다.

일행의 레벨도 모두 300이 넘어서 이제는 어느덧 고수라는 소리를 들을 정도가 되었다.

'이제부터 시작이야.'

위드는 주먹을 불끈 쥐었다.

미친 듯한 사냥의 시간.

아이템을 획득하고, 경험치를 모은다. 각종 생산 스킬의 높은 효율 덕분에 훨씬 빠르게 사냥을 할 수 있다. 위드는 바로 이런 때만을 기다려 왔다고 할 수 있다.

그런데 다크 엘프의 성에 돌아가니 불청객들이 기다리고 있었다.

교황 후보 알베론과 프레야 교단의 성기사들. 웬만해서는 신전을 떠나지 않는 고위 사제들도 20명이나 모습을 보였다.

성기사들이 한쪽 팔을 가슴 앞에 올리며 위드에게 예를 취했다.

"교단의 은인을 뵙습니다."

무려 100명의 성기사들이 기사의 예법에 맞게 인사를 올리는 것이었다.

"와아, 멋있다!"

수르카의 방심을 온통 뒤흔들어 놓을 만큼 멋진 광경이

었다.

환한 대낮에 기사의 복장을 입은 성기사들이 쭉 도열해 있다. 고위 사제들도 엄숙한 자세로 자리를 잡고 있었다.

평범한 신관복을 입고 있는 차기 교황 후보 알베론이 한 걸음 앞으로 나왔다.

"프레야 교단에서는 위드 님을 만나기 위해서 얼마나 고생을 했는지 모릅니다."

"……."

위드는 아무 말도 하지 않았다.

당사자는 가만히 있는데 주위가 난리법석이었다. 한 사람을 청하기 위하여 프레야 교단의 성기사단이 출동한 것이다.

"아아, 프레야 교단의 성기사들!"

이리엔이나 로뮤나는 놀라서 구경하기에 정신이 없었다.

"역시 위드 님이세요!"

화령은 다시금 위드에 대해 감탄했다.

함께 사냥을 하고 있지만, 위드의 명성은 거대하다는 말로도 부족할 정도였다.

마법의 대륙에서 이루었던 절대적인 무력.

그 후로 베르사 대륙에서 써 나가고 있는 무수한 역사들.

들으면서 절로 가슴이 설레었던 모험들!

그 위드와 같이 있다는 사실이 가끔은 믿기지 않을 정도다.

'프레야 교단의 성기사단이 움직이다니. 그리고 저 신관

은, 모르긴 해도 교단에서 굉장히 높은 사람일 텐데.'

메이런 또한 놀란 토끼 눈이 되어서 위드를 보았다.

그 담담한 얼굴. 입가에 맺혀 있는, 어쩐지 귀찮아하는 듯하기까지 한 미소.

마치 이 정도쯤이야 당연하게 여기는 듯한 여유로움이 아니던가.

'정말 위드 님은 대단하구나. 모험가로서 저런 여유가 있기에 힘겨운 퀘스트들을 할 수 있었던 거야.'

제피가 감탄하며 말했다.

"프레야 교단의 성기사들이 위드 님을 모시기 위해서 이곳까지 왔군요."

그러나 실제는 판이하게 달랐다.

위드는 당장이라도 어디로든 도망치고 싶었다. 그렇지만 성기사단은 매우 빠른 속도로 다가와 위드와 일행을 포위해 버린 것이다.

억지로 짓고 있던 썩은 미소!

'왜 이곳까지 쫓아와서……'

위드는 인상을 찌푸리면서 알베론을 향해 물었다.

"무슨 일이지?"

"추위와 몬스터의 땅 모라타. 진혈의 뱀파이어족들이 퇴치된 이후에 모라타 지방에는 성기사들이 파견되어서 치안을 확립하고 있었습니다."

"그런데?"

모라타 지방은 위드가 진혈의 뱀파이어족을 퇴치하면서 한동안 머물렀던 곳이다.

황량한 얼음 대지가 펼쳐진 땅.

마지막에 본 것은 돌로 변해 있던 사람들이 깨어난 모습이었다.

"북부의 역사에 대해서 알고 계십니까?"

"북부의 역사?"

"아주 오래된 이야기입니다. 이미 사라져 버린 니플하임 제국의 역사."

이쯤 듣자 대충 감이 왔다.

'무언가 어려운 퀘스트가 벌어지려고 하는구나.'

명성이 높은 부작용!

퀘스트를 거절하려고 해도 알아서 찾아온다는 점이다.

"죽음의 계곡을 정화하여, 왕의 명예와 니플하임 제국의 보물을 찾아야 합니다."

"왕의 명예와 보물?"

"그렇습니다. 지금 북부로 떠나야 합니다."

알베론의 지시에 따라 사제들이 즉석에서 텔레포트를 준비했다.

빼도 박도 못하고 다시금 모험을 떠날 수밖에 없는 상황!

위드는 애처롭게 물었다.

"이번에도 동료는 데려갈 수 없는 것인가?"

혼자서 죽을 수는 없다. 어떻게든 동료들을 데려가야 한다. 맨땅에 헤딩을 하는 것도 정도가 있지, 북부는 얼음 땅이다. 그 추위를 견디면서 혼자만 지낼 수는 없다.

"혹시 데려가실 동료 분이 있습니까?"

"그렇다."

위드가 일행을 한차례 돌아보았다.

물귀신을 방불케 하는 눈빛!

'고생은 나눠야 돼! 타인의 괴로움이 나의 편안함인 것이지.'

페일이나 제피는 몸서리를 쳤다.

'안 돼! 제발 나만은……! 이제 조금 편하게 쉴 수 있을 줄 알았는데.'

'모진 놈 옆에 있으면 이런 식으로 당하는구나!'

반면 메이런은 모험에 대한 기대로 불타오르고, 화령도 마음이 설레었다.

'모험이다! 사냥만 하면서 성장한 내가 이제야 드디어 진짜 모험을 해 보는 거야. 그것도 위드 님의 모험! 대륙을 떠들썩하게 만드는 그런 모험이다.'

'위드 님과 같이한다면 어디든 갈 수 있을 거야. 아무리 힘든 곳이라도.'

혹한과 무더위라고 할지라도, 화령은 위드와 함께라면 견

딜 수 있는 각오가 되어 있었다.

그런데 알베론이 고개를 저었다.

"모두 데려갈 수는 없습니다. 믿을 수 있는 사람 1명밖에 데려가지 못합니다."

"1명이라."

위드가 누구를 데려가야 할지 고민할 때, 서윤이 앞으로 걸어 나왔다. 실제로는 세에취가 힘껏 떠밀어서 어쩔 수 없이 밀려 나온 것이지만.

"그런!"

위드는 엄청나게 놀랐다.

왜 하필이면 살인자 출신의 저 여자란 말인가! 유일하게 꺼리는 여자가 나오고 말았다.

그러나 대놓고 거절하기도 힘들다.

서윤의 무서움!

게다가 가장 강한 서윤을 데려가는 편이 도움이 될 거란 생각도 들었다. 그렇게 잠깐 동안 머뭇거리는 사이에 알베론이 말했다.

"이것으로 인원은 결정되었군요. 그럼 북부로 이동하겠습니다."

텔레포트 마법진을 형성한 채로 대기하고 있던 고위 사제들이 마법진을 발동시켰다.

환한 빛이 성기사와 사제들, 위드와 서윤을 뒤덮었다.

와삼이!

각진 턱을 가진 와이번은 사납게 포효했다.

"끄어어어어억!"

와이번들은 미칠 지경이었다. 기껏 로디움까지 날아갔더니 그들의 주인은 유로키나 산맥으로 돌아갔다!

그리하여 와이번들은 금인이를 태우고 다시 유로키나 산맥으로 날아갔다. 햇빛을 듬뿍 받아 몸뚱이가 뜨겁게 달구어지는 것도 감수하면서 말이다.

마침내 유로키나 산맥으로 다시 돌아왔을 때, 와이번들은 완전히 기진맥진해 있었다. 그래도 향긋한 꽃 냄새를 맡으면서 기분이 좋아졌다.

게다가 유로키나 산맥에는 와이번들이 좋아하는 짐승들이 유독 많았다.

사슴이나 멧돼지들!

가장 좋아하는 음식인 말처럼 맛있지는 않아도, 상당한 진미라고 할 수 있다.

더구나 산맥의 안쪽으로 조금만 들어가면 켄타우로스가 다수 나온다. 하체는 말이고, 상체는 인간인 몬스터.

활과 창을 잘 다루어서 사냥하기는 어렵지만, 와이번들이 레벨을 올리기에는 최적의 몬스터였다.

그런데 그들의 주인은 또다시 멀리 떠났다.

이번에는 북부 대륙!

로디움보다도 훨씬 먼 곳이었다.

"끄룩끄룩!"

와일이가 분노에 차서 목을 떨었다. 그러나 충성스러운 와이번들은 곧 자신들의 주인을 떠올렸다.

"그래도 우리에게 생명을 준 주인이다."

"그 못난 조각사를 지켜 주어야 한다."

"우리들이 지켜 주지 않으면 안 되는 무능한 주인."

"연약한 주인을 보호하러 가자."

와이번들은 다시금 하늘로 날아올랐다.

멀고 먼 북부.

와이번들은 치를 떨 정도로 싫어하는, 끔찍한 추운 지방을 향해 일직선으로 날았다. 와일이의 몸통 위에는 금으로 번쩍이는 조각상이 있었다.

"골골골!"

차가운 장미 원정대!

부푼 꿈을 안고 떠난 1,650여 명의 원정대는 북부에서 별별 고생을 다 겪었다.

우선 선발대는, 고라스 언덕에 도착하자마자 빙설의 폭풍을 겪었다.

베르사 대륙의 자연이 낳은 대재앙!

건축가 파보는 빙설의 폭풍을 보자마자 삽으로 땅을 파냈다. 땅바닥은 오래된 얼음 덩어리라서 파는 것이 쉽지 않았다. 그래도 죽는 것보단 훨씬 나으니 죽을힘을 다해서 파 들어갔다.

눈치 빠른 원정대원들도, 가지고 있는 무기를 이용해서 땅을 팠다.

그러나 일부 원정대원들은 그대로 서서 빙설의 폭풍이 다가오는 것을 지켜만 보고 있었다.

"땅에 두껍게 쌓여 있던 눈들이 폭풍을 따라 하늘로 솟구치고 있어."

"하늘에서 뭉쳐진 눈과 얼음 조각들이 떨어지는군."

"이토록 맑은 하늘에서 만들어진 얼음 폭풍. 저것이 빙설의 폭풍인가?"

칼날처럼 매서운 바람이 점점 거세어지는데, 그걸 아는지 모르는지 빙설의 폭풍이 다가오는 것을 태연히 기다리고 있었던 것이다.

"차가운 것으로부터의 보호. 몸을 따뜻하게 덥히고 그 온도를 잃지 않도록 하라. 냉기로부터의 저항!"

마법사들이 보호 마법을 펼쳤다.

"빙설의 폭풍을 직접 겪어 보게 될 줄은 몰랐군."

"북부까지 와서 얻은 좋은 추억이 될 거야."

"다른 사람들에게 자랑스럽게 이야기할 수 있는 멋진 모험담이 되겠지."

근거를 알 수 없는 대책 없는 자신감!

그사이 예술가, 생산직의 직업들, 전투 계열 직업을 가진 원정대의 대다수는 구덩이를 파고 그 안에 몸을 숨겼다.

"으으, 춥다!"

이가 딱딱 부딪칠 만큼의 추위!

가스톤과 파보는 확실히 북부로 왔다는 사실을 다시금 느낄 수 있었다. 잠시 후, 어렴풋이 지상에서 벌어지는 소란이 들렸다.

"어, 이 폭풍… 조금 위험해 보이는데? 아직 영역권에 다가오지도 않았는데 굉장한 위력이다. 땅이 뒤흔들리잖아!"

"바람이 엄청나게 거세지고 있어."

"온도가 급속도로 낮아진다."

"얼음 조각! 으아악! 얼음 조각이 날아온다."

"할륜! 할륜이 죽었다!"

"으아아악! 살려 줘!"

빙설의 폭풍은 선발대가 있는 고라스 언덕을 무섭게 몰아쳤다. 차가운 바람과 얼음 덩어리, 눈이 평지에서도 두텁게 쌓이고 흩어지기를 반복했다.

 약 4시간 정도!

 구덩이를 파고 숨어 있던 원정대원들이 추위에 떨면서 기다려야 했던 시간이다.

 딱딱딱딱!

 가스톤과 파보는 구덩이 속에서 심한 추위에 시달렸다. 가만히 있어도 생명력이 매우 빠르게 떨어졌다. 체력이 약한 예술이나 생산직 직업들일수록 바로 감기에 걸리고 말았다.

 북부의 위험에 대해서 잘 알지 못했던 대다수 원정대원들의 상황 또한 비슷비슷했다.

 "추, 추워 죽겠다."

 "날씨가 이렇게 추울 줄이야."

 그렇게 힘든 시간이 지나고 빙설의 폭풍이 완전히 떠나간 후, 언덕 위에는 눈이 두껍게 쌓여 있었다.

 그때부터 1명, 2명 눈을 헤치고 일어났다.

 "으, 우리가 정말 살아 있긴 한 건가?"

 "정말 춥군. 아직도 몸이 눈 속에 파묻혀 있는 것 같아."

 "땀이 그대로 얼어붙을 정도의 추위라니."

 가스톤과 파보의 얼굴은 시퍼렇게 변해 있었다.

 체력이 약한 예술이나 생산직 유저들은 대다수 상황의 심각함을 인식하고 땅을 파고 숨었다. 그런데 그 추위가 너무나도 지독해서 거의 다 얼어 죽었다.

하지만 가스톤은 건축가인 파보 덕분에 살 수 있었다. 파보가 깊고 튼튼하게 땅을 파서 내부가 그럭저럭 버틸 만했던 것이다.

파보가 삽을 들고 얼어붙은 입술을 간신히 움직였다.

"거의 전멸지경이군."

"다시는 겪고 싶지 않은 추위야. 아직도 손발이 제대로 안 움직여."

가스톤은 약한 체력 때문에 몸을 오들오들 떨었다. 말을 할 때마다 수염에 작은 얼음 조각이 붙어서 덜렁거렸.

빙설의 폭풍이 지나가고 난 이후, 고라스 언덕 위는 매우 분주해지기 시작했다.

"살아남은 사람이 몇 명인지 확인해라."

"성직자들은 어서 치료를!"

"여기 위급한 환자가 있습니다!"

선발대에 속해 있던 성직자들은 7명. 그중 살아남은 2명의 성직자들이 분주하게 뛰어다니면서 사람들을 치료했다.

그러나 살아남은 사람은 많지 않았다.

자신의 강함을 믿고, 빙설의 폭풍에 정면으로 저항해 보려고 했던 이들은 죽음을 면치 못했다. 눈덩이에 두들겨 맞고, 날카로운 얼음 덩어리에 꽂혀 맞이하는 처참한 죽음이었다.

구덩이를 파는 쪽을 선택한 것은 130여 명가량!

그러나 어설프게 급조한 구덩이로는 빙설의 폭풍을 견디기 힘들었다.

사나운 바람이 등줄기를 할퀴고, 얼음 조각들이 내리꽂힌다. 구덩이를 깊게 파고, 그 내부에 굴을 만들어 놓지 않은 경우는 거의 죽거나, 목숨을 잃기 직전까지 갔다.

그나마 기사, 전사 등의 직업을 가진 이들은 상황이 훨씬 나았다.

예술 계열의 직업들은 가스톤, 파보를 제외하고 거의 죽고, 체력이 약한 마법사들도 대다수가 죽었다.

결국 빙설의 폭풍이 지나간 이후 최종적으로 살아남은 것은 65명!

"이럴 수가! 시작부터 너무 큰 피해구나."

베로스의 눈가에 착잡함이 어렸다. 그러나 좌절하고 있을 수만도 없었다.

"다들 힘을 내자. 후속 부대가 도착할 때까지 살아남아야 한다."

선발대는 지친 몸을 일으켰다. 살아 있는 사람들끼리 힘을 합칠 수밖에 없는 상황이었다.

"4시간 정도만 버티면 후속 부대가 온다. 그때까지만 참자. 어쌔신들은 레인저들과 함께 주변 정찰을 가도록 하라."

"알겠습니다."

"몬스터를 도발하거나 하진 말고, 순수하게 정찰만 하고

오도록."

 전투 요원들이 상당수 죽거나, 전투 불능 상태에 빠졌다. 그 덕분에 만약 몬스터들의 무리가 습격을 하기라도 한다면 부족한 전력으로 싸워야 했다.

 추위와 괴로움, 굶주림까지!

 몸 상태가 정상이 아니다 보니 생명력과 체력의 회복 속도도 평상시의 절반도 안 되었다.

 후속 부대가 도착할 때까지는 피를 말리는 시간을 보내야 했던 것이다.

 선발대는 주변을 정찰하면서 조심스러운 시간을 보냈다. 다들 몬스터들이 나타나기라도 할까 봐 굉장히 두려워했다.

 하지만 시간이 흘러도 다행히 몬스터의 습격과 같은 불행한 사태는 일어나지 않았다.

 북부의 몬스터들은 매우 포악하며 강하다고만 알려져 있지만, 사실은 지능도 꽤 뛰어났다. 빙설의 폭풍이 지나가는 곳에서는 활동을 하지 않는 덕분에, 몬스터의 습격에 대해서는 안심할 수 있었다.

 그리고 시간이 흘러 후속 부대가 도착하고 난 이후에는 본격적인 진영 설치 작업이 진행되었다.

 건축가들은 천막을 세우고, 얼음 덩어리를 쌓아서 임시로 집을 만들었다.

얼음으로 만든 집은 당연히 추울 것이라고 생각하는 사람들이 많다. 하지만 안에 불을 피워 놓으면 의외로 공기가 따뜻해서 살 만한 곳이 된다.
　"더 높게 쌓아!"
　빙설의 폭풍을 겪고 살아남은 선발대는 특히 마음 놓고 머무를 수 있는 안전한 장소를 원했다.
　고라스 언덕은 원정의 출발지였다.
　유사시에는 다시 이곳으로 돌아와서, 최후의 몬스터의 침입을 막아 내야 한다. 그러려면 이곳의 설비 또한 방어에 도움이 될 수 있어야 했다.
　그러나 지지부진한 작업량!
　차가운 장미 길드의 정예들. 남들이 부러워하는 고레벨 유저들이었지만, 얼음을 잘라 내고 쌓는 일에는 익숙하지 않았다.
　큰 얼음 덩어리를 떨어뜨리거나 엉터리처럼 집을 쌓기 일쑤였다.
　설상가상 삽으로 땅을 파는 것도, 다들 어색하기 짝이 없었다.
　그들이 언제 삽질을 해 보았겠는가.
　몬스터와 싸우는 것은 익숙해도, 집을 짓고 삽질을 하는 건 이번에 처음 해 보는 경우가 많았다.
　"좀 비켜 보쇼!"

후속 부대에 속해 고라스 언덕에 온 검삼백육십사치가 삽을 들고 나섰다.

"자네는?"

"내가 하는 거나 제대로 보고 따라 하시구려. 에잇!"

검삼백육십사치는 삽을 땅에 가볍게 대고, 발에 체중을 실어 힘차게 밟았다.

그러자 가볍게 파고 들어가는 삽!

파바바바바박!

무시무시한 기세였다. 마치 살아 있는 생명처럼 삽이 움직일 때마다, 땅이 푹푹 파였다.

최적의 효율을 찾아서 움직이는 삽.

"삽질은 요령이라니까."

검삼백육십사치의 말에 원정대원들은 고개를 끄덕일 수밖에 없었다.

검삼백육십사치에게는 얼음을 쌓는 것도 쉬운 일이었다. 피라미드를 만들면서 비슷한 종류의 일을 해 보았다.

게다가 삽질과 벽돌 쌓기!

남들이 가지고 있지 않은 건축 계열 스킬들이 있었기에 작업의 효율은 훨씬 높아졌다.

카드모스가 이끄는 재봉사들도 열심히 원정대가 입을 옷을 바느질했다.

"따뜻한 것을 최우선으로 한다. 옷감 재료는 물에도 잘 젖지 않는 소재로 해."

상상을 초월하는 추위에 필요한 것은 보온이었다.

재봉사들이 만들어 주는 옷을 입고 원정대는 더욱 힘을 낼 수 있었다.

바드들은 악기를 연주하며 노래 불렀다.

찬 바람이 불어오는 곳
얼음이 내리는 땅
어떤 전설과 모험이라도 나는 사랑해
모험과 낭만이 머무르는 고라스 언덕

10명이 넘는 바드들의 합창.

생명력과 활기를 불어넣기에 충분한 것이었다.

"유혹의 춤!"

댄서들은 추위에도 불구하고 과감하게 배꼽을 드러낸 옷차림으로 춤을 추었다.

격정적이고 매력적인 춤.

그 존재만으로도 원정대에 용기를 불어넣어 줬다.

요리사들도 바쁘게 움직였다.

"나물은?"

"로디움에서 손질해 온 것들이 있습니다."

"추운 곳이라서 체력이 더 빨리 떨어지는 것 같으니 푸짐

하게 먹일 수 있도록 해. 고기도 아낄 필요 없어. 있을 때 듬뿍 넣어."

요리사들은 추위를 이길 수 있도록 얼큰한 탕을 만들었다. 그 탕을 마시고 나니 추위를 버티는 데 훨씬 도움이 되었다.

뎁스는 조각칼을 들고 얼음 덩어리를 노려보았다. 조각 재료를 보면서 머릿속에 떠오르는 형상을 구체화시킨다.

그때 파보가 추위에 떨면서 걸어왔다.

"뎁스라고 했던가?"

"예, 어르신."

뎁스는 공손하게 인사를 했다.

아직은 어린 소년인 뎁스에게, 파보는 한참이나 어른이었던 것이다.

"지금 뭘 하려는 거지?"

조각사인 뎁스가 얼음 덩어리를 보고 있으니 원정대원들은 다들 궁금하게 생각하고 있었다.

그러던 차에 파보가 궁금증을 해결하기 위해 와서 물어본 것이다.

"조각품을 만들려고 합니다."

"조각품? 오오, 그랬군."

어떤 극한의 환경에서도 조각품을 만들겠다는, 조각사의 의지!

파보는 건축가였지만 충분히 이해할 수 있었다.

"그럼 수고하게. 옆에서 지켜봐 주고 싶지만 여긴 너무 추워서 난 원정대원들이 있는 곳으로 돌아가야겠네."

"그렇게 하시지요."

"빨리 조각품을 만들고 자네도 오게."

"예, 저도 금방 갈게요."

파보는 눈밭을 헤치고 원정대원들이 있는 곳으로 돌아갔다.

불과 30미터도 되지 않는 거리였지만, 언덕의 정상인 이곳에는 무시무시한 바람이 불었다.

체력과 생명력이 낮은 파보가 견디기는 힘든 날씨였다.

"그럼 시작해 볼까."

뎁스도 무척이나 추웠지만, 주변에 조각 재료들이 널려 있는 것을 보니 참을 수가 없었다.

'부족한 내 실력으로 잘될지는 의문이지만.'

로디움에서는 그럭저럭 명성을 날리고 있는 조각사 뎁스! 그러나 그의 조각술 스킬은 겨우 초급 8레벨에 불과했다.

'해 보지도 않고 실패를 말할 수는 없지.'

그래도 포기하지 않고 얼음 덩어리에 조각칼을 대어 깎아 내리기 시작했다.

사각사각!

대부분의 조각품들에는 구체적으로 정해진 형상이 있다.

동물, 식물, 사물.

뎁스도 지금까지는 구체적인 형상을 가지고 있는 것들을 조각했다. 그러나 이번에 만드는 것은 달랐다.

맨 처음에는 평범한 독수리를 만들었다. 생생하고 날카로운 눈빛을 가지고 있는 독수리였다.

그러나 그 독수리는 입을 찢어져라 벌리고 있었다.

맛있는 먹이를 먹기 위함은 아니었다.

독수리 스스로도 어쩔 수 없는 상황에 빠졌다.

배 속에서 들끓는 뜨거움을 주체할 수 없는 상황!

독수리가 크게 벌린 입에서부터 화염이 뿜어져 나온다.

처음에 만든 독수리는 그저 조각품의 멋을 살리기 위한 구성품에 불과했다.

진정한 조각품은 불!

이글거리면서 뜨겁게 타오르는 불길!

거친 바람에도 꺼지지 않고 흩날리는 불을 조각하는 것이었다.

뎁스는 고라스 언덕의 세찬 바람에 흔들리면서 피어나는 불을 완성했다.

손을 대면 금방이라도 데일 것 같은 뜨거움!

얼음으로 만드는 불의 형상.

띠링!

**걸작! 대륙의 불을 완성하셨습니다!**
황량한 북부의 땅. 얼음과 몬스터들로 가득한 이곳. 매서운 추위 속에서 미천한 예술가의 작품이 완성되었다.
꺼지지 않는 열정의 조각품.
풍부한 상상력을 단단한 얼음으로 빚어낸 조각품은 매우 조악한 솜씨로 만들어졌다. 조각술의 매력에 대해서 간신히 깨달음을 얻으려고 하는 예술가의 작품.
알려지지 않은 그의 작품은 대륙 어느 곳에서도 찾아보기 힘들다.
**예술적 가치** : 340.
**특수 옵션** : 대륙의 불을 본 이들은 생명력과 마나 회복 속도가 하루 동안 7% 증가한다.
추위에 대한 내성 15% 상승.
빙계 마법에 대한 특별 저항력.
모닥불의 불꽃이 오래 지속된다.
불을 다룰 수 있는 종족들의 생산력이 증대됨.
다른 조각품과 중복 적용되지 않음.
**지금까지 완성한 걸작의 숫자** : 1

-조각술 스킬의 숙련도가 향상되었습니다.

-명성이 320 올랐습니다.

-예술 스탯이 56 상승하셨습니다.

-인내가 4 상승하셨습니다.

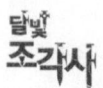

뎁스는 대륙의 불을 완성하고 나서 깜짝 놀랐다.

"내… 내가 해냈다!"

그의 인생에서 첫 번째 걸작품!

뎁스가 만든 조각품은 원정대원들에게 가뭄 속의 단비와도 같았다.

원정대원들은 완성된 조각품을 보며 경악을 금치 못했다.

"얼음으로 조각품을 만들다니! 저런 조각품은 처음 봤는데, 대단하군."

"그보다도 추위가 줄어들었잖아."

"이제 살 만해졌다!"

"떨어졌던 체력이 원상태로 돌아오고 있어."

극도의 추위 속에서 허덕이던 원정대원들은 그제야 한숨을 돌릴 수 있었다.

사람들은 예술 계열 직업이나 생산직들이 다수 원정대에 참여했다고 했을 때, 그리 큰 기대는 하지 않았다.

아예 없는 것보다는 조금 나은 정도? 어떤 결정적인 능력을 보여 주리라고는 믿지 않았다.

평상시에 조각사에 대해서는 이야기만 많이 들었다.

굉장히 고되고 힘든 직업이라고. 돈도 안 되고, 전투력도 떨어져서 무시당하기 일쑤라고 했다. 게다가 예술의 도시 로디움에서 워낙 빈곤하게 지내는 예술가들을 많이 봐 와서 조각사에 대해서는 나쁜 인식까지 가지고 있었다.
 그런데 그 조각사의 조각품은 만만히 볼 수가 없는 것이었다.
"조각품에 능력이 있었다니."
"이제부터는 조각사를 달리 봐야겠군."
"차라리 우리들보다 훨씬 낫잖아?"
 조각품 하나로 열악한 환경을 극복할 수 있는 직업.
 이제는 조각사에 대한 환상마저 심어졌다. 어떤 곳에서라도 실력을 발휘할 수 있는 고귀한 예술가로 보였다.
 다른 직업군들도 저마다 다양한 분야에서 작업을 하면서 능력을 과시했다.

 오베론을 마지막으로, 모든 원정대원들이 고라스 언덕에 도착했다.
 북부를 탐험하기 위해서 온 1,650여 명의 대인원.
 이전까지는 생산 직업과 예술 직업들이 은근히 무시를 당했었다. 그런데 정작 북부에 오고 나니 바로 그들의 활약 덕분에 원정대가 편할 수 있었다.
 오베론은 전혀 달라진 원정대의 모습을 보면서 고개를 끄덕였다.

"정말 잘한 선택이었어."

베로스도 드물게 얼굴을 펴고 웃었다.

"그렇죠. 로디움에서 저들을 받아들인 덕분에 원정이 훨씬 쉬워질 것 같은 예감이 듭니다."

쓸모없다고 천시받던 직업들이었지만 정말 놀라운 활약을 해 주고 있었다.

"다음부터는 조각사들도 원정대에 반드시 포함시켜야겠군."

예술가들에 대해 별로 기대하지 않았던 오베론마저 그런 다짐을 할 정도였다.

원정대는 이제 본격적으로 움직일 준비를 갖췄다.

오베론은 고라스 언덕을 중심으로 사방으로 탐험대를 파견했다.

10명씩 조를 짜서 보내는 탐험대!

모험가와 기사, 레인저, 성직자 등이 인근에 있을지도 모를 마을과 성을 찾기 위해서 움직였다. 마을을 발견하게 되면 퀘스트와 정보를 얻기 위하여, 명성이 높은 이들도 1명씩은 꼭 끼었다.

몬스터들이 많은 북부에서 목숨을 걸고 나서는 탐험이었다. 그러나 모든 일이 순조롭게 이루어지지만은 않았다.

상상도 할 수 없는 추위에 체력이 저하되고, 식량을 구하지 못해서 굶주렸다. 길을 잘못 들어서 눈과 얼음 기둥밖에 없는 땅에서 헤매기도 했다. 그래도 얼음 계열을 전문적으로 익힌 마법사들은 신이 났다.

"아이스 볼트!"

추위 덕분에 위력이 훨씬 강해진 빙계 마법!

그러나 곧 강한 반발에 부딪혔다.

"빙계 마법 쓰지 마!"

"우릴 다 얼려 죽일 셈이야?"

전사나 기사들은 체온이 더욱 내려가서 죽을 맛이었던 것이다.

거기에 북부의 몬스터들은 추위에 대한 내성이 워낙 강해서, 전투에서는 생각만큼 강력한 위력이 발휘되지 않았다.

얼음 동굴!

모험가들이 간신히 발견한 얼음 동굴에서는 굉장한 한기가 흘러나왔다. 표면을 덮고 있는 얇은 얼음을 깨고 나서야 들어갈 수 있는 동굴이었다.

"뭔가 있을 것 같다."

"들어가 보자."

무시무시한 몬스터들이 들끓는 장소로 멋모르고 들어가서 다수의 원정대원들이 죽기도 했다.

아무리 원정대가 강하다고 해도, 추위의 힘이 극대화되는 이곳에서는 얼음 계열의 몬스터들이 더욱 힘을 발휘했던 것이다.

간신히 던전을 점령하고 약간의 보물을 찾기도 했지만, 그것으로 위로가 되진 않았다.

그렇게 열흘 정도 고생을 했을 무렵부터 불만이 터져 나왔다.

"괜히 와서 고생만 하잖아."

"난 벌써 두 번이나 죽었어."

"너무 추워. 땅에 쌓인 눈 때문에 걷기도 힘드네."

어디든 움직이려면 무릎 높이까지 쌓인 눈을 치우고 가야 했다.

설상가상으로 원정대에서 준비해 온 말들은 모두 얼어 죽고 말았다. 육체적인 피로가 극에 달할 것은 두말할 필요가 없는 노릇!

"가도 가도 눈이야."

"언제까지 걸어야 하는 거야. 정확한 위치도 모르면서."

지루하고 괴로운 원정에 싫증을 내는 사람들이 속출했다.

시원한 전투와 모험을 기대했건만 식량이 부족해서 굶주리고, 몬스터들은 일부러 찾아다녀야 할 판이었다.

그나마 발견하는 몬스터들은 너무 강하거나 너무 약했다. 정보가 부족한 탓이었다.

탐험대를 파견해서 주변의 지리를 파악하고 수집하고 있었지만, 무슨 이유에서인지 중간에 연락이 끊어지는 이들이 속출했다.

"이럴 바에는 그냥 돌아가는 편이 낫겠어."
"눈이라면 지긋지긋해."
분열과 혼란!
각 길드들은 패거리를 이루어서 독자적인 활동을 개시했다. 차가운 장미 길드가 원정을 이끌었다고는 해도, 이미 몇 번의 실패로 인해 신뢰를 잃었다.
급속하게 무너진 원정대의 조직력.
저마다 개별적인 활동을 하면서부터 원정대는 거의 와해 직전이었다.
많은 고레벨 유저들이 뭉쳐서 온 원정이 실패로 돌아가고 있었다.

# 죽음의 계곡

휘이이잉!

잠시 후 눈을 떴을 때, 위드는 텔레포트 게이트가 있는 동굴 안에 있었다. 동굴 입구에서부터 찬 바람이 불어왔다.

"으으, 추워!"

매우 익숙하기만 한 상황!

추위 속에서 벌벌 떨면서 살았던 경험이 있기에 강한 찬바람에도 동요하지 않을 수 있었다.

"결국 이곳에 다시 오고 말았군."

북부. 그것도 험난한 이곳에 서윤과 같이 오게 되고 만 것이다.

위드는 감기에 걸리기 전에 서둘러 옷을 갈아입었다.

예티의 두꺼운 털가죽으로 만든 옷!
겉으로는 별로 좋아 보이지 않지만 보온만큼은 확실하다.
'역시 겨울에는 따뜻한 게 최고야.'
멋을 내기 위해서 얇은 옷을 입는 사람들.
위드는 그들을 보며 비웃었다.
'저렇게 추운 옷을 입고 어딜 돌아다닌다고.'
자고로 옷은 두꺼운 게 좋다. 찬 바람은 일절 들어오지 않을 정도로 따뜻한 옷.
얇고 좋은 소재로 만든 옷들은 유행이 지나고 나면 바꿔야 한다. 하지만 그가 입는 옷은 매우 특별했다.
털과 솜이 가득 들어 있는 옷.
이른바 바닷가에서 배를 타는 아저씨들이 많이 입고 다니는 그런 것이었다. 가장 두꺼운 옷. 이것보다 두꺼운 옷이 없기에 매년 그대로 입을 수 있다.
다만 부작용이라면, 이런 옷을 입으면 도저히 젊은 청년으로는 안 본다는 점!
17살에 우유 배달을 하면서 최초로 아저씨라는 소리를 들어 본 적이 있었던 것이다.
끔찍한 기억, 다시는 되돌리고 싶지 않은 아픔.
"크흠."
위드가 주변을 살펴보니 알베론과 서윤이 있었다.
교황 후보 알베론. 레벨이 높고 고위 신성 마법도 많이 익

히고 있어 데리고 다니기 무척 편했다.

　알베론이 없었더라면 진혈의 뱀파이어족도 이길 수 없었으리라.

　이번에는 북부에서 덩그러니 알베론과 서윤에게 의지하면서 퀘스트를 수행해야 했다.

　위드는 알베론을 향해 명령했다.

　"춥다. 우선 모닥불이나 피워 봐라."

　"네."

　알베론은 공손하게 대답을 한 후에, 주변의 나무들을 모아서 불을 피웠다. 착하고 순수한 알베론은 시키는 일이라면 군소리 없이 잘했다.

　그사이에 서윤의 입술은 시퍼렇게 변해 있었다.

　교황 후보 알베론이야 냉기가 침범하지 못하는 사제복을 입고 있다. 위드도 예티의 가죽을 입어서 어느 정도의 추위는 견딜 수 있었다.

　하지만 서윤에게는 특별히 보온과 관련된 옷이 없으니 상당히 추울 수밖에 없다.

　위드는 배낭에서 바느질 도구와 가죽을 꺼냈다.

　당분간은 어쩔 수 없이 서윤과 함께 다녀야 하니 옷을 직접 만들어 주려는 것이다. 다행히 검치 들의 옷을 만들어 주고 남은 가죽이 있었다.

　위드는 가죽을 자르고 평소보다도 꼼꼼하게 바느질을 했다.

띠링!

> **여성용 가죽 옷** : 내구력 80/80. 방어력 25.
> 오래 산 검은 수퇘지의 가죽으로 만든 옷.
> 굉장한 감수성을 가진 재봉사가 중급 이상의 재봉용 재료를 써서 만든 옷이다.
> 팔과 다리를 자유롭게 움직일 수 있으며, 두껍지 않아서 활동하기에 편하다.
> **제한** : 레벨 250.
> **옵션** : 민첩 +20.
>    화살이 잘 박히지 않는다.
>    댄서가 입을 경우에 춤의 효과가 3% 증가함.

이윽고 위드는 옷을 완성해서 서윤에게 내밀었다.

"입어…요."

나오지 않는 존댓말을 억지로 하면서!

위드가 만든 옷은 기본적인 가죽 옷이다. 갑옷 안에 얼마든지 받쳐 입을 수 있다.

마법사나 성직자들은 힘이 약해서 불가능하지만, 갑옷을 입을 수 있는 이들은 이런 가죽 옷 위에 추가로 입기 때문에 더욱 뛰어난 방어력을 갖는 것이다.

서윤의 체형에 대해서는 조각품을 만들면서 이미 알고 있었으니 맞춤옷을 제작할 수 있었다.

그런데 서윤은 옷을 받지 않았다.

"……."

그저 물끄러미 위드가 내민 옷을 보고만 있는 것이다.

위드의 머릿속에 스쳐 가는 생각.

'잘 모르는 사람이 주니 부담스러워하는구나.'

오크 카리취로서 며칠간 동행을 한 적이 있지만, 그것은 그녀는 모르는 일이었다. 아주 예전에 교관의 통나무집에서 바비큐를 같이 먹었던 적밖에 없으니 충분히 부담스러워할 수도 있다.

위드는 그런 생각에, 호의를 가득 실은 미소를 보냈다.

"괜찮아요. 입어도 됩니다. 일부러 입으라고 만든 옷이니, 어서 받으세요."

그러나 서윤은 아무 말 없이 고개를 저었다.

'왜 그러지?'

위드는 의아해하면서 그녀의 시선을 살폈다. 서윤은 위드가 입고 있는 예티의 가죽 옷을 무표정하게 보고 있었다.

'설마……!'

순간 스쳐 지나가는 생각!

위드는 서윤의 위치를 확인했다. 그녀는 모닥불 바로 앞에 서 있었다. 조금만 더 다가가면 불에 델 정도로 가까운 거리.

'추위를 싫어하는 거야. 그러면 이 옷을 입지 않겠다는 이유도…….'

부담감 때문에 호의를 거절하기 위한 행동은 절대 아니었던 것이다. 좀 더 따뜻한 옷이 필요하다는 무언의 요구.
　위드가 만든 옷은 여성복답게 적당히 노출도 되어 있고, 가죽을 아끼기 위해서 여러 겹으로 만들지도 않았다. 그것을 날카롭게 확인하고 다른 옷을 바라는 것이다.
　위드는 어쩔 수 없이 새로 옷을 만들어 주어야 했다. 남아 있는 가죽을 다수 사용해서 여러 겹으로, 노출 부위가 없도록 두꺼운 옷을 만들었다.
　그때에야 서윤은 선뜻 옷을 받아 들고 바위 뒤에 가서 갈아입고 나왔다.

　대충 추위를 이겨 낼 준비를 마치고 나서 위드는 알베론에게 물었다.
　"죽음의 계곡이 어디지?"
　"센데임 계곡이라고 합니다."
　"원래 지명이 있었군. 혹시 그곳도 불사의 군단과 관계가 있나?"
　위드가 경험한 큰 퀘스트는 대체로 불사의 군단과 연관이 있는 경우가 많았기에 던진 질문이었다.
　그러나 알베론은 고개를 저었다.
　"바르칸이 지휘하는 불사의 군단은 교단에서 조사를 하고 있습니다. 이번 일은 불사의 군단과는 다른 것으로 알려져

있습니다. 오래전 니플하임 제국과 관련된 일입니다. 센데임 계곡에 대한 정보는 모라타 마을의 장로에게서 얻으실 수 있을 것입니다."

"그렇군."

위드는 동굴 밖으로 나왔다.

멀리 보이는 흑색의 거성!

진혈의 뱀파이어와 싸웠던 그곳, 모라타 성이었다.

과거에는 폐허가 되어 있던 성 앞마을의 집들도 이제는 제법 번듯하게 보수를 마친 모습이었다. 여기저기 주민들도 돌아다니고 있었다.

"그럼 가자."

위드는 터벅터벅 모라타 마을을 향해서 걸었다. 그러자 알베론과 서윤이 조용히 따라왔다.

마을 주민들은 위드를 크게 반겼다.

"용사여! 이곳에 돌아오신 것을 환영합니다. 우리의 생명을 구해 주신 은혜를 결코 잊지 않을 것입니다."

퀘스트를 깨면서 모라타 마을이 되살아났다.

위드의 마을에 대한 공헌도는 최고 수준! 그 덕분에 마을 주민들의 호의를 잔뜩 받을 수 있었다.

위드는 마을 장로부터 찾아갔다.

과거에는 다 부서지고 뼈대밖에 남아 있지 않던 가장 큰

집이 멀쩡하게 고쳐져서 장로의 집이 되어 있었다. 벽난로에는 장작이 활활 타올라, 온 집 안에 훈훈한 공기가 감돌았다.
"용사여, 어려운 때에 다시 이곳을 찾아 주셔서 진심으로 감사드립니다."
"그렇지 않아도 꼭 와 보고 싶었습니다. 장로님이나 주민들이 모두 무사한 것을 보니 저도 기쁘군요."
"프레야의 기사님과 사제님들이 지켜 준 덕분이지요."
몬스터가 들끓는 마을은 언제라도 침략을 당할 수 있다.
바란 마을이 그랬던 것처럼 사람들이 몬스터에게 끌려가거나 노예로 부려질 수도 있다. 하지만 프레야 교단 덕분에 이 마을은 무사할 수 있었다.
장로는 김이 모락모락 나는 고구마를 바구니 한가득 담아 왔다.
"마침 식사 시간인데, 함께 드시겠습니까?"
"사양하지 않겠습니다."
위드는 식탁에 앉아서 고구마의 껍질을 벗기기 시작했다. 서윤도 그 옆에 앉아서 묵묵히 고구마의 껍질을 벗겨 먹었다.
과거에도 이런 식으로 교관의 통나무집에서 함께 식사를 했던 적이 있었다.
'볼 때마다 뭔가를 같이 먹게 되는군. 이런 것도 인연이라면 인연일까?'
모닥불에 넣어서 구운 고구마. 김이 모락모락 올라오는

밤고구마는 속살이 보기 좋은 노란색으로 잘 익었다.

위드는 고구마를 한 입 베어 먹었다.

고소하면서도 달콤한 그 맛!

'김치가 있다면 딱 좋을 뻔했군.'

김치를 만들 수 있는 요리 스킬은 있었다. 배추나 그와 비슷한 재료들도 존재한다.

하지만 김치를 먹고 싶을 때마다 김장을 할 수는 없는 노릇이었다. 그래서 김치처럼 특별한 음식은 일반적으로 상당히 비싸게 팔리는 편이다.

세계적인 음식으로 널리 퍼진 이후로는 서양인들도 김치를 잘 먹게 되어서, 웬만한 식당에서도 쉽게 찾아볼 수 있었다.

요리사들이 맨 먼저 배우는 것도, 김치처럼 사람들이 즐겨 찾는 음식이었다.

위드는 부지런히 고구마의 껍질을 벗겨 먹었다. 북부에 오고 난 이후에는 그다지 먹은 것이 없어서 허기진 상태였던 것이다.

알베론도 처음에는 조심스럽게 맛만 보더니, 허겁지겁 먹어 대기 시작했다. 그는 한때 위드와 함께 있으면서 음식의 맛을 알게 되었다.

바구니에 가득 담겨 있던 고구마가 빠른 속도로 줄어들어 갔다.

주로 위드나 알베론이 먹고 있었지만, 서윤이 먹어 치우는 양도 은근히 만만치는 않았다.

그때 위드는 장로의 표정을 살폈다.

빌붙어서 먹고사는 인생이란, 언제나 물주의 마음을 살펴야 한다.

좁혀진 미간과 찌푸린 눈!

아니나 다를까, 줄어드는 고구마에 대해서 민감하게 반응하고 있었다.

위드는 고구마를 내려놓으며 물었다.

"센데임 계곡에 대한 정보를 듣고 싶습니다."

퀘스트를 받지 않더라도 죽음의 계곡으로 가면 몬스터나 보물을 찾을 수는 있다. 그러나 필요한 정보를 얻고 보상도 받기 위해서는 퀘스트를 받는 편이 좋았다.

장로는 고구마에 대한 미련을 버리려는 듯이 먼 창밖을 보았다. 사방이 온통 흰 눈으로 덮여 있었다.

"과거 우리 니플하임 제국의 영광에 대해 알고 계십니까?"

"알지 못합니다."

위드는 베르사 대륙의 역사에 대해서도 별도로 공부를 했다. 각 왕국의 흥망성쇠와 영웅들의 이야기.

배경 지식을 이해하고 있어야 중요한 퀘스트를 받는 데 도움이 된다. 그러나 이런 때는 모른다고 하는 편이 나았다. 그래야 더 많은 이야기를 들을 수 있고, 그것은 어쩌면 퀘스

트에 대한 중대한 힌트가 될 수도 있기 때문이다.

장로는 슬픈 얼굴을 했다.

아마도 그 슬픔에는 줄어가는 고구마가 큰 몫을 차지하리라. 그는 위드와 일행을 초대한 것을 후회하고 있는지도 모른다.

"우리들이 사악한 저주에 걸려 돌로 변하기 얼마 전까지만 해도, 니플하임 제국은 번성하던 국가였습니다. 지금처럼 춥지도 않고, 참으로 살기 좋은 땅이었지요. 저는 니플하임 제국의 변방 귀족 중 하나였습니다."

모라타 지방의 마을 주민들은 모두가 과거의 역사 속의 주인공들이라고 할 수 있다. 어떤 면에서 볼 때에는 굉장히 많은 퀘스트를 가지고 있을 수밖에 없는 중요한 마을이었다.

아마도 북부가 본격적으로 개척되기 시작한다면 모라타 마을은 모험가들로 들끓을 수밖에 없으리라.

"그런데 제가 어릴 때에 갑작스러운 몬스터의 침입으로 수도가 불타고, 주민들이 떼죽음을 당했습니다. 명예를 지키며 살아가기로 맹세했던 황제는, 자신의 목숨이 경각에 달하자 비겁하게도 호위병들과 함께 황궁과 수도를 버리고 도망쳐 버렸습니다. 몬스터들은 도주하는 황제를 쫓아갔고, 결국은 따라잡았다고 전해집니다. 그곳이 바로 센데임 계곡이었지요."

"황제는 죽었겠군요."

"아마도 그랬을 것입니다. 황제의 비겁한 죽음으로 인하여 제국은 정통성을 잃고 사분오열되어 귀족들끼리 권력 쟁탈전을 펼치다가 자멸하고 말았습니다. 그러나 이 모든 것은 불확실한 소문일 뿐! 진실은 알 수 없습니다. 그러므로 당시에 일어났던 일이 진정 무엇이었는지, 그 진실을 찾아 주셨으면 합니다."

띠링!

---

**진실과 영광**

니플하임 제국의 황가에서는 영광된 기사들을 많이 배출하였다.
황제 이벤 니플하임 6세는 뛰어난 기사였고, 물러설 줄 모르는 전사였다. 하지만 죽음 앞에서 그의 기사답지 못한 행동은 많은 비난을 받았다.
센데임 계곡에서 벌어진 역사의 진실을 찾아라.
**난이도 : A**
**보상 :** 니플하임 제국의 보물.
**퀘스트 제한 :** 정의로운 자만이 임무를 맡을 수 있음. 극도의 추위를 이겨 낼 수 있어야 함.

---

또다시 A급 난이도의 퀘스트가 나왔다.
위드는 안도의 한숨을 쉬었다.
'그래도 A급으로 그쳤기에 다행이다.'
A급 이상의 퀘스트, 존재한다고만 알려져 있는 S급의 퀘

스트가 나오지 않은 것만으로도 가슴을 쓸어내릴 수 있었다.

위드는 은근슬쩍 서윤을 보았다.

맑은 눈망울과 투명하고 맑은 피부.

예쁘다는 말조차 실례가 되는 건 아닌지 우려될 정도의 아름다움을 가진 그녀. 거기에 형언하기 힘들 정도로 신비로운 매력까지 뿜어내고 있었다.

위드가 만든 단순한 가죽 옷을 입고 있지만, 단아함이 흘러나온다. 어떤 옷을 걸치든지 명품을 만들어 버리는 절대적인 미모를 가진 서윤이었다.

그러나 위드가 보는 건 단순한 싸움꾼이었다.

'이번에도 꽤 어려운 퀘스트를 받은 것 같지만, 도와줄 사람이 하나 있으니 괜찮겠지.'

그동안 지켜본 바에 의하면 서윤의 전투력이야말로 장난이 아니었다. 강력한 스킬, 엄청난 생명력, 지치지 않는 체력과 놀라운 공격력까지!

전투 계열의 직업으로서는 장점만 모아 놓았다고 할 수 있다.

위드나 검치 들 또한 매우 뛰어난 근접전 능력을 보여 주지만, 서윤처럼 적당히 스킬 위주로 싸우는 것도 그렇게까지 나쁜 선택은 아니었다.

여성 특유의 유연하고 부드러운 움직임.

정확한 시점에서 사용하는 높은 숙련도의 스킬까지!

마나만 있다면 더욱 안전하고 빠르게 사냥할 수 있는 것이다.

거기에다가 서윤은 전투를 하다 보면 어느 순간부터 돌변한다. 눈에서 붉은빛을 뿜어내면서 싸우는데, 이것이야말로 광전사의 특징이었다.

광전사가 되면 몬스터를 죽일 때마다 생명력과 마나가 보충된다. 그 양이 미미하긴 하지만, 몬스터들로 가득한 곳에서 싸운다면 결과는 엄청나게 달랐다.

검치 들이 택한 무예인이 소수의 강한 적과 싸우기에 좋다면, 광전사라는 직업은 다수의 몬스터를 쉬지 않고 때려잡는 데 가장 특화된 직업인 것이다.

그런 서윤이 있으니 위드는 퀘스트에 대한 부담감을 훨씬 덜 수 있었다.

"센데임 계곡으로 가서 그때의 일을 조사해 보겠습니다."

-퀘스트를 수락하셨습니다.

흔쾌히 퀘스트를 받아들이고 나니, 장로는 무척이나 좋아했다.

"고맙습니다. 우리들을 위해서 이렇게 어려운 일을 해 주시다니……."

"아닙니다. 당연히 제가 해야 할 일이었습니다. 오히려 먼저 찾아오지 못한 점을 사과드리고 싶습니다. 앞으로도 어려운 일이 있다면 언제든지 저를 찾아 주세요."

사냥도 좋지만, 퀘스트로 얻는 수익도 만만치 않다!

명예의 전당에 올려서 광고 수익을 얻거나 방송사와의 계약을 통해 돈을 벌 수 있었으니 나쁜 조건은 아니었다.

위드는 적당히 친밀도를 쌓아 두기 위해서 작업성 멘트까지 날렸다. 그것이 상당한 효과를 발휘하였는지, 장로의 얼굴에는 존경심마저 어렸다.

"지금까지 진실을 알고자 하는 이들이 수없이 센데임 계곡으로 탐험대와 기사들을 파견했지만 아무도 돌아오지 않았습니다. 센데임 계곡은 그 후, 죽음의 계곡으로 불리게 되었지요."

"……."

장로의 말을 들은 위드는 비명을 지르고 싶었.

'그런 사실은 미리 좀 알려 줘야 할 것 아니야!'

하지만 사실 A급 난이도의 퀘스트였기에 그런 정도의 고난은 이미 예상한 바다. 언제나 맨땅에서부터 시작했으니 두려울 것도 없었다. 지금 와서 마음이 바뀔 만한 이유가 없는 것이다.

장로가 이어 말했다.

"그러면 이분도 같이 가시는 건지요."

서윤을 칭하는 것이었다.

추운 북부로 와서 더욱 냉정한 얼굴을 하고 있는 그녀!

그러나 퀘스트를 공유받기 위해서는 파티에 참여해야 했다.
위드가 손을 내밀었다.
"내 파티에 가입하세요."

- 서윤 님을 파티에 초대하셨습니다.

세에취와 있을 때에는 그들의 파티를 그대로 흡수하는 식으로 이루어졌기 때문에, 개별적으로 파티에 초대하는 것은 처음이었다.
그런데 서윤은 그저 가만히 있을 뿐이었다.
위드는 불길한 예감이 들었다.
'설마 여기까지 와서 파티에 가입을 안 한다는 건 아니겠지.'
퀘스트를 안 받고 위드 혼자만 고생을 하라고 내버려 두는 상황!
충분히 그럴 수 있다고 여겨졌다.
물론 서윤은 겉으로 보이는 태도만큼 냉정한 사람은 아니다.
전투를 좋아하지만 따로 욕심을 내진 않는다. 매우 희귀하게 나오는, 좋은 아이템을 주는 몬스터라고 해도 먼저 덤벼들지 않는 한 싸우지 않는 것만 보아도 그쯤은 알 수 있었다.
하지만 서윤은 주변의 일에 대해서는 철저히 무관심했다.
오크 카리취로 따라다닐 때에도 한마디의 말도 건넨 적이

없었던 만큼, 위드의 퀘스트도 무시해 버릴 수 있는 것이다.
 그렇게 위드가 불안해하고 있을 때, 서윤이 자신의 손을 위드의 손 위에 가볍게 올렸다.

-파티에 새로운 동료를 받아들이셨습니다.

 서윤은 스스로도 자신의 마음을 이해할 수가 없었다. 누군가와, 그것도 잘 모르는 남자와 이렇게 따로 돌아다니리라고는 꿈에도 생각지 못했다.
 물론 세에취가 떠민 덕분에 갑자기 이루어진 일이었지만, 그렇다고 해도 본인이 원하지 않았더라면 여기서라도 따로 행동했을 것이다.
 '이상하게 불편하지 않아.'
 서윤은 의아해졌다.
 교관의 통나무집에서 만나 본 게 전부인 사람이었다. 그런데도 왠지 모르게 위드가 친숙하게 느껴졌다. 세에취를 비롯한 다른 동료들과 다 같이 사냥을 할 때부터 전해져 온 느낌이었다.

— 이리엔 님, 어서 서윤 님의 치료를!

서윤은 한마디 말도 하지 않았다. 생명력이 떨어져 있다고 해도 입 밖으로 그것을 표시하지 못한다. 그럴 때마다 위드가 미리 살피다가 치료를 받을 수 있도록 해 주었다.

전투가 끝나면 붕대를 감아 주기도 하고, 무기나 방어구의 수리도 해 주었다.

이런 느낌은 예전에도 가졌던 적이 있었다.

유노프 협곡에서 동행했던 오크 카리취의 느낌.

얼굴은 지독하게 못생겼지만 눈빛이 참 선하던 오크 카리취.

무기를 수리하고 돌보아 주는 것까지 상당히 비슷했다.

말을 하지 않는 그녀이기에 사람을 볼 때에는 표정이나 눈빛을 더욱 세심히 살핀다. 한마디의 대화도 나누었던 적이 없지만, 서윤은 그 때문에 더욱 다른 사람의 분위기나 기질을 잘 파악했다.

위드에게서는 그때의 오크 카리취의 느낌이 났다.

서윤이 밝힌 적 없는 그녀의 마음을 이해해 주고, 언제나 뒤에서 지켜 주던 그 든든한 오크의 모습이, 위드를 보면서 떠올랐다.

말이 아닌 마음과 느낌을 믿었다.

그 때문에 서윤은 위드와 함께 다닐 수 있었다.


장로의 집에서 나온 위드는 모라타 마을을 돌아다니면서

정보들을 수집했다. 주민들이나 프레야의 성기사들, 사제들이 그 목표가 되었다. 프레야의 성기사들은 이 모라타 마을을 지켜 주기 위해서 그대로 남아 있었던 것이다.

위드는 우선 여행 물품을 구입하면서 상점 주인들에게 센데임 계곡에 대해서 질문했다.

"센데임 계곡? 죽음의 계곡으로 더 잘 알려진 곳이지. 그곳에는 다수의 몬스터들이 있다고 해."

"어떤 몬스터인지 알 수 있을까요?"

"음… 아이스 트롤이 있을 거야. 죽음의 계곡 같은 곳에서는 아이스 트롤들이 많이 출몰하거든."

아이스 트롤!

뛰어난 신체 재생 능력을 가지고 있고, 추위를 이용하는 능력이 탁월해서 상대하기 쉬운 몬스터는 아니다.

그러나 위드가 이런 정도의 위협에 굴복할 리는 없었다.

어쨌거나 던전이 아닌 계곡이라면 1마리씩 유인해서 사냥할 수 있다. 시간이 꽤 걸리겠지만, 활로 유인해서 하나하나 잡는다면 불가능한 일은 아니다.

물론 덧붙여 지독한 노가다를 해야 하겠지만, 그쯤이야 늘 해 왔던 것이니 무서울 게 없었다.

'아이스 트롤의 피는 아주 고가에 팔리지. 웬만한 약초보다도 효과가 좋고 포션의 재료로 쓰이기도 하니까.'

매사에 견적부터 뽑아 버리고 마는 위드!

강한 몬스터가 무서운 것이 아니라, 가죽밖에 남기는 것이 없는 몬스터가 제일 두렵다. 그나마 그 가죽마저도 싸구려라면 그 이상 끔찍한 몬스터가 없는 것이다.

'계곡이라면 지형지물이 상당히 중요하겠군.'

계곡의 위쪽에서 아래로 화살을 쏠 수만 있다면, 생각보다 상당히 쉬운 사냥이 될지도 모른다.

'하지만 아이스 트롤들이 계곡 위쪽을 장악하고 있다면 점령전을 펼쳐야 하는데, 그러면 훨씬 까다로워질 거야.'

위드도 점령전에 대한 경험은 없었다.

몬스터들이 장악한 지역에 대한 탈환 작전!

실질적인 공성전이나 다를 바가 없는 것이다.

과거에 알베론과 몇몇 성기사들을 데리고 모라타 성에서 진혈의 뱀파이어족과 싸웠던 것과는 상황이 많이 달랐다. 그때는 뱀파이어들의 숫자도 적었고, 공성전다운 느낌도 없었다.

위드는 다른 마을 주민들에게서도 정보를 얻었다.

"죽음의 계곡이라면 여기서 꽤 먼 곳이야. 최소한 1달은 가야 할걸. 왜 그렇게까지 오래 걸리냐고? 니플하임 제국의 영토는 광활하기 때문이지."

"아이스 트롤? 물론 아이스 트롤도 있기야 하겠지. 하지만 몬스터만 위험하냐면, 그것은 아니야. 나도 할아버지에게 들은 이야기인데, 그곳에는 원래 니플하임 제국의 보물 창고

가 있었다더군. 그래서 위험한 함정들이 대단히 많을 걸세."

몬스터와 함정으로 가득 찬 죽음의 계곡!

"매일 아침마다 어떤 지독한 기운이 솟구쳐 나온다고 해. 그 때문에 죽음의 계곡 근처에서는 어떤 식물도 자라지 못한다지."

"새하얀 무언가가 죽음의 계곡 근처에서 날아다니는 걸 보았다는 사람들도 있어."

"나는 잘 모르지만, 그 날아다니는 것은 굉장히 컸다고 하더군. 몸뚱이가 무려 300미터가 넘는다던데. 말도 안 되는 일이지. 아마 본 사람의 착각일 거야."

성기사들도 한마디씩 했다.

"죽음의 계곡요? 그곳은 굉장히 위험합니다. 아이스 트롤뿐만 아니라 다른 몬스터들도 다수 있습니다."

"교단에서 추측하기로는, 아마도 몬스터 밀집 지역이 아닐까 합니다."

"그렇게 많은 몬스터들이 한곳에 모여 있는 것은 누가 보더라도 비정상적인 상황일 수밖에 없지요. 아마도 그들을 이끄는 보스 몬스터가 있으리라 짐작됩니다. 수백 년간 몬스터들을 장악해 올 정도라면 보통 몬스터가 아닐 테니 각별히 주의하셔야 됩니다. 가능하다면, 보스 몬스터만큼은 무슨 수를 써서라도 피하시는 편이 좋겠지요."

"프레야 여신님의 가호가 함께하고 있으니 용기를 잃지

마시기를."

위드는 정보를 모으면서, 죽음의 계곡에서의 일을 어느 정도 머릿속에 그릴 수 있었다.

프레야 교단의 성기사들은 웬만한 일에는 두려워하지 않는다. 그런 성기사들이 무서워할 정도의 보스 몬스터라면 상당한 수준임에 틀림없다.

'쉽지는 않겠군.'

그러나 모든 것은 직접 가 봐야만 알 수 있는 일이다. 확실하지도 않은 것 때문에 움츠러들 필요는 전혀 없었다.

'무언가 해법이 있겠지.'

죽음의 계곡에 대한 정보도, 그 인근 마을에서는 보다 상세히 얻을 수 있을 것이다. 이런 식으로 멀리 떨어진 곳에서는 아주 단편적인 정보밖에는 얻을 수 없다.

그렇게 서윤과 알베론을 이끌고 모라타 마을을 돌아다니던 차에, 위드는 작은 소녀를 만났다.

프리나!

뱀파이어 로드 토리도에 의해 석상으로 변했던 소녀였다.

작고 귀엽던 프리나는 하얀 포대를 들고 있었다.

"아저씨, 아저씨가 절 구해 주셨죠?"

여지없이 듣고야 마는 아저씨 소리.

그러나 위드는 함박웃음을 지었다.

"그래. 잘 돌아다니는 것을 보니 나도 기쁘구나."

"고마워요. 돌로 변해 있는다는 것은 참 슬픈 일인 것 같아요. 심장이 뛰지 않고 피도 흐르지 않고, 딱딱해진 자신의 몸속에 갇혀 지내면서… 참! 혹시 꽃에 관심이 있으세요?"

"꽃?"

물론 위드는 꽃에 전혀 관심이 없었다. 그러나 곧이곧대로 대답할 수도 없는 노릇.

"꽃에는 좋은 향기가 있지. 예쁘게 피어난 꽃들 사이로 나비와 꿀벌들이 날아다니는 그런 평화로운 풍경을 나는 사랑한단다. 풀밭에 누워서 시원한 바람을 맞으면 한없이 행복하지."

실제로는 어두컴컴한 던전에서 횃불 하나 들고 몬스터 사냥에 열중하는 위드였다.

탁한 공기, 역겨운 냄새, 안으로 들어갈수록 무엇이 나올지를 알 수 없는 동굴. 이런 곳에서 미친 듯이 사냥을 하는 것이야말로 위드의 즐거움이었다.

메마른 감수성!

그러나 프리나를 대할 때에는 매우 조심스러웠다. 아직 어린 소녀의 꿈을 깨고 싶지 않았던 것이다.

프리나는 박수를 치며 기뻐했다.

"그래요? 참 잘됐어요. 그러면 저의 작은 부탁을 한번 들어주시겠어요?"

"얼마든지 말해 보렴."

"죽음의 계곡으로 가신다고 들었어요. 그곳에 이 씨앗을 좀 뿌려 주실 수 있을까요? 악과 죽음의 기운으로 가득한 그곳에 희망의 꽃들이 피었으면 하거든요. 이 작은 씨앗들이 자라나서 꽃을 피우는 데에는 많은 노력이 필요해요. 꽃들이 피면 얼마 전에 사귄 제 친구가 기뻐할 거예요."

띠링!

---

**프리나의 꽃**
척박한 대지를 일구어 씨앗을 뿌리고 새싹이 땅을 뚫고 자라는 것을 좋아하는 그녀는 장차 농부가 되고 싶어 한다.
그녀의 씨앗을 뿌려 식물들이 자라게 해서 센데임 계곡을 화사한 색으로 물들인다면, 소녀는 매우 기뻐하며 자신의 친구를 소개시켜 줄 것이다.
**난이도 : A**
**보상** : 프리나의 친구 소개. 씨앗을 뿌려 자라난 식물들.
**퀘스트 제한** : 식물이 안심하고 자라나도록 몬스터로부터 지켜야 하므로, 각별한 주의와 보살핌이 필요함.

---

위드는 망연자실하게 프리나가 내민 씨앗들을 보았다.

그녀가 땅에 질질 끌고 다니던 포대! 그 안에는 씨앗들이 가득 담겨 있었던 것이다.

개수로 헤아리기도 어려울 정도의 씨앗.

이것으로 죽음의 계곡을 꽃밭으로 만들라는 의뢰다.

온 세상을 꽃으로 뒤덮어 버리고 싶어 하는 소녀의 야망!

'굉장히 힘든 의뢰로군.'

몇 송이의 꽃을 심는 것은 취미 생활이다.

수백 송이의 꽃을 가꾸는 것도, 힘들지만 할 수 있다. 그러나 수만, 수십만 송이의 꽃이라면 이것은 보통 일이 아니다.

거기에다가 꽃이 자랄 때까지 몬스터로부터 보살펴 주려면 정말 만만치 않은 일이었다.

'죽음의 계곡에서 씨앗을 뿌려야 하다니, 왜 난이도 A인지 알 수 있겠군.'

위드는 고개를 저으면서 거절하려고 했다. 난이도가 높은 것은 둘째 치고, 번거로운 일이 너무 많이 생길 것 같았다.

그런데 가만히 따라다니던 서윤이 덥석, 씨앗이 담긴 포대를 받았다.

"고마워요, 언니!"

- 파티 동료인 서윤이 퀘스트를 수락하셨습니다.

서윤은 늘 그래 왔다. 말을 해서 적극적으로 퀘스트를 받아들였던 적은 없지만, 사람들의 부탁을 거절하진 않았던 것이다.

결국 위드도 어쩔 수 없이 퀘스트를 받아들이기로 했다.

"꽃을 심고 가꾸는 일은 나도 무척 좋아하지. 이렇게 기쁜 일을 시켜 주어서 고맙구나."

―퀘스트를 수락하셨습니다.

얼굴은 울고 있지만, 입가에는 억지로 띠는 미소!
썩은 미소는 시간이 갈수록 발전하고 있었다.

이혜연은 부푼 기대를 안고 로열 로드에 접속했다.
캐릭터의 이름은 유린이라고 지었다.
여성스럽고 앳되고 귀여운 이름. 발랄할 것 같아서 지은 이름은 당연히 아니었다.
유린은 일종의 약자였던 것이다.
인권 유린!
"몬스터들! 모조리 괴롭혀 주겠어."
유린은 큰돈을 벌고 싶었다. 아이템도 가능한 많이 얻을 수록 좋다. 대학에 입학하기 전까지는 시간이 상당히 많이 있으니, 열심히 레벨을 올릴 작정이었다.
일단 유린이 선택한 도시는 로디움이었다. 잘하면 위드를 만날 수 있을 것이라는 기대 때문이었다.
"마을 앞에서 저희들과 같이 사냥하실 분."
"성직자 구해요!"
"조각사가 파티 찾습니다. 공격력 7짜리 조각칼 가지고

있습니다."

"치유의 노래 익힌 레벨 35 바드가 파티 가입 원합니다. 일주일 정도 함께 사냥할 수 있는 파티라면 좋겠습니다."

로디움의 중앙 광장은 여전히 사람들로 붐비고 있었다.

한쪽에는 엄청난 숫자의 걸인들도 있었지만, 일부에서는 사냥을 하기 위해서 파티를 결성하고 있었다. 다양한 복장을 차려입은 수천 명이 멋진 조각품이 있는 광장에 몰려 있는 것은, 한편으로는 꽤나 대단한 장면이었다.

유린처럼 대학교에 수시 합격한 고등학교 3학년들인 듯, 초보용 복장을 하고 있는 앳된 얼굴들도 다수 보였다.

하지만 아쉽게도 위드는 이미 로디움을 떠난 후였다.

유린은 차라리 잘됐다고 여겼다.

"좋아. 상관없어. 어차피 처음부터 신세 지면서 하고 싶은 마음도 없었으니까."

유린은 두 팔을 걷어붙이고 돈을 벌기 위해 일자리를 구했다. 로열 로드를 시작하고 첫 4주 동안은 도시 밖으로 나가지 못한다. 그사이에 돈을 벌려는 것이었다.

"요리에 관심이 많은 식당 보조 구합니다."

"제 아이가 책을 참 좋아해요. 멋진 영웅들의 책을 읽어 주실 분이 계실까요?"

"흠, 요즘 내 가게에 파리들이 너무 많아. 파리들을 5시간 동안 쫓아 줄 수 있을까? 그러면 내가 20쿠퍼를 주지."

유린이 구할 수 있는 일자리는 겨우 이 정도가 전부였다.

위드처럼 체력 단련을 위하여 묵묵히 허수아비를 칠 수도 있다. 그러나 그렇게 늘어난 스탯들은 결국 육체와 관련이 있는 것들.

'난 예쁜 소녀 마도사가 되어야지.'

유린이 꿈꾸는 것은 절대적인 마도사였다.

대규모 광역 마법으로 수백 마리의 몬스터들을 먼지로 만들어 버린다. 마른땅에 비를 내리게 하며, 절벽을 무너뜨리고, 성을 일거에 박살 내는 마도사!

TO BE CONTINUED